下町やぶさか診療所

傷だらけのオヤジ

池永　陽

集英社文庫

目次

下町やぶさか診療所　傷だらけのオヤジ

第一章　不審者

時計に目をやると午後二時を回っている。

診察室のイスに深く背中をあずけながら、麟太郎《りんたろう》は大きな吐息をひとつもらした。

休み明けの月曜に患者が多いのは今に始まったことではないが、それにしても今日は――。

「お疲れ様でした、大《おお》先生。患者さんの数だけでも大変なのに、今日はいつもより愚痴話や噂話《うわさばなし》も多うございました。ですから余計に時間もかかって、本当にご苦労様でございました」

傍らに立っている看護師の八重子《やえこ》が、すかさず労《ねぎら》いの言葉をかける。

「まあ、愚痴話や噂話を聞くのも町医者の大事な仕事のひとつだから仕方がねえが、何といっても口さがない連中だから、次から次へといろんな話がな。下町特有の気軽さというか悪気がねえのはわかっているから、助かるけどよ」

溜息《ためいき》まじりにいう麟太郎に、

「そうでございますね、悪気があれば邪険にもできますが、そうじゃないところに難しさがございますね」

年季の入った顔を綻ばせて、八重子は鷹揚《おうよう》にうなずく。

「プライバシーなんぞ爪の垢《あか》ほどもねえ下町に、あっちこっちの噂話はつきもの。火事と喧嘩《けんか》は江戸の花とよくいうが、噂話は毎日の生活の糧のようなもんだからな」

「そうそう」

八重子の顔に、うっすらと笑みが浮ぶ。

「先だっては大先生の隠し子騒動で、町内中が沸き立っていましたからね。大先生もあっちへ行ったり、こっちへ戻ったりで、本当にご苦労様でございました」

嬉《うれ》しそうにいった。

「おいおい、八重さん。その件はすんだことで、もう、いいっこなしだよ。頼むからよ、八重さん」

情けなさそうな声を麟太郎はあげる。

「そうでございました。少々はしゃぎすぎました。申しわけございません」

すました顔で八重子は頭を下げるが、それからすぐに、

「ところで、お昼ごはんはどうなさいますか。『田園』の夏希《なつき》ママのところに行くのでしたら、そろそろ腰をあげませんと、午後の診療時間も迫っていますし。私はお弁当が

ありますから、いいですけど」

　こんな言葉を口から出した。

「夏希ママのところなあ……」

　夏希が経営する『田園』はちょうど『真野《まの》浅草診療所』の隣にあって、昼は普通の喫茶店だが夜になるとスナックに早変りするという忙《せわ》しい店だった。

「あそこの昼飯は安くてうまいんだがよ。ランチタイムは二時までだから、もう時間が過ぎちまって――」

　蚊の鳴くような声で麟太郎はいう。

『田園』の日替りランチは、ワンコインの五百円。これに食後のコーヒーをつけても七百円という安さだったが、ここのところ麟太郎が二時を過ぎて店に行くと、

「うちのランチタイムは午後の二時まで。常連の大先生だから特別にお出しはしますけど、次からは時間厳守でお願いしますね」

　と何やら恩着せがましい台詞《せりふ》を口にするようになった。そのくせ麟太郎の一人息子である イケメンの潤一《じゅんいち》には、三時を過ぎても満面の笑みでランチを出すというから癪《しゃく》に障る。

「まあ、夏希ママも時間外の客に対応するのは大変だろうから、今日は母屋でカップ麺でもすることにするよ」

「あら、お優しい――」

八重子の顔がぱっと綻ぶ。

「でも、忙しいさなかのカップ麺って、研修医のころが思い出されるんじゃないですか、大先生」

今度は真面目な顔だ。

「そうだな。あのころは毎日カップ麺を食ってたような気がする。随分助けられたな、カップ麺には」

麟太郎は一瞬視線を宙にさまよわせ、

「そんなことより、八重さん。今夜の夕食のほうは大丈夫なんだろうな」

念を押すように口にした。

「その点は大丈夫です。知《とも》ちゃんが交際している男の人を大先生に会わせるっていうんですから、腕に縒《よ》りをかけておいしいものをつくらせていただきます」

胸を張る八重子に、

「いくら何でもそんな大仕事を、あの麻世《まよ》に任せるわけにはいかねえからな。何といっても、わざわざ俺に会わせるってことは、ひょっとしたら結婚ということもな……」

少し上ずった声を麟太郎は出す。

「そうですね。親代りの大先生に会わせるってことは、ひょっとしたらそういうことかもしれませんね――いえ、多分そうですよ。もしそうなら、しっかりと相手のあれこれを見極めないと。今までいろんなことがあった、ワケアリの知ちゃんには絶対に幸せになってほしいですからね。責任重大ですよ、大先生。頼みますよ」

湿った口調で八重子はいった。心なしか両目が潤んでいるようにも見えた。

「ワケアリか」

ぽつりと口に出す麟太郎に、

「何だかここは、みんなワケアリばかりみたいですね。知ちゃんはむろん、麻世さんもそうですし。しれっとした顔をした大先生だって、隠し子騒動のようないろんなことが出てきていますし」

神妙な口調でいった。それから、

「かくいう私も、大ワケアリがついこの間までつづいていましたし。本当にワケアリの集合体です、ここは。唯一、若先生だけはその限りではありませんけど」

「いや、わからんぞ。潤一だってこの先、どんな大ワケアリの人間に変身するやら。おぼっちゃま育ちの世間知らずの、ある意味能天気なところのあるやつだから、とんでもないことをやらかすかもしれねえ」

満更、冗談でもない口調でいった。

「そうかもしれませんね。何たって、大先生の息子さんですからね。麻世さんのこともこれも冗談ではなさそうな口調に「えっ」と鱗太郎が八重子の顔を窺《うかが》ったとき、診療所の入口のあたりから「ただいま」という声が聞こえた。あれは麻世の声だ。

すぐに診察室のドアが開き、ひょこっと顔を覗《のぞ》かせてからなかに入ってきた。

「何だ、麻世。今日はいやに早《はえ》えじゃねえか。もしかしてお前、また学校さぼって、どこかをうろついてきたのか」

訝《いぶか》しげな目を鱗太郎は向ける。

「そんなんじゃないよ。今日は半日授業だったから、学校の購買部でパンを買って、それを食べてから真直《まっす》ぐ帰ってきただけだよ」

ちょっと両頬を膨らませて麻世はいう。

「それなら、いいけどよ」

まだ半信半疑の鱗太郎へ、

「そんなことより、風鈴屋の徳三《とくぞう》さんの家のあたりに人が集まって何やら騒いでたよ。よくわからないけど病人が出たような様子で」

首を傾《かし》げて麻世がいった。

「病人って、徳三親方が倒れでもしたのか」

身を乗り出すようにして訊《き》くと、

「徳三さんは騒ぎまくりの張本人。病人は弟子の高史《たかし》さんでもなかったようだったけど」

麻世は曖昧に首を振る。

「それなら、親方が騒ぎたてるほどの病人ってえのはいったい誰なんだ」

宙を睨《にら》みつける麟太郎に、

「いずれにせよ、急患であれば救急車を要請するでしょうから、私たちが心配しても始まりません。あとで徳三さんから子細を聞けば明らかになるはずです」

理路整然と八重子がいう。

「それもそうだな。一報が入るのを待つことにするか」

麟太郎が納得の声をあげたとき、入口のドアが大きな音を立てて開いた。

「おい麟太郎、大変《てえへん》だ！」

あのダミ声は徳三だ。

どうやら救急車を呼ばずに、ここに連れてきたらしい。

麟太郎を先頭に、慌てて三人が待合室に飛びこむと、徳三と高史、それに近所の二人が加わって大きな板の上に男を一人乗せて荒い息を吐いていた。

「よっぽど救急車を呼ぼうと思ったんだけどよ。よく考えてみりゃあ、すぐ近くに真野麟太郎というヤブのくせに名医がいるのに気がついてな。それじゃあ、そこに直行だとみんなでここに連れてきた」

　得意満面の表情で徳三はいう。

「連れてきたって。親方、病人を乗せている、これは！」

「おう。よくぞ気がついてくれた。こりゃあ戸板だ。俺の若いころは病人を運ぶときは必ず戸板だと、そう相場がきまってたからよ。だから、とっさの俺の機転で雨戸を引っぺがして、この野郎を乗せて、わっしょい、わっしょいとよ。何だか、三社祭《さんじやまつり》を思い出した気持でござんした」

　病人を乗せるのは戸板――それをみんなで持って、わっしょい、わっしょいとここまで。徳三らしいといえば徳三らしいが、ひょっとしたら徳三は戸板運びがやりたくて、救急車を呼ぶのをやめたのでは。そんな思いが麟太郎の胸に湧く。

「もう少し欲をいわせてもらえりゃ、このまま戸板ごと大川に放りこめば、あるいは戸板返しの再現にもよ。そうなりゃ、立派な『東海道四谷怪談』のできあがりでござんしょう」

　物騒なことを口にした。これはやっぱり……じろりと麟太郎が徳三を睨むと、

「冗談だよ、冗談。いくら俺っちが芝居がかっているといっても、人の生き死にがかかっている以上、そんなこたあしねえよ。ただ俺は大先生の腕だけは信用してるから、それでここへよ」

神妙な顔でいった。

そのとき傍らから大声が響いた。

「大先生。そんなくだらない話より、とにかく患者さんを診てあげないと」

受付から待合室に出てきた、先ほどまでの噂の主の知子《ともこ》だ。

「おうっ」と麟太郎は声をあげ、

「そのまま戸板に乗せて、奥の手術室に運んでくれるか、親方。あそこのほうが何かと安心だからよ」

いわれるままに徳三たちは戸板を持ちあげて、診察室の奥にある手術室に病人を運び、みんなでベッドに移す。

移された男は麟太郎と同じ六十代のなかばぐらいで、体をくの字に曲げて下腹を押えている。よほどその部分が痛いようだが、男は微《かす》かに唸《うな》っているだけで、大きな声はあげない。必死で耐えている。かなり我慢強い性格のようだ。

衣服の上から麟太郎は男の押えている患部にそっと手を触れる。くの字に曲げた男の体がびくんと大きく震えた。どうやら激痛が走ったようだ。

「その人は西垣《にしがき》さんといって、俺の家の裏の古い空き家に、ひと月ほど前から住みついた人だ。空き家にしておいても家が壊れていくだけだからって、大家が只《ただ》同然で貸したらしい。だから戸板はその古い家の物を引っぺがしてよ」

徳三の話がつづいている間に、八重子と知子の手で男のズボンが脱がされた。

「どこからどう見ても年寄りそのものだし、すぐ裏手の家ということもあって、ちょいちょい様子見というか、時には酒なんぞ手にして陣中見舞いというか顔を出していたんだが。今日の午後にひょいと覗いてみると、八畳の居間で西垣さんが苦しんでたんで、それでみんなをかき集めて、ここへよ」

ざっと経緯を説明した。

「大先生、これは」

西垣という男の右下腹部が腫れていた。

「かなり痛いとは思いますが、少しだけ我慢してください、西垣さん」

麟太郎の指が腫れた部分を押える。

「ううっ」と西垣が声をあげ、歯を食いしばった。両目を固く閉じた。激痛だ。

「筋性防御《きんせいぼうぎょ》が酷《ひど》いな」

呟《つぶや》くようにいって、さらに麟太郎の指が動く。

「板状硬《ばんじょうこう》か……どうやら、腹膜《ふくまく》刺激症状をおこしているようだ」

ぼそっという麟太郎の言葉に、

「アッペですか、大先生」

八重子の声が響く。

「おそらく虫垂穿孔《ちゅうすいせんこう》をおこしている」

「アッペって何だよ」

徳三が声をあげた。

「盲腸のことだ」

麟太郎の答えに、

「何だ、やっぱり盲腸ですかい。俺も最初からそうじゃねえかと、高を括《くく》っていたんだ。それならもう安心だ。ちょいちょいと切っちまえば、一件落着でござんしょう」

徳三が、ほっとした調子でいった。

「そう簡単にはいかん。虫垂に穴があき、腹膜炎を併発しているようだ。ほうっておくと大変なことになる」

「大変なこと……」

徳三がごくりと唾を飲みこんだ。

「どうします、大先生。どこかに搬送しますか、それとも」

「時間が惜しい。ここで切ろう。オペの用意はすぐにできるか、八重さん」

怒鳴るようにいう麟太郎に、

「はい、いつでもできるように常に用意はしてあります」

打てば響くように八重子は答える。

「西垣さん。そういうわけで、ここで手術をします。それでよろしいですか」

耳元で麟太郎はいう。

「お任せします……」

苦しそうだが、はっきりした口調で西垣は答え、底光りのする目で麟太郎を見た。暗い目だった。

「麻酔は腰麻《ようま》ですね、大先生」

凛《りん》とした声を八重子が出した。

「そうだ。腰椎麻酔だ。俺がやるから心配いらねえ。それから、余計な指示だろうが、洗浄吸引の用意もよろしくな、八重さん」

「わかっております――ひょっとして大腸のほうも破れて……」

「俺もそれを懸念している。もしそうなら厄介なことになるが、それも含めて何とかするつもりだ」

強い口調でいってから、

「さあ、ここからは医者の領分だから、徳三さんたちは待合室にでも行っててください。八重さん、知ちゃんはここでアシストを。それから、麻世。お前もここに残って医学というものの現実をしっかり見ておけ」

よく光る目で麻世を見た。

「わかった――」

　麻世は短く答えて、これも光る目で麟太郎を見た。

「大先生、西垣さんのこと何とぞよろしくお願いいたしやす。たかが盲腸だと思って、ちょっとはしゃぎすぎやした。これで取り返しのつかねえことにでもなったら、俺っちはどうしたら……大先生の腕を信頼していますす。何が何でも助けてやっておくんなさい。本当にお願いします」

　緊張した面持ちで徳三はいい、膝に額がつくほど頭を下げて、みんなと一緒に手術室を出ていった。


　一時間ほどが過ぎた。

　手術を終えた麟太郎は、八重子一人を残して麻世と知子と一緒に手術室を出た。

「大先生っ――」

　すぐに徳三たちが飛んできた。

「手術はちゃんと成功したよ。幸い大腸は無事だったから、大事にならずにすんだ。いや、ほっとした」

　笑いながら麟太郎はいう。

「ああっ」

と徳三は安堵《あんど》の声をもらし、

「よかった、本当によかった。本当に……」

身内のような声をあげた。

徳三は徳三なりに、はしゃぎすぎて病人を戸板で運んできた一件を大いに反省しているようだ。

「今はまだ身動きがとれねえが、麻酔が覚めたら入院設備のある、しかるべき病院に搬送するつもりだ。うちにも入院病棟はあるが、残念ながらスタッフがいない。だからちゃんとしたところによ」

麟太郎は徳三に向かって、大きくうなずく。

「なるほどな。しかし、それならいっそ、スタッフを増やして設備も最新式のものを入れて、手術も入院もできる医院にしたら、どうなんで。ここは昔、そういった医院だったような気がするんだが、違うかい」

「確かに親方のいうように、この診療所は昔そういった類いの医院だった。しかし親父《おやじ》が死んでから方向転換をしたんだよ。いくら頑張ってみたところで、ちっぽけな医院は大病院には敵《かな》わねえ。コストと人件費だけが膨らんで利に走ることになる。そうなると真摯に患者さんと向き合うこともできなくなる。気軽に診療所にこられなくなる。それでは駄目だ。それじゃあ――」

麟太郎は、ぷつんと言葉を切った。

「それじゃあ、何だよ。早くいえよ」

徳三が催促の目を向けた。

「地域に寄りそった、町医者に徹しようと。それが自分の使命なんだと。だから俺はここを、誰もが気軽にやってこられる町の医院にしようと頑張った。簡単にいえば、そういうことだ」

ふわっと笑った。

「なるほど、そういうことか。考えてみれば、見当たらねえもんな、そういう所は。なるほど、地域に寄りそった診療所か。麟太郎、いいな、町医者っていう言葉はよ。実にいい。何となく庶民の味方、貧乏人の味方っていう響きがあるよな。なあ、みんな」

徳三は同意を求めるように、周囲をぐるりと見回した。

午後の患者がすでに集まり始めていた。そのなかから拍手があがった。それはすぐに待合室のなかにいるすべての人間に広がっていった。

思いがけない展開に、麟太郎は少し照れた。

両耳が赤くなるのがわかった。

意味もなく右手で顔をなで回した。

そんな雰囲気を破ったのは、高史だった。

「あの、大先生」

のんびりした声だった。

「さっきの話なんですけど、大腸が破れていると、いったいどういうことになるんですか」

素朴な疑問を投げかけてきた。

「簡単にいえば、患者の体のなかがウンチだらけになる。そういうことだな」

ほっとした思いで、麟太郎も素朴に答える。

「ウンチだらけ！」

喉につまった声をあげ、そのまま高史は黙りこんだ。

「ところで親方。あの西垣という男はいったい、どういう類いの人なんだ。ちゃんと働いているようには見えないし、口数も少ないようだし、実直そうではあるが無精髭《ぶしょうひげ》は伸びっぱなしで、どこかヤサグレているようにもよ……」

気になっていることを訊いてみた。

麟太郎の脳裏には手術を承諾したときに見せた、西垣の底光りのする目が浮んでいた。あの暗い目だ。

「どういう類いといわれても、俺にもよくわからねえというのが現状で――さっきもいったように只同然で俺っちの家の裏の空き家に住み始め、一日のほとんどを家のなかですごして外にも余り出かけねえというか——それでまあ、極端なことをいえば爆弾でもつくっているんじゃないかと俺も気になって、ちょいちょい覗くようになったんだけどよ」

物騒なことを口にした。

「何をしているかわからねえ、奇妙な男か。といっても世の中にはそういう人間は、ごまんといるんだろうが……どうにも気になるというか、何というか。それに」

麟太郎は軽く頭を振ってから、

「あの西垣という男、以前どこかで見たような気がしてよ」

そういうことなのだ。以前どこかで接触したような気が……そんな既視感のようなものが、麟太郎の胸の奥に湧きおこっていた。

「それは、大先生の知り合い。そういうことなんでござんしょうか」

興味津々という表情で徳三がいう。

「それが何とも思い出せねえから、気持が悪いんだ。さっき手術室で八重さんにも、そっと訊いてみたが、知った人間では決してないと。しかし俺はやっぱり、どこかであの人と」

麟太郎はそういってから、

「知ちゃんはどうだ。あの男の顔に見覚えはないか」

今度は知子に訊いた。

「すみません。私も八重子さん同様、まったく会った覚えはありません」

すまなそうに知子はいう。

「そうか。じゃあ、麻世はどうだ。といっても、麻世はここにきてまだ日が浅いから無理にきまってるか」

「そういうことだよ。私も、あのおじさんは知らないよ」

簡単明瞭にいい切った。

「ということは、見知った思いを持ってるのは大先生だけ。つまり、診療所関連の知り人じゃあねえってことに。極端なことをいいやすとね。かつて大先生は何かをやらかし、あの西垣という男の恨みを買った。それで西垣という男は密《ひそ》かにあの空き家に隠れ住んで復讐《ふくしゅう》の機会を虎視眈々《こしたんたん》と狙って……」

徳三がとんでもないことをいい出した。

「親方、それは余りに話が飛躍しすぎてるんじゃねえかな。また、シャーロック・ホームズ流の、推理という名の学問というやつなのか」

呆《あき》れ顔《がお》で抗議の言葉を出した。

「ホームズ全集のなかに、そんな話があったような気がしたので、ちょっとよ。いや、忘れてくれ、失言だ。西垣さんにも失礼な話になっちまった」

徳三は、しきりに頭を下げた。

これを機に麟太郎は、順番待ちの患者に大声を張りあげる。

「みなさん、もうしばらく待ってください。用意ができ次第、すぐに午後の診察を始めますから」

そういってから麟太郎は、

「知ちゃん、彼がくるのは八時だったな。いったいどんな話になるのか、俺たち一同、みんな楽しみにしてるからよ。八重さんなんかは腕に縒りをかけて、ご馳走《ちそう》をつくるんだって張り切ってるからよ」

「すみません。ご迷惑をおかけして。私としてはコーヒー一杯でよかったんですけど、何となく大事《おおごと》になってしまって」

思いきり頭を下げた。

「八重さんは知ちゃんの母親代り。俺は知ちゃんの父親代り。みんなここの家族なんだから、余計な遠慮はなしってことでよ。みんな知ちゃんには幸せになってほしいと、心の底から思っているからよ」

噛《か》んで含めるように麟太郎がいうと、

「ありがとうございます、本当に。こんな私のために、みなさん……」

語尾が震えた。

洟《はな》をちゅんとすすった。

テーブルの上には、八重子の心づくしの料理がずらりと並んでいる。何かのときには必ず出るという、下町の定番、稲荷鮨《いなりずし》はもちろん、五目ご飯に魚介類の天麩羅《てんぷら》、赤身魚と白身魚の刺身、なんと鮎《あゆ》の塩焼きまで盛りつけてある。さらにエビフライやトンカツ、鶏《とり》の唐揚げなど……和洋の料理が勢揃《せいぞろ》いの状態だ。

居間に集合しているのは、麟太郎に八重子、それに麻世と知子、一人息子の潤一も加わって総勢五人。麟太郎にいわせれば、この家の家族全員だった。

「麻世さんと知ちゃんが料理を手伝ってくれて、大助かりでした」

という八重子に麟太郎が啞然《あぜん》とした表情を浮べた。知子はともかく、麻世が料理の手助けになったとは、にわかにはとても信じられない。

「麻世が料理の手助けに、本当になったのかね」

そんなことを八重子に訊く麟太郎を隣の麻世がじろりと睨む。

そんな状況には無頓着に、

「親父、今日は大変だったんだってな」

八重子にでも聞いたのか、潤一が大声で話しかける。

ひとしきり麟太郎の手術の話を聞いてから、

「それにしても、その西垣という人と、どこかで会っている既視感のようなものがあるというのは妙だな」

そういって潤一は首を捻《ひね》っている。

「どこかで会った覚えはあるんだが、それがいつだったのか何だったのか、まったく思い出せねえ。これだけ気になるんだから、どこか重大な局面でのはずなんだが記憶が蘇《よみがえ》ってこねえ。これは実に嫌な気分というか歯痒《はがゆ》いというか」

深刻な表情を浮べる麟太郎に、

「何かの拍子に、いつかふいに思い出すんじゃないのか。だから、あんまり気にしないほうがいいと思うよ」

潤一らしい、大雑把な言葉が返ってきた。

そんな潤一と話をしていても仕方がないと麟太郎はイスから腰をあげ、知子のところに行く。

「知ちゃん、これは確認なんだけど、相手の男性は、何というかその、知ちゃんの過去というか、これまでを知っているということだよな」

つまりつまり、口にした。

「前にもいった通り、知っています。私は私のこれまでを正直に、あの人に話しました。隠し事は一切ありません」

麟太郎の顔を真直ぐ見つめ、はっきりした口調で知子はいった。

「そうか、それで安心したよ」

麟太郎は知子の肩を優しく叩《たた》き、自分の席に戻った。

八時ちょうどに、玄関のチャイムが鳴った。

すぐに知子が立ちあがって、玄関に向かう。二言三言、話をしているのが聞こえ、それから二人は連れ立って居間兼食堂に入ってきた。似合いのカップルに見えた。

「下谷元也《しもたにもとや》と申します。どうかよろしくお願いいたします」

元也と名乗った中肉中背の青年は思いきり頭を下げてから、テーブルの上の料理を見て「ひえいっ」と声にならない悲鳴をあげた。どうやら正直な性格の青年のようだ。

麟太郎たちも一人一人、自己紹介をする。

麻世の番がきて、名前をいって頭を下げると同時に、元也の口がぱかっと開いた。どうやら麻世の容姿に圧倒されたようだが、すかさず隣の知子から肘鉄をくらって顔をしかめ、みんなを笑わせた。元也自身は平凡な顔立ちの持主だった。

「ところで今夜の趣旨なんだが、いくら知ちゃんに訊いても確かなことは教えてくれないし、どういったもんなんだろうか」

いちばん気になっていたことを、麟太郎は口にした。

「それはあれです。僕が知子さんと結婚を前提にしたおつきあいをすることを、みなさんにお伝えしたくて、こうして」

背筋をぴんと伸ばして元也はいう。

「ひょっとしたら結婚する相手になるかもしれないので、お世話になっているみなさんには事前に知らせておいたほうがと……」

隣の知子が、フォローした。

「すると、元也君は結婚する相手ではなく、結婚するかもしれない相手なんですね」

少し失望感を漂わせながら、麟太郎はいう。

そういうことなのだ。まだ事実は、はっきりしていないのだ。

「僕としては結婚する気満々なんですが、知子さんのほうがなかなか、うんといってくれなくて」

残念そうな口振りの元也の言葉を聞いて、幾分麟太郎は胸をなでおろす。迷っているのは元也ではなく、知子のほうなのだ。

「確認のために、肝心なことをひとつ訊きますが、元也君は知ちゃんの過去を知っているということで、いいんだろうか」

真直ぐ元也の顔を見た。

「知っています。知っている上で、僕は知子さんとの結婚を望んでいます」

元也も麟太郎の顔を真直ぐ見返し、はっきりとした口調でいい放った。

午前の診療を終えて、麟太郎が昼食を摂《と》るために『田園』に行くと、すぐに夏希が飛んできた。

「大先生、いらっしゃい。何だか大変なことがあったんですって。徳三親方が機転を利かせて、苦しむ病人をとっさに戸板に乗せて超特急で診療所に運びこんだので事なきを得たそうだけど。あと五分遅れたら、大事になっていたとかで」

大袈裟《おおげさ》なことを口にした。

「それほど、切羽つまったことには……」

ごにょごにょと麟太郎は言葉を濁し、

「それはあれかい。やっぱり徳三親方からの情報かい」

うんざりした調子でいう。

「ついさっき、聞いたばかりなんですけどね。ほらあそこで」

夏希が目顔で指す奥の席を見ると、得意満面の表情で徳三が手を振っていた。

「じゃあ、大先生も親方と同じ席でランチということでいいですね。今日のランチは大先生のお好きな、チキンカツですからね」

こういって夏希は返事も聞かずに、麟太郎の脇を離れていった。

奥の席に行くと「おうっ、麟太郎。元気そうで何より、何より」と徳三のダミ声が麟太郎を迎える。

「あと五分遅れたら、大変なことになってたそうだな、親方」

ちょっと皮肉っぽくいって徳三の前のイスに麟太郎は大きな体を押しこむ。

「まあまあ、野暮なことは、いいっこなしだ。細かいことは気にしねえ。それが俺たち江戸っ子の心意気ってえもんだ」

徳三はにまっと笑い、

「それに、話は盛ったほうが面白《おもしれ》え。つまらねえ話を聞かされるほうの身になってみれば、そこはやっぱりよ。何とか面白おかしく話をこさえてやるのが、人の道ってえもんだ。これを人が行う正しい道、すなわち大道《だいどう》というな――そうでござんしょう、大先生」

屁理屈《へりくつ》じみたことをいって、また、にまっと笑った。

そんなところへ、夏希がチキンカツのセットを持ってきた。

「あら、話が弾んでいるようですね」

手際よくテーブルに並べ、

「じゃあ、お二人さん、またあとで」

手をひらひらさせて離れていく夏希の後ろ姿から視線をテーブルに移し、麟太郎はチキンカツに箸を伸ばす。

「ところで、あの西垣さんなんだが、明日退院してくるそうだ」

ぼそっとした声を徳三が出した。

「明日退院って——やけに早いな。よほど容体がいいっていうことなのかな」

「容体よりも、どうも金の問題らしいな。入院が長引けば、やっぱりオアシのほうがな。まあ、おめえの手術の出来がよかったということもあるんだろうけどよ」

珍しく徳三が麟太郎を褒めた。

「金の話か……」

ぽつりと麟太郎はいい、

「そういえば、西垣さんはちゃんと保険証をポケットに入れていたな。体の調子がおかしくなったとき、急いでポケットに捻《ね》じこんだんだろうけど、けっこう生真面目な性格の持主かもしれねえな、あの人は。ところで——」

徳三を真直ぐ見た。

「なんで親方は、西垣さんが明日退院するってことを知ってるんだ。ひょっとして、病院へ見舞いにでも行ってきたのか」

「実をいえば」

掠《かす》れた声を徳三が出した。

「ちょっとはしゃぎすぎて、戸板なんぞに乗せて大先生のところに連れていったこともあって心配になってよ。それで今日病院のほうへ顔を出したら、西垣さんに金の件で泣きつかれてよ。こんなところで、のほほんとしていられるような身分じゃねえってよ。幸い本人も元気そうだったから――」

それで徳三が病院にかけあってみると、本来ならあと二、三日は入院していたほうがいいのだが、術後の経過もいいようなので、本人がどうしてもというのなら――。そんな返事が病院側から出され「二、三日は絶対安静に」という条件つきで退院が許可されたという。

「まあ、病院側が退院を許したということは、それだけの充分な裏付けがあったんだろう。もし危惧するような病状が出ていれば、誰が何といおうと絶対に退院などはさせねえはずだからよ」

麟太郎は小さくうなずき、

「しかし、親方もいいとこあるじゃないか。いくら、はしゃぎすぎて悪かったといっても、わざわざ病院にまで見舞いに行ってくるとはよ。いや、ちょっと見直したよ」

感心したようにいった。

「その代り、退院の際の西垣さんの身元引受人にされちまって、書類に署名させられたよ。西垣さんは天涯孤独の身で身寄りは誰もいねえっていうからよ」

徳三は洟をちゅんとすすった。

「身寄りのない西垣さんの身元引受人か――ますます頭が下がるな。その分でいくと、西垣さんが医療費を払えないときは、親方のところへ請求書がいくことになるな。むろん、うちの手術代もな」

笑いながら麟太郎はいう。

「そうなったら、そうなったで仕方がねえと俺は思ってるけどよ。乗りかかった船だから、最後までよ」

俠気《おとこぎ》のあるところを見せる徳三に、

「今日のところは、完全に俺の負けだな。いや、大したもんだ、親方。同じ下町育ちとして、俺も見習わなくっちゃな」

神妙な面持ちで麟太郎は言葉を返す。

「そんなに褒めるなよ、照れるじゃねえか。何だか臍《へそ》の辺りがくすぐったくなってくらあ。それにおめえっちなんぞ、こんなことは日常茶飯事で珍しいことじゃねえだろうがよ」

いかにも恥ずかしそうに、首の後ろを右手で何度も叩く徳三に、

「そういえば、保険証によると西垣さんの住所は町田市になっていたが、そこが多分本籍地なんだろうな。そして驚いたことに、あの顔形から俺はてっきり自分と同年配だと思いこんでいたんだが、なんとまだ五十代のなかばだったぞ――よっぽど今まで苦労し

てきたんだろうな。その苦労が顔に表れて」

しんみりした口調で麟太郎はいった。

「そういうことか。あの我慢強さといい、あの暮しぶりといい、よほどの泥水をくぐってきたんだろうなあ。そして――」

じろりと徳三が麟太郎を見た。

「その西垣さんの顔に、おめえは見覚えがあるという。どんな覚えがあるのか、思い出したか、麟太郎」

「それが、やっぱりな……」

くぐもった声を麟太郎は出す。

「そうなると、単なる、おめえの思い違い。そう考えるのが一番順当っていうことになるんじゃねえのか」

「それは違う」

麟太郎は、はっきり否定した。

「俺の記憶に間違いはねえ。俺は確かに、あの顔にどこかで会っている。それもかなり重要な局面で。そこまでは思い出せるのだが、さて具体的にどこでといわれると……」

困惑顔で麟太郎はいう。

「おめえは商売柄、ヤクザと警察には馴染《なじ》みが深いはずだが、そっちの線じゃねえのか。

あの男、スジモノだと考えればうなずける、剣呑《けんのん》な雰囲気をまとっている気もするが」

「スジモノか――」

ぽつりと口に出す麟太郎の脳裏に手術を承諾したときに見せた、西垣の底光りのする目がまた浮んだ。

「スジモノだといわれれば立派に通用する顔立ちではあるが、俺の知っているヤクザのなかにあの男はいねえ。これは、はっきりいえることだ」

「すると、あの西垣という、ただならねえ男は何者なんだ――おめえはどこか重要な局面で会ったことがあるというし、その会ったことがある男は、どういうわけか、この診療所のすぐ近くに住んでいた。こんな偶然があると思うか、麟太郎」

ホームズファンだという徳三は、さすがに鋭いところを突いてきた。

「そんな偶然は、ないだろうな」

押し殺した声だった。

「じゃあ、あの男はいったい、何だ」

たたみかけるように、徳三はいう。

「わからん、奇妙な謎の男だとしか、いいようがない」

「その、謎の男が何の目的で、おめえの診療所の近くに住んでいると思う」

「それも、わからん。ただ、西垣さんは手術代を払うために、いずれ診療所に顔を見せるだろう。そうなれば、何らかのことは」

喉につまった声で麟太郎はいう。

「そうだったな。もしおめえに何らかの恨みがあるとすれば、このままトンズラすることはねえだろうからな」

そう徳三が物騒な台詞を口にしたところで、夏希がやってきた。

「えっ、何ですか大先生。私の心づくしのチキンカツ、まだ食べ終ってないんですか。そんなにまずいですか、私の料理」

テーブルの上の皿を見て、恨みがましい口調で麟太郎にいった。

「あっ、いや、それは違うぞ、ママ。料理が口に合わねえということじゃなくてだな、徳三親方との話につい夢中になって、食べることに専念できなかったというか何というか」

しどろもどろに答えた。

「私の料理をほったらかしにするほど夢中になった、親方との話っていったい何ですか。後学のために、ぜひとも知りたいもんですけど」

皮肉たっぷりにいう夏希に、

「深刻な話だよ」

ぼそっと麟太郎はいう。

「だから、その深刻な話というのが何なのか知りたいんです」

「医者には守秘義務というのがあるから、そいつはいえねえ」

「まあ、ずるい。じゃあ、親方に訊きます。教えてくれますか」

矛先が徳三に向かった。

「そりゃあ、ママ、風鈴屋にも守秘義務ってえのがあるからよ。それはちょっとよ」

頓珍漢な言葉を徳三が出した。

「風鈴屋にも守秘義務……なるほど、そういうことなんですね」

驚いたことに、これで夏希は矛を納めた。

いちおう、一件落着となった。

麟太郎と潤一は食卓について、おとなしく料理のくるのを待っている。

「今夜は炒飯《チャーハン》らしいけど、パラパラご飯に焼豚たっぷりの炒飯だったら嬉しいな。なあ、親父」

声をひそめていう潤一に、

「滅多なことをいうんじゃねえ。口は禍《わざわい》の門。特にお前はいつも一言多いから、余計なことをいわないように気をつけねえと、えらい目にあうぞ」

麟太郎は、まず釘《くぎ》を刺す。

「わかってるよ、俺だって莫迦《ばか》じゃないから、ちゃんと学習能力はあるので大丈夫だよ」

　そう、莫迦でないことは確かだが……潤一はどこか箍《たが》が緩んで間が抜けている部分がある。こうなると莫迦より始末が悪くなり、なす術《すべ》がなくなってしまう。

　麻世が三人分の炒飯と中華スープを運んできた。見たかんじは脂っこくなく、潤一のいうパラパラご飯の炒飯だった。潤一の顔が緩んだ。

　スプーンを取って、端のほうから飯をすくう。

「えっ、何これ」

　潤一の口からこんな言葉が飛び出し、隣に座った麻世の顔を見た。

　表面は脂っこく見えなかったが、口に入れると、かなりの脂っこさ。パラパラご飯とは似ても似つかぬものだった。

「これって、なんで表面だけこんなにパラパラに見えて、中身は油でぐちゃぐちゃなんだろう。どう料理したら、こんな不思議な食べ物が――」

　みごとに余計なことを口にした。

「吸いとり紙……」

　ぼそっと麻世がいった。

「えっ、ひょっとして麻世ちゃん。脂っこい炒飯の見場をよくするために、表面に吸いとり紙をあてて油をとったのか」

「そう……」

短く麻世がいった。

「あっ、いや、ある意味凄《すご》いな。吸いとり紙に表面の油だけを吸収させて炒飯をつくるなんて。そんなこと世界中で誰も思いつかないだろうな。ひょっとしたら、麻世ちゃんて天才かも」

と、はしゃいだところに、麻世がドスの利いた声をあげた。

「おじさん――」

潤一の顔が強張《こわば》った。

ようやく状況を把握したようだ。

「おじさんはもう、夕飯を食べにこなくていいから」

静かにいい放った。

「俺はその、余りにユニークな調理法に感動して、麻世ちゃんを褒めたつもりで。だから悪気はまったくないというか、本当に天才的な調理法だと思ったから」

フォローにならない言葉を並べたてた。

「すまんな、麻世。こいつは熱くなると我を忘れる癖があってな。根はいいやつなんだが、間が抜けているというか、何というか。だからまあ、許してやってくれないか」

淡々とした口調で麟太郎はいう。

こんなときは、変にムキにならないほうがいいことを麟太郎はよく知っている。

「別にいいけど」

抑揚のない声が返ってきた。

「ほら、お前も黙って有難く、いただけ」

麟太郎の声に慌てて潤一は炒飯をすくって口のなかに入れる。それから中華スープをごくりと飲みこむ。

「これはうまい。この中華スープは絶品だ。嘘偽《うそ》りなく、うまい」

上ずった声をあげる潤一に、

「インスタントだけど」

低い声が聞こえて、静かな食事の時間が過ぎていった。

「ところで親父。あの西垣さんていう人に抱いた、既視感の心当たりはついたのか」

ぐちゃぐちゃの炒飯も、インスタントの中華スープもすべて腹のなかに納めた潤一が恐る恐る声を出した。

「わからん。今日の昼も『田園』で徳三親方とその話をしたんだが、結局何もわからずじまいだった」

と麟太郎は、そのときのやりとりを二人にざっと話して聞かせる。

「それでもやっぱり親父は、その西垣さんと会ったことがあると思うんだな。勘違いじゃなくて」

「そこまで耄碌《もうろく》はしとらん。俺の記憶に間違いはねえ」

麟太郎は断言する。

「そうなると、やっぱり西垣さんが手術代を払いにきたときがチャンスか。どうせ親父のことだから、単刀直入に真っ向からその件を西垣さんにぶつけるんだろうけど、はたしてどんな答えが返ってくるのか。かなりの楽しみではあるよな」

面白そうに潤一がいったとき、

「そんなことより」

と、ふいに麻世が口を開いた。

「こんなこと、本当は訊いてはいけないことかもしれないけど」

珍しく麻世が遠慮ぎみの声をあげた。

「何だ麻世。いいたいことがあるのなら、はっきりいってみろ。いつものお前らしくないぞ」

いい淀《よど》んでいる麻世に発破をかけるように麟太郎はいう。その言葉に話す決心がついたのか、

「知子さんのことなんだけど」

低すぎるほどの声で麻世はいった。

「あぁっ」

と麟太郎は掠れた声を出し、

「お前が知りたいのは、俺があのとき口にした、知ちゃんの過去の件か――元也君は知ちゃんの過去を知っているということで、いいんだろうかと訊いた」

はっきりした口調でいった。

「そう。他人のプライバシーのことだから、訊いてもいいのかどうか、私にはよくわからなくて。でも、何だかけっこう気になって」

申しわけなさそうな口調の麻世に、

「そうだろうな。気になるだろうな。あの場で知ちゃんの過去を知らないのは、お前一人だけだったからな」

麟太郎はこういってから、両腕をくんで視線を宙に向けた。しばらくしてから、

「よし、話そう。知ちゃんもお前の過去は知っているし、お前も知ちゃんも、うちの家族には違いないし、妙な隠し事をしていてもいいことはひとつもないだろうし――なあ潤一、お前はどう思う」

ちらりと潤一を見た。

「俺も話したほうがいいと思う。親父のいうように麻世ちゃんも知ちゃんも、みんなう

ちの家族だから。家族のなかで隠し事をしていたら、それはもう家族じゃなくなる。だから俺も話したほうがいいと思う。知ちゃんもそのほうが気が楽になるはずだ」

潤一には珍しく、凜とした口調でいって麟太郎を見た。


あのとき――。

顔合せの食事会は一時間半ほどで終り、元也はほっとしたような顔で麟太郎たちに何度も頭を下げて帰っていった。

あとはみんなで飲み会になったのだが、そのとき麻世だけが浮かぬ顔をしていたのを麟太郎は、はっきり覚えている。おそらく知子の過去の件……ひょっとしたら麻世は自分のこれまでから知子の過去を想像して、気を揉《も》んでいたのかもしれない。

「実はな、麻世――」

麟太郎はこういって、ぽつりぽつりと話を始めた。

知子は北海道の生まれだった。

歌志内《うたしない》という石狩炭田の一端を担う町だったが、炭坑が閉山となってからは衰退し、人口も激減した。

知子の父親も炭坑で働いていたが閉山と同時に失業し、その後はまともな職も見つからず一家の暮しは楽ではなかった。そんなとき、ささいなことから父親と母親が諍《いさか》いをおこし、これまで燻《くすぶ》っていたものが一気に吹き出して母親が家を出ていった。

　母親はその後、二度と戻ることはなく家には父親と知子の二人が残された。知子は一人っ子で兄弟はいなかった。

　父親も母親が家を出ていった直後から生活が荒れ、仕事にも行かずに毎日酒浸りの生活をつづけた。そして半年後、その父親もぷいと出かけたきり家には戻らず、知子は一人きりになってしまった。

「知ちゃんはそのとき、小学五年生だったそうだ」

　言葉を切って、ぽつりと麟太郎はいった。

「小学五年生で一人きりって、そんなこと」

　喉につまった声を麻世があげた。

「酷すぎる話だが、これは現実だ――」

　重い声で麟太郎はいってから、

「そのあと知ちゃんは北海道中の親戚の家をあっちこっちへとな……麻世はこんな言葉は知らないだろうが、いわゆる盥回《たらいまわ》しにされたそうでよ、どこへ行っても邪魔者扱いでいいことはひとつもなかったといっていたよ」

　一気にいって肩を落した。

「その言葉は知ってる……私自身がそうなるかもしれなかったから。だけど、そんな小さな子供を邪魔者扱いするなんて、そんなことが」

「あるんだよ、どこにでも——余計な子供の面倒まで見たくない。それが多くの人間たちの胸の内だ。これを責めることは簡単だが、なかなかそういうわけにはな」

「それにしたって」

叫ぶような声を麻世はあげ、

「で、それからどうしたんだよ」

麟太郎の顔を真直ぐ見た。

「中学三年まではある親戚の家にいたが、卒業式をすませたあと、そこを飛び出した。理由は……」

ぷつんと麟太郎が言葉を切った。

「理由は何だよ、はっきりいえよ、じいさん」

麻世が怒鳴った。

「その家の主《あるじ》——つまり、知ちゃんの叔父にあたる人間が知ちゃんに」

「知ちゃんに何だよ——私と同じことをされたのか」

泣き出しそうな声だった。

「そこまではされなかったが、風呂場を覗かれる、体を触られる、キスをされる……そんなことがつづいて、いずれこのままではと腹を括ってその家を飛び出した。そして知ちゃんは東京にきた」

「東京にきたって……だけどこっちには知った人間なんかはいないいんだろ」

「そういうことだ。知った人間など誰もいない東京で、十五歳の女の子が生きていこうとしたら、悪い道にな」

掠れた声を出した。

知子は上野駅界隈《かいわい》を根城にする、半グレグループの一員になった。といっても後ろからついて回るのがやっとだったが、すぐにグループのなかの山形《やまがた》という男が知子に手を出し、無理やり一緒に暮すようになった。だが、平穏な毎日にはほど遠く、グループ同士の抗争はしょっちゅうあったし、時には金をつくるために、渋谷の駅前に立つこともあったという。

知子は焦っていた。

こんなことをしていたら、体も心もずたずたになる。しかし、どうしたらこの生活から逃れられるのか。そんなことを考えながら、二年が過ぎた。

このころ半グレ同士の抗争が激化し、毎日が喧嘩の明けくれで修羅場と化した。しかし、逃げ出すならこの混乱に紛れるのが一番いいと知子は考え、密かに上野を離れた。

そのまま姿をくらましてしまえばよかったのだが、一週間ほどたって、知子は様子を窺うために上野界隈に行ってみた。これが大きな間違いだった。同棲《どうせい》していた山形に見つかった。

「てめえ、勝手に逃げやがって、俺をコケにしやがって」

烈火の如《ごと》く怒った。

逃げようとした知子を追いかけ、山形は持っていたナイフで背中を刺した。

通行人の通報で警察と救急車が呼ばれ、知子は病院に運ばれ、山形は警察に逮捕された。知子の傷は肺にまで達していたが、幸い一命はとりとめた。

「その運ばれてきた病院が、俺が今いる大学病院だったってわけだよ」

初めて潤一が口を開いた。

「知ちゃんから事情を聞いた俺はすぐに親父に話し、何とかならないかと相談した。苦労ずくめのあの子には、幸せになってほしいからと」

潤一の得意そうな言葉に、

「へえっ、おじさんて、けっこういいところもあるんだ」

素直に麻世が潤一を褒めた。

「あっ、麻世ちゃんは誤解しているようだけど、俺はかなり親切というか、けっこう優しい心の持主というか、つまりは……」

自画自賛する潤一の言葉を遮るように、

「こいつも下町男の端くれだから、俺と一緒でけっこうお節介なところがあるからよ、なあ、潤一」

麟太郎が、さらりとその場をまとめた。

「親父と相談した結果、しばらくこの家で預かって、高認を受けさせるために、みっちり勉強をさせた」

すかさず潤一が声をあげる。

「高認って何だよ。私にはわからないよ」

「昔は大学検定っていっていたが、今は名称が変って高卒認定。簡単にいえば、その試験に合格すれば高校卒業と同じとみなされ、大学受験ができるっていう制度だよ」

「へえっ、そんな制度があるんだ。で、知子さんはどこかの大学を受験したのか」

勢いこんで麻世が潤一に訊く。

「残念ながら、いくら何でも大学は無理ということで、本人の希望もあって、定時制の看護学校を受けさせた。そして合格した」

「看護学校……」

独り言のように呟く麻世に、

「もうひとつ、いわせてもらえば、高認のための勉強の面倒を見たのは俺。知ちゃん専用の家庭教師のようなものだな。あの子はけっこう頭が良くて助かった」

潤一が胸を張った。

「おじさんは若い女の子に弱いから、それは充分に理解できるけどな」

辛辣な麻世の言葉に、潤一の顔が真っ赤に染まった。

「麻世ちゃん、それは違う。まったく違う。俺が若い女の子に弱いなんてことは、まったくの誤解で、俺はただ単に心根が優しいというか何というか……」

叫ぶように言葉を並べた。

「それはそれとして――」

麟太郎が厳かな声をあげた。

「それから知ちゃんは昼はバイトに行き、夜は看護学校――自立したいからといってアパートも借り、きちんとした独り暮しを始めた。その後、看護学校を卒業してからは知っての通りで、うちの診療所を手伝ってもらっている。以上だ」

力強く麟太郎はいい、大きくうなずいた。

「ひとつ、訊きたいことがあるんだけど」

遠慮ぎみな声を麻世があげた。

「こんなことを訊いたら駄目かもしれないけど、知子さんていったい今、いくつなんだ」

「去年の夏に二十三になったはずだから、もうすぐ二十四歳か。うちにきてからは、かれこれ六、七年になるな」

「二十四歳か——もっと若いかと思った。女の人の年は全然わからない」

自分が女であるのを忘れたようなことを、麻世はいう。

「それから、知子さんを刺した山形って男は今どうしているんだ。知子さんに復讐するためにここにくるってことはないのか」

元ヤンキーらしいことを、口にした。

「知ちゃんのこと以外にも、山形には殺人未遂の前科があり、別件も発覚して長期刑になっているから、まだまだ刑務所のなかだ」

簡単明瞭にいう麟太郎の言葉にかぶせるように、潤一が声をあげた。

「誰がきたって、ここに麻世ちゃんがいる限り、大丈夫なんじゃないのか。えいやあで、何とでもなるんじゃないのか。なあ、麻世ちゃん」

とたんに麻世の顔が綻ぶのがわかった。

まったく、こいつらときたら……。

「そんなやつがきたら、警察に任せればいい。麻世に出番などはない」

びしりといった。

「最後に、ひとつだけ」

麻世が押し殺した声をあげた。

「知子さんの過去は全部わかっているといってたけど、あの下谷元也っていう人は大丈夫なんだろうか。途中で逃げ出すなんてことは……そんなことになったら、知子さん、けっこう傷つくと思うけど」

自分の身と知子を重ね合せているようなことを、麻世は口にした。

「それは――」

麟太郎は思わず絶句してから、

「それは誰にもわからん。元也君という、あの青年を信じるしかない。見たところ真面目な人柄のようで、そういうことはないと信じたいんだが」

こういうより他はなかった。

元也は八王子の施設で介護の仕事をやっていると、顔合せの食事会のときいっていた。年は二十九歳で小さいころに父親を亡くし、ずっと母親と二人きりの生活を送ってきたとも。

その母親も二年前に交通事故にあって脊椎《せきつい》を損傷して車イスの生活になり、今は元也の働く施設に入所しているという。知子と知り合ったのは看護学校の介護実習で、その施設に知子たちがきたのが最初だったともいっていた。

「なあ、麻世」

麟太郎は麻世に優しく声をかける。

「元也君を信じようじゃないか。あの食事会のあと、念押しのためにもう一度知ちゃんに、過去は全部わかっているといってたけど、あの男、本当に大丈夫なんだろうなと訊いたら」

そのとき知子は、

「半グレグループに入っていたとしても、後ろからついて回っていただけで、人様に迷惑をかけるような悪事を働いて少年院や刑務所に入れられたりしたわけじゃないから大丈夫だと、あの人はいってくれましたから」

こんな言葉を口にしたという。

「そこまできっぱりいい切る男なら、信用できるんじゃないか。いや、信用してやらないでどうする。知ちゃんには幸せになってほしいからな、なあ麻世」

とたんに麻世の目が潤むのがわかった。

「うん」と大きくうなずき、

「私のこれまでも酷かったけど、知子さんはもっともっと。だから本当に幸せになってほしい。それを邪魔するやつは、私が絶対に許さない。命を懸けて阻止する」

ちょっと的外れな言葉ではあったが、麻世の心情は痛いほどわかった。麻世はやはり、知子のこれまでと自分を重ねている。知子の人生は麻世の人生と合せ鏡……そんなことを考えていると、ポケットのスマホが音を立てた。出てみると徳三だった。

「明日、西垣さんが退院したら、つきそってお前の所に行くからよ。そのとき手術代を俺が立替えて払うから金額を教えてくれ」

こんなことを徳三はいった。

「いいのか、親方が立替えて……」

といって大体の金額を口にすると、

「いいってことよ。入院していた病院の支払いも俺がすることになったから、まあ、ついでのようなもんだ。午後に行くからよろしくな」

さっき、その病院から連絡があって、西垣さんの退院の際には、本人に持ち合せがない場合、身元引受人に支払ってもらうことになりますと申し渡されたという。

「親方、あんたは、いいやつだなあ」

思わず麟太郎が口にすると、

「俺もおめえも下町育ち。並の男とは心意気が違わあ──」

こういって徳三は電話を切った。

とにかく──明日、あの男はここにくるのだ。さて、どんな話の展開になるのか。少なくとも、自分とどんな関わりがあったかぐらいはわかるはずだ。

しかし──。

徳三と西垣がやってきたのは午後の四時頃で、次の患者のカルテに麟太郎が目を通しているところだった。

診察室のドアがノックされ、受付の知子が顔を覗かせた。

「徳三さんと西垣さんがいらっしゃいましたけど、このまま順番待ちをしてもらいましょうか、それともすぐに」

知子は顔中に笑みを浮べて、麟太郎に伝える。

何の屈託もない気持のいい笑顔だった。元也を麟太郎たちに紹介してからの知子は、前より綺麗《きれい》になった。麟太郎はそんな気がしてならない。

「そうだな。退院したばかりの病みあがりの体で待ってもらうのも辛《つら》いだろうから、他の患者さんには申しわけがないけど、すぐに入ってもらおうか」

「はあい、わかりました」

知子は元気のいい声を張りあげてから、

「それから、西垣さんの手術代は徳三さんが立替えて払ってくれましたから」

ちょっと声をひそめていって、また顔中を笑いにしてドアを閉めた。

「知ちゃん、近頃楽しそうですね」

傍らの八重子が、羨しさを滲《にじ》ませた口調でいう。

「そりゃあ、まあ。今まで随分苦労してきてるからな、知ちゃんは。そんな苦労が全部吹っとんで、これからは――」

といったところで、診察室のドアがノックされ「入るぜ、大先生」というダミ声と同時に徳三と西垣が入ってきた。

「この通り、西垣さんは無事に退院してきたぜ。本人曰《いわ》く傷口はまだ痛むが、体調のほうはすこぶる良好だそうだ。なあ、西垣さん」

徳三のざっくばらんな言葉に、

「はい。その節は大変お世話になり、本当にありがとうございました。お陰様で元気に退院して参りました」

西垣は直立不動の姿勢から、体を折るようにして深く頭を下げた。そして、そのまま上げようとしなかった。やはり、かなり生真面目な性格のようだ。

「どうぞ、西垣さん。頭をあげてください。何といっても退院してきたばかりの体なんですから、何事につけても無理は禁物で。どうぞ頭をあげて、こちらのイスにお座りください」

麟太郎は丁寧にいって自分の前のイスを勧める。

「いえ、私はこのままで」

西垣は頭はあげたものの、イスに座ることは辞退した。何度勧めても応じようとはせず、直立不動で立っていた。生真面目なうえに頑固さも加わっているようだ。それならそれで仕方がない——。

「普通なら一週間ほどは入院したほうがいいところを早く出てきたんですから、ここ数日は体を労《いたわ》って決して無理は……」

と、病気予後の話をざっとする。

それが一段落してから、麟太郎は気になっていたことを単刀直入に切り出した。

「ところで妙なことをお訊きしますが、私は西垣さんとは以前、どこかでお会いしたような気がしきりにして。それもかなり重要な場面で、お会いしたような――どうでしょうか、西垣さんのほうにそんな覚えは」

真直ぐ西垣の顔を見た。

「多分、先生の勘違いだと思います。私には、そんな覚えは一向に。申しわけありません」

西垣はきっぱりといい切った。あのときと同じ暗い目だった。

「一向にですか。しかし、私のほうは、とても勘違いとは、もう一度、よく……」

身を乗り出すようにしていう麟太郎に、

「残念ですが――」

深く頭を下げて否定した。

「しかし」

なおも質《ただ》そうとする麟太郎に、

「大先生、それ以上は」

やんわりと八重子が口を挟んだ。

「そうだよ。医者が病人を問いつめてどうする。麟太郎、おめえの勘違いだ。そういうことだ。よくある話だから気にするな」

その場を収めるような徳三の言葉に、この話はこれで終った。

このあと西垣はきたとき同様、深々と頭を下げて徳三と二人で帰っていったが、やはり麟太郎の胸には釈然としないものが残った。

勘違いなどではない。確かにあの男とはどこかで会っている、どこかで……。

麟太郎は宙を睨んで、大きな吐息をもらした。

第二章　恋患いの少年

台所からいい匂いが漂ってくる。

「親父、あの匂いは――」

潤一が嬉しそうな声を出した。

「あれは多分、ハヤシライスの匂いだな。それも、ちゃんとした正統派のハヤシライスの匂いだ」

声を落して麟太郎はいう。

「俺もそう思う。あれはちゃんとした料理の匂いだ。ということは、今夜はまともなものが食べられそうだということだな」

身を乗り出してきた。

「待て、潤一、早合点は禁物だ。カレーライスとカレー焼きそばの前例があるように、麻世の頭のなかは予測不能だ。現物が目の前に出てくるまでは、めったな期待なんぞは持たねえほうが無難だ」

「ああ、あのカレー焼きそばだけは勘弁してほしいけど……しかし、ハヤシ焼きそばなんてのは聞いたこともないから、今夜はまず大丈夫なんじゃないか」

かなり声をひそめている。

「まあ俺も、今夜はまともな料理が出てくるような気がするが……だがよ、料理人は、あの麻世だからな」

麟太郎は肩から少し力を抜く。

「何にしたって今夜は楽しみだな。何といっても俺は、けっこうハヤシライスが好きだからさ。しかも、それを麻世ちゃんがつくってくれるというんだから」

いかにも嬉しそうに潤一がこういったとき、台所から麻世の鼻唄が聞こえてきた。

高倉健の歌う、いつもの『唐獅子牡丹《からじしぼたん》』だ。

「親父の十八番《おはこ》でもあり、麻世ちゃんの十八番にもなりつつあるな、この歌は」

ちょっと悔しそうに潤一はいう。

「そうには違いないが、麻世の口ずさむこの歌に近頃、変化がおきてよ」

「変化って――いったい何が変ったっていうんだ」

すぐに潤一が怪訝《けげん》そうな目を向ける。

「今まで麻世はこの歌の一番と三番だけを口ずさんで、二番は絶対に歌わなかった。それが近頃は――」

「二番も歌うようになったっていうのか。それで、その二番っていうのは、どんな歌詞なんだ」

興味津々の表情を麟太郎に向ける。

「まあ少し待て、もうすぐ歌うはずだからよ」

麟太郎が右手で潤一を制したとたん、麻世の鼻唄が二番に入った。

親の意見を　承知ですねて
曲がりくねった　六区の風よ
つもり重ねた　不孝のかずを
なんと詫《わ》びよか　おふくろに
背中《せな》で泣いてる　唐獅子牡丹……

歌を聴きながら「あっ！」という声を潤一があげた。

「あれから何度か、麻世は満代《みつよ》さんの見舞いに行ってるようだ。あいつは何にもいわねえけどよ」

小さくうなずく麟太郎に、

「そういうことか。麻世ちゃんもようやく、お母さんと正面から向きあえるようになったんだ。良かった、本当に……」

しみじみとした口調で、潤一はいった。

「だから、お前もよ。たまには満代さんの様子を見にだな――」

と麟太郎が口にしたところで、

「俺もあれから、二度ほど病室に顔を見せてますよ。病状は一進一退で、恢復《かいふく》にはほど遠いようだけど」

少し疳高《かんだか》い声でいった。

「そうか、行ってるのか。そいつはすまなかった。それにしても心の傷ってやつは厄介なものだな。なかなか劇的な変化は訪れず、いい兆候が見えたと思ったら、また逆戻り。これのくり返しで病気はどんどん長引いていく。これは辛い。本人も辛いし、周りも辛い。みんなが辛くて泣きたくなる。だが、これが現実なんだからと、大きな心で受け止めていくしかなす術はない」

麟太郎は独り言のようにいい、しばらく沈黙の時間が流れた。

「心の傷といえば今日の午後、妙な患者がやってきたな」

そんな重い空気を追いやるように、麟太郎が口を開いた。

そろそろ患者も途切れて診察も終るころ、一人の若者が麟太郎の前のイスに遠慮がちに座った。

　都内の高校三年生で、名前は前園透《まえぞのとおる》——千束《せんぞく》通り商店街の裏手のアパートに住んでいて、ごく平均的なサラリーマン家庭。背丈は普通だったが体は痩せていて、透の顔にはまだ幼さが残っていた。

「今日は、どうした」

　と単刀直入に訊く麟太郎に、

「胸が苦しくて、体に力が入りません」

　と細い声で透はいった。

　それならということで、ざっと全身を診てみたものの、何の異状も麟太郎には感じられなかった。そのことを端的に透にぶつけると、こんな言葉が返ってきた。

「実は、好きな女の子ができて……」

　弱々しい声だった。

「なるほど、好きな女の子ができて胸が苦しくて、体に力が入らねえか——それは透君、恋患いといって、神代《かみよ》の昔からある実に素晴らしい病であって、これを治す薬はまだ発見されてはいねえな」

　笑いながらいってやると、

「はいっ」

といって透はうつむいてしまった。どうやら何もかもわかっていて、麟太郎の許《もと》を訪れたようだ。

「そういうわけで、こればかりは自分で克服するより仕方がねえんだが」

麟太郎はちょっと言葉を切ってから、

「ところで透君は、どうにもならねえ恋の病だと知りつつ、なんで俺のところへやってきたんだ」

できるだけ優しく訊く。

「ここの先生は、きた人のどんな突拍子もない言葉にも耳を傾けてくれる、仏様のような人だという噂を聞いていて、それで」

蚊の鳴くような声で答えた。

いささか、お節介が過ぎる仏様だがと麟太郎は胸の奥で呟きながら、

「病は気からという言葉があるが、恋の病はその典型的なもので、これぱっかりはいくら名医の俺でも何ともなあ……逆に透君は俺にどうしてほしいと思ってるんだ」

質問をぶつけてみた。

「ただ……」

透は喉につまった声を出してから、

「話を聞いてもらえるだけで。こんな話、誰もまともに聞いてくれませんし、恥ずかし

いですし――」

　いかにも恥ずかしそうにいった。

「そうか。それじゃあ、ちゃんと話を聞かねえとな。いいたいことがあるのなら、全部ぶちまけるといい。それだけでも、かなり楽になるはずだ」

　透の肩をそっと叩いてやる。

「あの、僕は女の子が苦手で、面と向かって話をすることもできなくて。だから、今まで女の子とつきあったこともなくて。かといって女の子が嫌いなわけでもなくて。とにかく女の子が苦手で苦手で」

　ぼそぼそと話し出すが、どうにも何がいいたいのか、麟太郎にはさっぱりわからない。

「それで、どうしたんだ」

　と先を促すと、

「それで――面と向かって話をすることが無理なら、SNSの交流アプリを使ったらどうだろうかと思って、それを」

　麟太郎には理解できない言葉を並べた。

「ちょっと待て。何だ、その交流アプリというのは。俺にはまったくわからねえ、言葉なんだけどよ」

「それは、スマホの機能のなかに、いろんな人と文字を使ってやりとりのできるアプリがあって。それなら文章だけのやりとりなので、僕にも何とかできるんじゃないかと思って……」

透はスマホの交流アプリのあれこれを細かく説明するが、麟太郎にはなぜそんな機能がスマホについているのか、そもそも、そんな機能がなぜ必要なのかよく理解できない。まあ昔の『文通求ム』の類いなんだろうと無理に納得はしてみたものの……。

「とにかく、そのアプリを使って透君は女の子とのやりとりに挑戦してみたんだな」

空咳《からせき》をひとつしてから、麟太郎は嗄《しわが》れた声を出す。

「はい。一年ほど前から、そのアプリで何人かの女の子とやりとりしてみたんですが、結局駄目でした」

肩を落してうなだれる透に、

「駄目とはどういうことだ。きちんと話してみろ」

強い口調でいうと、透の体がびくんと震えるのがわかった。どうやら、この透という若者は、かなり気の弱い性格のようだ。

「僕とのやりとりの言葉が、面白くない、トロイ、つまらない……みんな、そんな風に感じたようで、しばらくやりとりをしたあと、ほとんど消滅しました」

透の言葉に、なるほどと麟太郎は納得する。

今も昔も、真面目すぎる男は敬遠されて、口のうまい、チャラっぽい男に女性は惹《ひ》かれる。この傾向に変りはないようだ。

しかしと麟太郎は考える。透は今、全部ではなくほとんど消滅したという言葉を使った。ということは恋患いの相手は、その残った、特に気立てのいい女の子なのか。

そのことを透に質してみると、

「あっ、確かに全部ではなく、一人の女の子だけが残りましたけど、その子は僕のほうから断りました」

意外なことを口にした。

「断ったって……なぜ」

ぽかんとした表情を麟太郎は浮べる。

「その子に真面目さを感じなかったから。何だか僕のことをからかっているような、弄んで面白がっているような……そんな雰囲気を感じたから」

低すぎるほどの声で透はいった。

「具体的にいうと、どういうことなんだ」

「たとえば、僕が何か言葉を並べると、あら、カワユイ、私のポチとか、ガンバリや、くそマジメとか……そんな言葉が交じるようになって、それで、もうやめましょうと僕のほうから断りのメールを」

肩で大きく息をした。

「なるほど。詳細はわからねえが、その子の文章を見て透君はそう感じたんだな。しかし、ひょっとしたら、ちょっと飛んでるだけの女の子だったかもしれねえな」

「いえ、それは違います」

麟太郎の言葉を透は即座に否定した。

そのあとすぐに、

『テメエ、面白がって遊んでやってたのに断るとは何事だ。つきあい料きっちり取り立ててやるから覚悟しとけ。私の彼氏は半グレだからよ』

こんなメールが届いたと、透はいった。

「彼氏がいたのか。やっぱり、からかわれていたということか。それはとんだ災難だったな――それでその連中は透君のところへきたのか」

「いえ、そのメールが届いたのは一カ月ほど前ですけど、それからは何の連絡も」

透はほんの少し笑顔を浮べ、

「自分で言うのも変ですが、僕はおとなしくて優しいだけが取柄《とりえ》の人間ですから、ずっとびくびくして暮していましたけど、近頃やっとほっとした気持に……」

大きな吐息をもらした。

と、ここまで麟太郎が話したところで、

「親父、話が長すぎる」

潤一がちょっと苛立《いらだ》った声をあげた。

「余分な話が多すぎて、何がどうなのか肝心なところがまるで見えてこない。その半グレカップルの件にしても、それで落着になったんだから話すほどのことじゃないのにダラダラと——そんな性格だから、その透君という高校生は女の子に嫌われるんだ」

ばっさりと斬りすてた。

「透君というのは根が純情で真面目なんだ。だから、できるだけ多くの情報を聞いている人間に与えようとしてだな。世の中の男たちのなかには、こういう不器用な性格の人間がけっこういるんだ。お前も医者の端くれなら、それを察してやらないで、どうするんだ」

麟太郎は、じろりと潤一を睨む。

「それはそうだけど、いかにも要領が悪すぎて面白くないから」

潤一がこういったとき、ふいに横手のほうから声がかかった。

「私には、けっこう面白い話のように聞こえたけど」

麻世が腕をくんで立っていた。微かに笑みが両頬に浮んでいる。

「何だ、麻世、聞いてたのか。料理の仕度のほうはもう終ったのか」

嫌な予感がした。

あの笑みは……。

「料理のほうは一時中断――話の内容がちょっと気になったから。ここでずっと聞いてた。私は、その透君のような不器用で気弱な人間が嫌いじゃないしね」

麻世の最後の言葉に、潤一の顔が情けなさそうなものに変るのがわかった。

「それに、半グレやらヤンキーが出てくるとなると、やっぱり私の出番ということになるからね」

胸を張っていった。

「何度もいうようだが、お前の出番などない。そういうときは、警察に任せればいい。そういうことだ、麻世」

やっぱり予感が的中した。

「そうかも、しれないけど」

ぼそっといって、

「料理、つくってきまあす」

麻世は、その場を離れていった。

潤一を窺うと、まだ意気消沈している。

「どうした、潤一。話のつづきを聞くか、それともやめるか」

優しい声で訊いてやる。

「聞くよ。麻世ちゃんが面白いといった以上、聞かないわけにはいかないだろう」

これも、ぼそっといった。

交流アプリの件が終り、透の話はようやく恋患いのことに移った。そして、その話はこれまでと違って、けっこう短かった。

「その半グレメールが届いて一週間ほどして、僕はこのすぐ近くの今戸《いまど》神社にお参りに行ったんですけど」

といったところで麟太郎は、

「今戸神社にお参りにって、いったい何の祈願に行ったんだ」

訝しげな声を出した。

「さっきいったように僕はけっこう気が小さいので、半グレメールの件が恐《こわ》くなって、それで、お参りに」

くぐもった透の声にかぶせるように、

「今戸神社は、縁結びの神様でもありますからね」

それまで壁際に黙って立っていた八重子が、嬉しそうな声をあげた。ぎょっとした様子で透が八重子を見た。それまで八重子の存在など、まったく忘れていたような素振りだった。

「あっ、もちろん、それもありますけど」

上ずった声をあげてから、

「そのあと、こっちのほうにぶらぶら歩いてくると、前からやってくる女性がいて、その女性を見て、僕は……」

麟太郎の胸が、ざわっと騒いだ。

嫌な兆候だ。

「一瞬で好きになりました」

はっきりした声で透はいった。

「その女性は、どんな顔立ちで、どんな格好をしてたんだ」

身を乗り出して麟太郎は訊く。

「どんな顔立ちって……とにかく、息をのむほど可愛《かわい》いんです。ぱっと花が咲いたように綺麗で、背も高くて……服装は頭がぼーっとしてしまってよく覚えてないんですが、ジーンズ姿だったように思います」

恥ずかしそうにいう透に、

「それで、年は何歳ぐらいに見えたんだ。それから、何時ぐらいに透君はその女性を見たんだ」

麟太郎は矢つぎ早に質問をあびせる。

「女の人の年はよくわかりませんが、大体僕と同じぐらいか、それより少し上ぐらいか。

会った時間は、夕方の六時頃だったと思います」

「そうか。とにかく息をのむほど可愛くて、花が咲いたように綺麗で、背も高くて服装はジーンズ姿。年は透君と同じぐらいで、出会ったのは夕方の六時頃……そういうことか」

独り言のように呟く麟太郎に、

「あのう……」

と恐る恐るといった様子で透が声をあげた。

「さっきはいいませんでしたけど、出会ったのがこの医院の近くだったというのも、ここに診てもらいにきた理由のひとつです」

「ああ、そうだな。それは正しい選択だったかもしれねえな」

よくわからないことを口走ってから、麟太郎はひとつ空咳をした。

「僕はこんな気弱な性格だから、凜としたかんじの頼りがいのある女の子が好きで。その出会った女性も凜としたかんじが……眩《まぶ》しいくらいに凜とした」

早口で透がまくし立てた。

「眩しいくらいに、凜とした女性なあ……」

喉につまった声を出してから、

「とにかく透君は、この近所で出会った若い女性に一目惚《ひとめぼ》れをした。そのために胸が苦しくて体に力が入らないようになった――そういうことなんだが、さて、どうしたらいいのか、対策がな……」

自分にいい聞かせるように麟太郎はいい、

「それで、透君はまた、ここにくる気持はあるのか。恋患いの治療のために」

念のために訊いてみた。

「もちろん、きます。こんな話ができるのは、やぶさか先生しかいませんから」

嬉しそうに透は、やぶさか先生ではなく、前置きなしの大先生です」

「前園さん。やぶさか先生ではなく、前置きなしの大先生です」

やんわりと八重子が口を出した。

「あっ、すみません。大先生のところに、またくるつもりです」

ぺこりと頭を下げた。

「なら、しばらく様子を見よう。それから対策をじっくり考えてみようじゃないか。それでいいか、透君」

「はい、僕のほうはそれでいいです。何から何までありがとうございます、大先生」

明るい声を張りあげるが、このあと深々と頭を下げてから診察室を出ていく透の後ろ姿には焦燥感が滲んでいるように見えた。

「大変なことになりましたね、大先生。透君が一目惚れした相手というのは、やっぱり」

八重子がすぐに声をかけてきた。

「そうだな、そのやっぱりという確率は高いよな」

ぼそっと声を出す麟太郎に、

「どうします。あの様子では、失恋でもしようものなら、それこそ首でもくくりかねないですよ」

八重子は口にしながら小さくうなずく。

「八重さん、それは」

じろりと麟太郎が睨むと、

「すみません、いい過ぎです。迂闊《うかつ》なことをいってしまいました」

八重子は腰を折るようにして、深く頭を下げた。

これが、この話の全容だった。

「親父、それは」

ついさっきまで透に対して鼻息の荒かった潤一が、ひしゃげた声をあげた。

「何だ、その声は。何もまだ、透君の一目惚れした相手が麻世だと決まったわけでもないだろうが」

台所の気配を気づかいながら麟太郎はいう。

「だけど、この界隈で息をのむほど可愛くて、眩しいほど凛とした女性なんて、麻世ちゃんの他にはいないだろう」

潤一も、さすがに声をひそめる。

「それは、わからん。何といっても浅草界隈は人口密集地帯だ。人が多ければ美人の数も、それに比例して多くなる寸法だ。だから、まだ、麻世だとは決まってはおらん」

屁理屈じみたことをいってから、

「それに、麻世の性格はお前もよく知っているだろうが。簡単に男を好きになるはずのないことぐらいはよ」

お前も含めての話だがとつけ加えたかったが、さすがにそれは喉の奥に飲みこんだ。

「それは違うぞ、親父」

声を殺しながらも、潤一は語気を荒らげた。

「風鈴屋の高史君の例も、あるじゃないか」

潤一がいう、高史の例とは――。

去年の夏、純情可憐《かれん》な好青年で通っていた風鈴屋の高史が、今度の透と同じように恋患いにかかった。

相手は麻世とも顔見知りの、メリケン知沙《ちさ》の異名を持つ、バリバリの元ヤンキーだった。「あの人は、やめたほうがいい」と、その事実を話して忠告する麻世に「やっぱり僕には知沙さんを諦めることは……」と高史は訴えた。

高史のひたむきな思いに共感した麻世は、麟太郎と一緒に何とか二人を結びつけようと後押しを開始する。その甲斐《かい》あって二人は交際を始めることになり、そのつきあいは今もつづいている。

「いいか、親父。麻世ちゃんは権威や強い者が大嫌いで、いつも弱い者の味方なんだ。弱い者を見ると、心が動いて親身になってしまう性格なんだ」

潤一はまくしたてる。

「けっこうなことだ。麻世はいつも弱者の味方。今時珍しい、立派すぎるほどの性格じゃねえか」

至極真っ当な麟太郎の言葉に、

「そんなことは、わかってるさ」

潤一は苦しげに言葉をつづける。

「わかっているのは承知の上で、今回はまずいといってるんだ。何たって、相手の透君は高史君に輪をかけたように気弱な性格じゃないか。そんな透君に好きだといわれたら、さすがの麻世ちゃんの心だって……」

潤一は大きく深呼吸をした。

「心配するな、潤一。麻世の心は、そんなに単純じゃねえ。高史君のときだって、気弱な高史君に、バリバリの元ヤンキーだった知沙さんの身の上が重なって、その相乗効果で麻世は一生懸命になった。今回は気弱さということだけは同じだが、それに重なるものは何もねえ。だから相乗効果はおこらねえ。そういうことだ、潤一」

麟太郎は、ずらりと理屈を並べたてた。こうでもいわないと、理屈っぽい性格の潤一の心は宥《なだ》められない。

「相乗効果は、あるさ」

ぽつりと潤一がいった。

「二人は同じ、高校三年生。これは誰が見たって似合いのカップルだ。これは確実にプラスの方向に作用するはずだ」

珍しく、真っ当なことを口にした。

「それでいくと、お前とは誰が見ても不似合いのカップルで、これは確実にマイナスに作用することになるぞ」

うんざりした気持で麟太郎は口に出すが、そんなことはまったく無視した様子で、

「それから、例の脅迫メールだよ。あれだけですめばいいけど、もしその半グレが押しかけてきて透君をぼこぼこにすれば――そのとき麻世ちゃんの心は」

穿《うが》った見方を口にした。

「それは……それは困ったな」

むろん、麟太郎の心配は潤一と違って、麻世が半グレ相手に暴れることになる恐れだったが……。

「だろう。ぼこぼこにされた透君を見て哀れさが湧いて、それがやがて好意に変って、そしてさらに」

といったところで麟太郎が口を開いた。

「あのなあ、潤一。何度もいうようだが、麻世の心はそれほど単純じゃねえ。それを肝に銘じて、莫迦げた心配をするのはやめにしろ。もっと冷静になれ」

いったとたん、大きな長嘆息が出た。

こいつも、ある種の恋患いだ。

高史や透のことをいえた義理じゃない。

いや、年が上な分だけ、潤一のほうが病の程度は重いといえるかもしれない。

「だけど、親父。麻世ちゃんはさっき、私は透君のような不器用で気弱な人間が嫌いじゃないっていってたこともあるし」

確かに麻世はそういった。しかしまあ、細かいことをよく覚えているやつだ。やっぱりこいつは、恋患いだ。

そんなところへ「できた」という麻世の声が台所から響いた。かなり自信のある声だ。

麻世がこんな声を出すのも珍しい。

すぐにテーブルの上に麻世の自信作のハヤシライスが並ぶ。麻世の分はなく、潤一の隣に音を立てて座りこんだ。どうやら二人の反応を見極めるようだ。

麟太郎はすぐにスプーンですくって、口のなかにそっと入れる。うまかった。正直なところ、麻世のつくった料理でこれほど完全なものを麟太郎は今まで味わったことがなかった。

「うまいな、これは」

感嘆の声を出した。

「本当に！」

はしゃいだ声を麻世があげた。

「俺が嘘をいわない人間だってことは、お前もよく知ってるだろう」

「それは、そうだった」

ぺろりと舌を出した。

嬉しそうだ。

だが麟太郎の本音は複雑だ。

実をいえば、完全な料理など、麻世につくってほしくなかった。極端なことをいえば、カレー焼きそば。あんな料理がよかった。まずい料理を口にしながら悪態をつくのが麟太郎にはは楽しかった。

「おじさんは」

と潤一に麻世が訊いた。

「あっ、おいしいよ、本当に」

低い声で潤一がいった。

「何だよ、それ。何だか私には、口先だけのように聞こえるんだけど」

「まあ、麻世。こいつは今、料理どころじゃない難題をつきつけられて頭を悩ましているところだから、許してやってくれ」

やんわりというと、

「ふうん。やっぱり、お医者さんという仕事は大変なんだ」

首を縦に振りながら、麻世は台所に戻っていった。

午前の診察を終えて『田園』に行くと、すぐに夏希が飛んできた。

「あら、大先生、お久しぶりですね」

ちょんと脇腹を指でついた。

「久しぶりじゃねえだろう。一昨日《おとつい》も俺はここにきているはずだがよ」

「何を野暮なことを。毎日きてくれないお客様は、久しぶり――そういうことになってるんですよ」

　また脇腹を指でつつき、

「じゃあ、お仲間のところへどうぞ」

　奥のほうを目顔で示した。

　そっちを見ると風鈴屋の徳三が、口をもごもごさせながら手を振っている。

「コーヒーつきのランチでよかったですね。今日のランチは、牛丼ですからね」

　そういってカウンターのほうに戻る夏希に背を向け、麟太郎は徳三のいる席に向かう。「夏希との件は落着したはずなのに、なんでこいつはこの店に入りびたりなんだ」と胸の奥で呟きながら。

「おう、麟太郎。夏希ママのこさえる牛丼はなかなかいけるぞ。様子のいい女性は、料理もうめえ。まあ、そういうことだな」

　イスに座るなり、機嫌よくいう徳三の声に「そんなことは断じてない」と麟太郎はこれもまた胸の奥で呟く。麟太郎の頭のなかには、麻世の顔が浮んでいる。

「ところで、親方」

　麟太郎は徳三を真直ぐ見て、嗄れた声をあげる。

「例の夏希ママとの結婚話はご破算になったはずだけど、親方はなんでこの店に顔を見せてるんだ。まだ何か、下心でもあるのか」

ずばりといった。

「何をいってるんだ、おめえはよ。縁は切れても好きだった女が近くにいれば、顔を出すのが下町男の心意気ってえもんだ。女手ひとつで店をきりもりしてるんだ。困ったことや心配ごとや……そういったときに、じゃあ俺がと一肌脱ぐのが真の男ってえもんだ。そうじゃござんせんかねえ、大先生よ」

「それはそうだけどよ」

と答えてはみたものの、何となく威勢のいい言葉にごまかされたような気がしないでもない。

「まあ、いってみれば、親心だ。おめえだって、そうだろ。様子のよさだけじゃなくてよ、そんな気持でここに通ってるんだろう」

親心といわれてみて、はてと麟太郎は首を傾げる。そんなものではないことは確かだが、それではと考えてみて……悪女の吸引力という言葉が浮んできたのに愕然《がくぜん》とする。

「あらっ、話が弾んでますね」

そんなところへ夏希が牛丼のセットを運んできて手際よくテーブルに並べ、

「それじゃあね、両先生」

新しい客がきたのを見つけ、急ぎ足でさっさとその場を離れていった。

二人はしばらく黙って牛丼を食べる。

「ところで、親方。例の西垣さんなんだが、どんな様子かね」

箸を止めて麟太郎は徳三に訊《たず》ねる。

「体の調子もいいようで、近頃は留守にしていることが多いな――あのあと西垣さんは、私も何か仕事をしなければといってたから、職探しでもしてるんじゃねえのかな」

真顔で答える徳三に、

「そうなると西垣さんは、当分はあの空き家に住みつくことになるのか」

独り言のように麟太郎は口に出す。

「そして、おめえの命を虎視眈々と狙っている。そういうことだな」

何でもないことのようにいう徳三に、

「親方、それはいい過ぎだろ。いくら何でもそれはよ」

思わず麟太郎は抗議の声をあげる。

「冗談だよ。いくら俺でもそんなことは思っちゃいねえよ。ただ、あの目がよ。西垣さんが時々見せる暗い目が、ちょっと気になってな。それでよ」

徳三も西垣の、あの暗い眼差《まなざ》しに気がついているのだ。

「それで、おめえはやっぱり、西垣さんとどこで出会っているのか。いまだに思い出せずにいるのか、大先生」

「思い出せねえ。出会っているのは確かなはずなんだが、それがどこで、どんなことがあったのかまったく思い出せねえ。とうとう耄碌しちまったかと情けなくなる」

しんみりした口調で麟太郎はいう。

「心配するな。おめえはまだ耄碌なんぞしちゃいねえ。夏希ママ目当てに、いそいそと目尻を下げてこの店に通っているのを見れば、そんなことは一目瞭然でよくわかる。大丈夫だ」

「おい、俺は別に、いそいそと目尻を下げてなんかは――」

急いで否定しようとすると、

「みなまでいうな、麟太郎。おめえのことは幼馴染みの俺がいちばんよく知っている。お互い、似た者同士なんだからよ」

徳三は妙な締め括り方をしてから、

「ところでちょっと小耳に挟んだんだが、麻世ちゃんを、死ぬほど好きだという兄《あん》ちゃんが診療所に現れたそうじゃねえか」

びっくりすることを口にした。

「親方、おめえ、どっからそんな話を仕入れてきたんだ」

唖然とした表情を麟太郎は顔に浮べる。

「どっからって、町内の噂だよ。元ネタが誰からなのかは知らねえが、町内のもんはみんな知ってる話だぜ」

驚いた、心底驚いた。この件を知っているのは麟太郎と八重子、それに潤一の三人だけなのだ。麻世も透の恋患いの件は知っているが、その相手が自分であるのは知らないはずだ。となると――。

「何だ、この話、眉唾物か」

じろりと徳三が麟太郎を見た。

「いや、そういうわけでもねえんだが、何分相手も若いし、麻世も若いし……」

ごにょごにょと言葉を濁す。

「そうこなくっちゃいけねえ。といっても麻世ちゃんは、あの通りの器量だ。いい寄る男が、わんさかいたとしても不思議じゃねえ。とどのつまりが、その兄ちゃんの泣きっ面で幕が引かれるのは目に見えている。何とも面白くねえ結末だが、万にひとつ」

「万にひとつ、何だよ」

「すったもんだの末、麻世ちゃんがめでたく、その兄ちゃんを受けいれて……となれば、これはもう拍手喝采の、あら不思議なんだが、無理だろうな、どう考えても」

徳三は大きくひとつうなずいてから、

「実を取るなら、男は器量好《よ》しの女に惚れちゃあいけねえ。何にしたって、そこそこが一番。てっぺんなんぞ望んだら、真っ逆さまに奈落の底だ。もっとも、お金大好きの夏希ママだけは別物だけどよ」

にまっと笑ったところで、傍らから声がかかった。

「何、私と麻世さんがどうかしたとか聞こえたんだけど」

すぐそばに夏希ママが立っていた。

「あっいや、夏希ママと麻世ちゃんは、飛びっきりの美人だっていう話をちょっとな」

さらっと徳三が話を流した。

「何だ、そんなこと、当たり前の話じゃない」

夏希はしれっといってから、

「それより、麻世さんに、死ぬほど好きだから結婚してほしいという男が現れたと、あるお客さんがいってたけど」

興味津々の顔でいうが、話がかなり大きくなっている。

「いや、ママ。それは大きな誤解でよ。そんなことは決して。単なる若者の、麻世への片思いっていうだけの話だよ」

慌てて麟太郎は弁解する。

「その程度の話なの、つまんない。私は麻世さんに、いろんな恋をしてもらいたいと思ってるんだけどね。そうすればあの頑《かたく》なな性格も丸くなって、私と一緒に銀座でお店を持つこともね」

いかにも残念そうに夏希はいうが、麟太郎の胸は騒いでいる。

誤解が混じっているとはいえ、これだけ多くの人間が麻世と透の件を知っているとは——こうなれば早めに手を打たなければ、麻世も透も傷つくことになるのは目に見えている。しかし、どうすれば。

「ねえ、大先生。また麻世さんをここに連れてきてくれる。とっておきの最後の手段で銀座行きをくどいてみるから」

最後の手段——そういえば以前、一緒に銀座で店をやろうと麻世をくどいて断られたとき、夏希が口にした言葉だ。気にはなったが今はそれどころではない。まず、麻世と透の件だ。それを何とかしなければ。

麟太郎は臍《ほぞ》を固めた。

その夜、レトルト食品のハンバーグで無事夕食を終えた麟太郎は、後片づけのために台所に立った麻世の隙をねらって傍らに座っている潤一に声をかけた。

「お前だな、潤一。麻世と透君のことを町内の誰かに喋ったのは」

とたんに潤一の顔に狼狽《ろうばい》が走る。

「ああ、それはまあ。何だか心配というか焦りというか。そんな気持が胸にくすぶっていて、ちょうどここから診察を終えて出てきた米子《よねこ》ばあさんとぶつかって。ちょっとした立ち話をしたとき、ぽろっと」

素直に潤一は白状する。

「そのおかげで、麻世と透君のことが町内中の連中に、かなりの尾ひれがついて広まっているることをお前は知っているのか」

押し殺した声で麟太郎はいう。

「ああ、やっぱり。話をしたあと、しまったとは思ったんだけど後の祭りだった。申しわけない。本当に申しわけない。大人げないことをしてしまった」

麟太郎に向かって頭を下げた。

どうやら、かなり反省はしているらしい。

「俺に謝っても仕方がねえ。しかし、広まった噂の火消しだけはしないとな。そうでないと麻世と透君がかわいそうだ。そこで俺は腹を括った」

「腹を括ったって……親父はいったい何をやらかすつもりなんだ」

心配そうな声を潤一はあげる。

「こうなったら、荒療治しかねえ……麻世にすべてを話し、麻世が透君をどう思っているかを訊いて、その答えを直接、透君に伝えてもらおうと思っている」

「それって、ひょっとしたら麻世ちゃんが透君とつきあうのを、オーケイするってことになるかも……」

潤一の言葉の語尾が掠れた。

「そうなるかもしれんし、逆に断りの言葉が出るかもしれん。そのあたりはこれから麻世に訊いて本意を質すつもりだ。事を収めるにはこれしかない」

「それをこれから、麻世ちゃんに訊くのか。だけど、それは、あまりに無謀というか畏れ多いというか」

訳のわからないことを、潤一は並べたてる。

「無謀もへったくれもない。これしか方法はないんだから仕方がねえ」

ぴしりというと、

「ああそれなら、俺はもうこのあたりで退散するよ。そんな場面に立ち会うのは心のほうがもたない。結果はあとで知らせてくれればいいから」

泣き出しそうな声でいった。

「何を莫迦げたことを。自分の蒔《ま》いた種じゃねえか。自分でちゃんと刈り取れ。しっかりと自分で見極めろ」

「それは、そうだけど」

「よし、決まりだ。腹を括っとけ」

そう潤一に発破をかけてから、

「麻世、後片づけがすんだら、ちょっとこっちにきてくれねえか。大事な話があるからよ」

台所に向かって麟太郎は大声をあげる。

「はあい。あと十分ほどで終るから」

屈託のない返事が聞こえ、しばらくして麻世は食卓にやってきて潤一の隣に座りこんだ。潤一の体がびくっと震えるのがわかった。

「実はな、麻世。お前もこの前の話で半分は知っているだろうが――」

と前置きをして、麟太郎は透の恋の相手がどうやら麻世のようだということを丁寧な口調で話した。

「えっ、相手は私なの！」

話を聞き終えた麻世は大声をあげた。そして視線を落して黙りこんだ。

数分後――。

「私は――」

重い口を開いた。

潤一の喉がごくりと動いた。

「今のところ、男の人とつきあう気はまったくないから。いろんなものが体中に引っかかっていて体も心も傷だらけで、とてもそんな余裕はないから」

一語一語嚙みしめながら、ゆっくりいった。

暗い面持ちだったが、逆に潤一の顔には安堵の表情が広がった。

「そうか、わかった。麻世のいうことに無理はない。大体見たこともない男に対しての気持を訊くというのも妙な話で、その点はすまないと俺も思っている。悪かったな麻世」

素直に謝る麟太郎に、

「あっ、じいさん。それは違うよ。ちらっとだったけど、私はその透君という子の顔を見ているよ」

さらりと麻世がいった。

「あの日、学校から帰って、また待合室にいる患者さんたちの声に黙って耳を傾けようと母屋から通路に出てそっちを見てみると、すぐに泣き出しそうな顔をした男の子の横顔が目に飛びこんできて。それがあんまり暗い表情だったから、これはまずいなと思ってすぐに母屋に引き返したんだけど、あれが多分、透君だと思うよ」

待合室にいる患者の声を聞くというのは、人間というものを知りたいと願う麻世の、この診療所にきてからの日常的な習慣のようなものだった。

「そうか、間違いないな。それが透君だ。あのときは随分、思いつめた顔をしていたからな。そうか、いちおうは見ているのか」

ほっとした声を出す麟太郎に、

「うん。けっこう可愛い顔してたよ」

ほんの少し笑いながら、麻世がいった。

とたんに潤一の顔に悲痛な表情が浮ぶ。

「じゃあ、麻世。その透君に今いった、お前の思いを直接会って伝えてやってくれないか。透君も麻世自身から直接聞けば納得もするだろうし、諦めもつくだろうからよ」

やんわりと鱗太郎が口に出すと、

「親父、それはまずいんじゃないか。そんなことを麻世ちゃん自身から直接聞けば、心のほうが折れてしまうんじゃないか。その透君って子は相当気の弱い性格らしいし、そんなことになったら大変だぜ」

すぐに潤一から横槍《よこやり》が入った。

どうやら潤一は、麻世と透を会わせたくないようだ。

「しかし俺には、それぐらいの荒療治のほうが、透君のこれからのためにもいいような気がするけどよ」

「普通の性格の人間ならそれでもいいけど、透君って子は、気弱で優しくて女の子とはまともに口もきけないような性格なんだろ。そんな子に、そんな荒療治をすれば……ここはやっぱり二人を会わせるのはやめて、親父の口からやんわりと伝えたほうがいいんじゃないのかな」

潤一は、あくまで反対の立場を崩さない。

「それはそうだが、現にここには、麻世という透君の好きな相手がいるんだから、そこはやっぱり筋として麻世によ」

下町男の好きな、筋という言葉が麟太郎の口から飛び出した。

「それは、わかるけど、透君の性格を考えればここは――」

と潤一がいったところで、

「わかった」

と麻世が妙に優しげな声を出した。

「じいさんがいったように、透君には私が会って直接伝える。もしそれで透君の心が折れるようなことになったら、そのときは私が何とかする。それでいいんじゃないか」

日頃の麻世からは考えられない、びっくりするようなことを口にした。

「麻世ちゃんが何とかするって――いったい何をするつもりなんだ」

潤一の口調が、オロオロ声に変った。

「時々会って話を聞いてやってもいいし、相談事があれば乗ってやってもいいし。透君の心の傷が癒えるまで、責任をもって私が面倒を見てやるよ」

はっきりした口調でいった。

「ほうっ……」

麟太郎の口から吐息がもれた。

バリバリのヤンキーだった麻世には、同年代のちゃんとした友達がほとんどいない。そんな気がした。ひょっとしたら、透の心の傷を癒やすということは、麻世の心の傷も癒やすということに繋《つな》がるのかもしれない。強がってばかりいる麻世も、実は淋《さび》しいのでは……そんな気もした。

「よしわかった。透君のことは麻世に任せよう。それがやっぱり筋というもんだ」

麟太郎の凛とした声に、

「いや、しかし親父、俺には麻世ちゃんが、ろくに接点もない他人の世話というか心の手助けというか、そんなことができるとは、到底」

なおも食い下がる潤一に、

「大丈夫だよ、おじさん。前にもいったように、私は透君のような内気で気弱で不器用な人間は、決して嫌いじゃないから」

ちょっと恥ずかしそうにいう麻世の言葉に、潤一の両肩がすとんと落ちた。

「それで決まりだ。透君が今度くるのは明後日《あさって》の午後、診療時間の最後だ。そのときは家にいるようにしておいてくれ、麻世」

麟太郎がこういって、この日はこれでお開きになった。

問題の日――。

麟太郎は朝から落ちつかなかった。

「どうしたんですか、大先生。何だか妙にそわそわしているようですけど」

午前中の患者の診察が終り、小さな伸びをしたとき八重子が声をかけてきた。

「やっぱりそう見えるか。実はかなり大変なことが、このあと控えていてよ」

と麟太郎は、今日おきることのすべてを八重子にざっと話して聞かせた。

「まあ、それはけっこう大変ですね」

歓声じみた声を八重子はまずあげ、

「麻世さんが、透君の面倒を見るっていったんですか」

そのあと訝しげな声に変った。

「あれには俺も驚いたよ。いったい、麻世の頭のなかで、何がおこっているんだろうかってよ……」

「それは――」

八重子は少し間を置いて、

「淋しいんじゃないですか、麻世さんも」

ぽつりといった。

「そうか、八重さんもそう思うか。俺もそうなんじゃないかと思ってよ」

「何といっても麻世さんはまだ、高校三年生になったばかり。私たちから見たら、まだまだ子供ですからね」

八重子のしみじみとした言葉に、

「そうだよな。淋しいんだよな。長年生きてきた俺たち年寄りだって、淋しいときは多々あるもんな。仕方ねえよな」

麟太郎はこう返して、それっきり二人は黙りこんだ。

そして午後の診療時間も終りに近づいてきて——。

「きてますよ、あの子。透君」

耳打ちするように八重子がささやいた。

「そうか、きてるか。あと残っている患者さんは何人だ、八重さん」

「透君を入れて、あと三人です」

「ならさっさと二人を片づけて、透君と対峙《たいじ》してみるか」

麟太郎は両手で自分の頬をぱんと叩いた。

その二人の患者も終って少しすると、診察室のなかに透がおずおずと入ってきた。

「どうだ透君。心と体の調子は」

前のイスに座らせた透に、ことさら明るい調子で麟太郎は話しかける。

「最悪です。心臓がばくばくいってます。何だか体もふわふわしています」

上ずった声で透はいった。

「心臓がばくばくいって、体がふわふわって、何かあったのか」

怪訝な声を麟太郎があげると、

「はい、あの、実は見つけたんです。僕があの一瞬で好きになった女の子を今日……」

掠れた声でいった。

「それも、この診療所のなかでです」

極めつけの言葉が透の口をついて出た。

透はどこかで麻世を見かけたのだ。

「そうか、見たのか――実はな透君の話をいろいろ総合して考えてみて、俺も透君の一目惚れした相手はこの診療所のなかの人間じゃないかと気がついてな。それでその女性に今日ここで会わせてみようという段取りをしたんだが、どうだろうな」

できる限り穏やかにいった。

「えっ、今日これからですか。僕がその人と、ここで会うんですか」

透の体が小刻みに震え出した。

「無理か……」

「無理じゃないんですけど、何だか体のほうの震えが止まらなくて」

情けなさそうな声を出す透に、

「そんなものは震わせておけばいい。透君の気弱で優しい性格は相手に充分伝えてあるから、気になんかせんでいい」

力強い声で麟太郎はいい放った。

「気にしなくていいのなら、会ってもいいです。ろくに喋ることができないかもしれませんが」

震え声でいった。

「そうか。じゃあ、会え。透君はまだ若い。何事も経験だと思って、大いばりで会えばいい。人生、なるようにしかならん」

少し的外れなことをいってから、

「なら八重さん。麻世をここに、呼んできてくれるか」

厳かな声を出した。

静かすぎる時間が過ぎていった。

診察室のドアがノックされた。

八重子と麻世が入ってきた。

透がごくりと唾を飲みこんだ。

麻世が透の前に立った。

「こんにちは、透君。沢木《さわき》麻世といいます。透君と同じ高校三年生で、簡単にいうところの診療所の居候のようなものです」

ぺこりと頭を下げた。

何だか麻世の様子も、ぎこちなかった。麻世なりに緊張している。透のほうは、ぱかっと口を開けて麻世を見ている。

無言の時が流れた。

「あの、透君。緊張しなくていいから。もっとざっくばらんというか、友達同士だと思って気軽に話をしようよ……」

麻世が思いきり透に笑いかけた。極上の笑顔だ。男なら誰もが見惚《みと》れてしまうような。

「あのっ……」

我に返ったのか、透が喉につまった声を出した。途方に暮れた顔だった。

次に衝撃の一言が出た。

「僕の好きな人は、この人じゃないです」

麻世が声にならない悲鳴をあげた。

ふいに周りが静まり返った。

麻世の顔から笑みが、すうっと引いた。

「僕の好きな人は、あの、この診療所の受付にいた人です」

叫ぶように透がいった。

「知子さんですよ、透君のお相手は。最初の診察のときは知子さんはお休みで、臨時の人が受付に」

八重子が大声をあげた。

透の相手は知子——予想外の展開だった。

そういえば、知子は近頃綺麗になった。あの、結婚するかもしれない相手をここに連れてきてから特に。それにしても知子は二十三歳、透たちと同年代とはとても——麟太郎の頭は混乱する。麻世のほうをそっと窺い見ると、仏頂面で突っ立っている。

「あの子は駄目だ、透君」

麟太郎は、ようやく声を出す。

「あの子は湯浅《ゆあさ》知子といって、うちの看護師で、透君よりずっと年上の二十三歳だ」

「二十三歳！」

麟太郎の言葉に透は驚きの声をあげる。

「それにあの子は、もうすぐ結婚する身だ。どこをどうついても、無理な相談だ」

「結婚するんですか、あの人」

重い声を出して透は黙りこんだ。

「おい、大丈夫か、透君。ひょっとして心が折れてしまったとか、そんな状態か」

麟太郎は透の肩を揺さぶる。

「大丈夫です。結婚ということなら、もう僕の入りこむ余地は一ミリもありません。諦めがつきました。逆に清々《すがすが》しい思いです」

はっきりした口調でいって、麟太郎に向かって頭を下げた。

「それなら、いいんだが――どうだ一度、その知ちゃんと話をしてみるか」

「いえ、きっぱりと諦めましたから、会わないほうが。しばらくは落ちこむかもしれませんけど……もちろん、心も折れてはいませんから。それにしても結婚という言葉は凄い言葉です。何だか憑物《つきもの》が落ちたような気分で、いい思い出になりそうです」

どうやら本当に諦めがついたようだが、麟太郎は透のいった結婚という言葉より、若者の持つ回復力の凄さに驚いた。

「諦めはついたんですけど、でも」

以前の透に戻ったように、今度は情けない声になった。

「でも、何だ」

「実はこれ……」といって透はポケットからスマホを取り出し、画面を操作して麟太郎に手渡した。

『前にもいったように、つきあい料をもらうからな。代金は三十万円だ。これはキャバクラ値段の換算で、法的にも認められている数字だ。今度の日曜日の夜十時。金を持って今戸神社の境内にこい。半グレたちと一緒に行くから。こなかったら徹底的に後悔することになるからな』

　そこには、こんな文章が並んでいた。

「法的にも認められていると書いてありますけど、本当にそうなんでしょうか」

　泣きそうな声で透はいう。

「そんなものは認められてはおらん。払う必要などはまったくない」

　強い口調でいって、スマホを透に返そうとする手に別の手が伸びた。

　麻世だ。

　じろりとスマホの画面を睨みつけるように見てから、

「ようやく、私の出番がきたようだな、じいさん」

　麻世の顔に笑みが浮んでいた。

「心配しなくていいよ。私がその半グレたちをぼこぼこにしてやるから」

　何でもないことのようにいった。

　透の口がまた、ぱかっと開いた。

「いいだろ、じいさん」

　麟太郎の顔を麻世が真直ぐ見た。

「まあ、その何だ、いいだろう」

　くぐもった声を麟太郎は出した。

こうでもいわなければ、収拾がつかないような気がした。

日曜日がきた。

夜の十時少し前。麟太郎と麻世、それに透の三人は今戸神社の物陰にひそんで境内を凝視している。潤一もついてきたそうだったが、あいにく今日は夜勤で同行するのは無理だった。

透の右手が何かをつかんでいる。むき出しになった三十万円の現金だ。ついさっき、透と一緒に診療所を出るとき「これを持っていき、相手に渡せ」といって、麟太郎が強引に持たせたものだ。

その札束を不審な目で麻世が見ていた。

麟太郎の胸に、透に麻世を会わせた日の夕食の情景が浮んだ。

これから夕食の用意をするのも何かと大変だろうと、麟太郎は麻世を『川上屋』に行かせた。

食卓にはその川上屋の稲荷鮨が大皿に盛られてどんと置かれた。

そのとき、ちょうどいい塩梅《あんばい》に潤一もやってきた。

「えっ、何これ！」

食卓の稲荷鮨を見て、潤一は心配そうな視線を麟太郎に向けた。

「まあ座れ。何はともあれ、麻世の大好物のお稲荷さんを頂こうじゃねえか」

麟太郎は稲荷鮨をつまみながら、今日の透と麻世のいきさつをざっと潤一に話して聞かせる。

心配そうだった潤一の顔が緩み、絶好調の笑顔に変った。こいつ、また余計なことをいわなければいいがと思っていたら、やっぱりいった。

「ということは、大雑把にいってしまえば、麻世ちゃんは透君にみごとに失恋した。そういうことだな」

致命的な言葉が出た。

麻世の箸がぴたっと止まった。

どんな言葉が出てくるのか。

麟太郎は息をこらして麻世の顔を凝視する。

何もいわなかった。

麻世は黙々と箸を使い出した。

ひょっとしたら麻世は、透に淡い恋心を……そんな気もしたが、すべては闇のなかでわからなかった。

そんなことを考えていると「きたっ」と麻世が低い声を出した。

月明りのなか、境内の中央に三人の人影があった。一人は女性で、これが透のメール相手だ。派手な格好をしたあとの二人は、おそらく女の彼氏と半グレ仲間。三人は周りをきょろきょろと見回している。

「行ってこい、透君。そして、その現金を必ずやつらに渡せ」

ささやくようにこういって、麟太郎はぽんと透の背中を叩く。

おずおずと透が物陰から出た。

境内の中央に向かう。

「おう、きたか、マヌケ野郎。手に持っているのは金か。素直なところだけは褒めてやるから有難く思え」

三人の前に立った透から、男の一人が現金を引ったくって枚数を数え出した。

「じいさん」

と隣の麻世が声をあげた。

逸《はや》っているのがわかった。

「待て、もう少し。もう少しだけ」

麟太郎は慌てて麻世を止めた。

「三十万、確かに受け取ったぜ」

金を手にした男の声が、静かな境内に響いた。

「だがよ、これですんだと思うなよ。あとしばらくは、てめえから金を頂くつもりだからよ」

「えっ、何でそんなことを——」

思わず透が泣きそうな声を出した。

「何でもへったくれもあるか。世の中の仕組みはそうなってんだよ、マヌケ野郎が」

嘲笑《あざわら》った。

「じいさんっ」

麻世が飛び出そうとした。

急いで肩をつかんだ。

「今度は五十万だな。きちんと持ってこいよ」

男の声に、あの気弱な透が反応した。

「嫌だ、もう」

完全に泣き声だった。

「何だと、この野郎っ」

もう一人の男が透の頬に、ビンタをくらわした。

そのときだった。

本殿の脇から男が三人飛び出した。

体格のいい、屈強な男たちが女と半グレ二人を取り囲んだ。

「恐喝および、暴行傷害の現行犯で逮捕する」

屈強な男の一人がいい放った。

「てめえ、ハメやがったな」

半グレの一人が叫んだ。

「手向かうようなら、これに公務執行妨害罪が加わるぞ、莫迦たれが」

この一言で半グレたちは、おとなしくなった。

「じいさんはこれを見こして、透君に三十万を渡したのか」

隣の麻世が押し殺した声を出した。

「そうだ。とにかくまず、やつらに金を受け取らせねえと話にならねえからな。だから、お前たちには内緒で浅草署に話して、知り合いの刑事たちに待機してもらった。そういうことだ」

「だからといって、やっぱりちゃんとした罰を与えないと」

今度は高い声だった。

「お前のいう罰とは力ずくの制裁のことか。だがな、世の中には法律というものがちゃんとあることを決して忘れるんじゃない。そして――」

じっと麻世の顔を見た。

「それが本物の、罰というもんだ、麻世」

とたんに麻世の顔が脹《ふく》れっ面《つら》に変る。
その顔を無視して、「行くぞ、麻世」と声をかけ、麟太郎は境内の中央に向かった。

第三章　安っさんがきた

「あの、おじいさん、またきてますよ」

耳打ちするように八重子がいった。

「あの、おじいさんて――安《や》っさんのことかい」

麟太郎はちょっと複雑な表情を浮べて八重子に訊き返す。

「はい、その安市《やすいち》さんです。今は待合室のイスに麻世さんと隣同士で座って話をしながら、自分の順番がくるのを待ってます――あの二人、どういうわけか、馬が合うみたいですよ」

面白そうに八重子はいう。

麻世は元、筋金入りのヤンキーで、安市は隅田《すみだ》公園の端っこに半月ほど前からブルーシートでつくった青テントを張って住みついているホームレスだった。

麻世は人間観察と称して待合室の隅に座り、そこで診察の順番を待っている町の人たちの話に耳を傾けていることがよくあるが、患者たちと隣同士になって自分も会話に加わるというのは珍しいことだった。

「自分自身がそういう境遇で育ってきたということもあって、麻世はいつも弱い者や虐げられてきた人間の味方だからよ。そんなわけでまあ、安っさんと馬が合うというのも当然のことかもしれねえな」

しみじみとした口調で麟太郎はいった。

「そうですねえ。ですから、お坊っちゃま育ちで苦労知らずの若先生とは、未来永劫《みらいえいごう》ソリが合わないんでしょうね」

何度もうなずきながらいう八重子に、

「八重さん、それはちょっと言葉がよ……」

情けなさそうな声を麟太郎があげた。

「あっ、申しわけありません。私としたことが、ちょっと言葉が過ぎてしまいました」

恐縮した顔で八重子は深く頭を下げた。

「それはそれとして……安っさんの順番はあとどれくらいなんだ」

嗄れた声を出す麟太郎に、

「次の次でございます。今日はいったい、どんな病名を口にするのか、とても楽しみではありますね」

嬉しそうに顔を綻ばせる八重子に「じゃあ、次の患者さんをよ」と麟太郎は仏頂面でうながす。

その患者の診察もすむと、いよいよ安市の番になって診察室のドアが遠慮気味にノックされ、小柄な年寄りがおずおずと入ってきた。

「毎度……」

妙な挨拶を口にして、安市は麟太郎の前の患者用のイスに、これもおずおずと座りこんで心持ち背中を伸ばしながら空咳をひとつした。

安市の年はちょうど七十歳。小柄で痩せ型のため風采はまったくあがらず、顔のほうも長年のホームレス暮しから皺《しわ》も多く肌の色も黒い。そんな皺だらけの真っ黒な顔のなかで人の好さそうな垂れ目が笑っている。

「それで安っさん、今日はどうしたんだ」

麟太郎は優しく安市に声をかける。

「はいっ、今日は先日と違ってちょっと大事になってしまいまして」

厳かな声で安市はいった。

先日は突然鼻血が出たといって、両方の鼻の穴にティッシュをちぎって丸めたものを突っこんでやってきた。どれどれと麟太郎が鼻の奥を調べてみたものの、何の異状も見当たらなかった。つまりは詐病である。

「実はね、やぶさか先生――」

どこで耳に挟んだのか安市がこういったとたん、傍らに立っていた八重子が口を開いた。

「あのね、安市さん。やぶさか先生じゃなくて大先生――この前もいったでしょ」

いつもならぴしりといった調子でいうのだが、八重子も安市に対しては優しげだ。

「あっ、すいやせん。実はね、大先生。こんなことになってしまいまして」

薄汚れたシャツの右袖を左手でまくりあげた。手首から上に向かって四センチほどの切創痕《せっそうこん》があった。といっても深い傷ではなく屈筋の一部が損傷している程度で、すでに塞がりつつあった。

「これはどうしたんだ、安っさん」

できる限り柔らかな声で麟太郎は訊く。

「ゆんべ、晩メシの仕度をしているとき、キャベツを切っていて手がすべってしまって、それで包丁の先っぽですぱっと……」

安市は申しわけなさそうにいうが、切創痕はどう見てもカッターナイフの類いでつけた傷だった。

「包丁でなあ……ひょっとしたら、これはひょっとしたらだがよ。カッターナイフか何かで自分でつけた傷なんじゃないのか。安っさんが、ここにやってくる理由のためによ」

柔らかな声だったが、ずばりといった。

「そんな、大先生——あたしにそんな大それたまねが、できるわけないじゃないですか」

慌てていって、安市は肩をすぼめた。

「この前もいったように、ここにくるなら何も病気を装ってこなくてもいいから。はい、こんにちはといって大威張りでやってきて、話をしていけばいいだけだからよ」

「そいつは駄目だよ、大先生」

とたんに安市が叫んだ。

「病院にくるには、やっぱりそれだけのちゃんとした理由がなくちゃぁ。そうじゃないと世間様に顔向けができなくなるよ。それが人としての最低の義務だと、あたしは思いますよ。何たって相手は医者の先生なんですから、どっか体の具合が悪くないと」

屁理屈いっぱいの大袈裟なことを、安市は至極真っ当な顔をして並べたてた。

「それなら診察時間が終ったあと、母屋のほうに顔を覗かせればいいじゃねえか。それなら病気もへったくれもねえだろう。うちにくるお客さんだからよ」

「そんなことできるわけがないよ、大先生。あたしは世間から落ちこぼれた、ホームレスで、まともな家の敷居を跨《また》ぐなんてまねは金輪際できることじゃありません。それこそ身のほど知らずってもんでございますよ」

今度は怒ったような顔で、自分の思いをぶちまけた。

こうと決めたら梃子《てこ》でも動かない――そんな決心を秘めた頑固そのものの顔だった。

麟太郎にはその顔が悲しさに歪《ゆが》んだものに見えた。これまで安市が世間からどう扱われてきたのか――容易に想像できる顔だった。

麟太郎の胸に、なぜだか申しわけなさが湧いた。そして麟太郎は安市の説得を諦めた。時間をかけなければ安市の心を癒すことはできない。そう思った。

「わかった、安っさん。それならこうしよう。今度からはせめて、この前のように鼻血が出たとか、もしくは虫に刺されたとか、転んで腰を打ったとか――そんな病気にしてくれると有難いんだけどな」

麟太郎は少々強引ではあったが、安市の屁理屈に乗ったような言葉を並べたてた。

「はあ、そいつは大きに有難いことなんですけど、それでいいんですか、大先生は。そんな子供のような症状で」

いいながら安市の顔は見る見るうちに綻んでいった。

「いいさ、充分にいいよ」

麟太郎がうなずくと同時に、

「大先生、念のために縫合しますか」

八重子が声を張りあげた。

「えっ、そんな大袈裟なことは……大体そんなことをしてもらっても、あたしには持ち合せもありませんし。それに、これしきの傷、唾でもつけておけば……」

恐縮そのものの顔で安市はいう。

「何をいうか。傷口はまだ塞ぎきってはおらん。そこから菌でも入りこんで破傷風にでもなれば大変なことになる……だからな」

麟太郎は安市の肩をぽんと叩き、それから四センチほどの傷を丁寧に縫合した。

「抜糸は一週間後。そういうことだからな、安っさん」

これで一週間後、安市は大威張りでここにくることができる。麟太郎は安市に向かって、ふわっと笑った。

「はい、ありがとうございます。けど、さっきもいったように、あたしにはこれくらいしか払う金がありません。申しわけないですがこれで」

安市はズボンのポケットに手を入れて百円硬貨を三枚出し、脇の机の上にそっと置いた。前回と同じ額だった。むろん安市は健康保険証などは持ち合せていない。

「すいません、あとは出世払いということで」

白髪頭を掻《か》きながら頓珍漢なことをいって、安市はへへっと笑った。

「充分、充分」

麟太郎も安市をまねて、へへっと笑う。

「ところで安っさん。傷が右腕についているということは、あんたは左利きなのかね」

気になっていたことを麟太郎は口にした。

「えっ、それはまあ、何といったらいいですか、そんなことは……」

しどろもどろで安市は答えて、へへっとまた笑った。

ということは……麟太郎の胸を嫌な予感がよぎるが、これ以上の詮索は。

このあと安市は世間話を少しして診察室を出ていった。

「大変ですね、大先生も」

八重子がしんみりした口調でいった。

「大変でも何でもねえさ。世の中にはいろんな病人がいるっていうことだけさ」

小さくうなずいて麟太郎は言葉を返す。

「それにしても安市さんは何のために、あんな無理をしてまでここにくるんでしょうね」

「そうだな、やっぱり」

麟太郎はほんの少し考えてから、

「淋しいんだろうな。たった独りで生きていくには……世間は安っさんのような人間には冷てえからな」

溜息と一緒に言葉を出した。

「安市さんは、認知症ではないですよね」

八重子が真直ぐ麟太郎の顔を見た。

「違うな。発達障害の一種で、軽い知覚麻痺《まひ》だと俺は思うがよ。多分それで、安市さんは小さいころから随分苦労をよ……昔は特にそういう人間に対しては容赦がなかったからよ。悲しいことだけどよ」

麟太郎は唇を嚙みしめた。

「そうですね。子供のころからいろんな苦労をしてきたんでしょうね、安市さんは。本当に悲しいことです——しかし、大先生はやたら妙な人に好かれますね」

湿った声で八重子はいった。

「妙な人か……だけどそれが俺の唯一無二の勲章だからよ。俺はそれで充分幸せだと思っているよ。嬉しいことだよ」

麟太郎の本音だった。

夕食の献立は初夏だというのに、湯豆腐だった。

早速、麻世の隣に座った潤一が余計なことを口にした。

「麻世ちゃん、この季節に湯豆腐ってのは、ちょっとずれてるんじゃないか」

「夏の暑い盛りでも、京都の湯豆腐屋さんはちゃんと店をやってると、いつか見たテレビでいってたけど」

　珍しく、いつもの一刀両断ではなく麻世が理屈を口にした。ここで矛を納めればいいものを、潤一はさらに言葉をつづけた。

「そりゃあ、京都の湯豆腐屋さんは夏でもちゃんと食べられるように、季節なりにおいしくつくっているからさ」

　ここで麻世の口調が変った。

「本当は冷奴《ひややっこ》でもして簡単にすませようと思ったんだけど、それではあんまり申しわけないと思い直して、ちゃんとダシ汁をつくって湯豆腐にしたんだ。けっこう味のほうはイケてると思うんだけどね」

　確かに豆腐は鍋にいれて火を通しただけのものだったが、つけ汁はダシが利いていてうまかった。薬味もきちんと添えてあって、麻世にしたら上出来だった。

「それは……」

　潤一がくぐもった声を出した。

「それにね、おじさん」

　じろりと麻世が潤一を睨んだ。

「世の中には三度のごはんも満足に食べられない人が、今でもけっこういるんだ。夕食ひとつにぐだぐだ文句をいうなんて、そういう人に失礼だよ、罰が当たるよ」

これは多分、安市のことだ。

ホームレスである安市の仕事は段ボール集めだった。そして、一日中リヤカーを引いて町中を回っても、毎日の稼ぎは三百円ほど——こんなことを安市はいっていた。そう、診療所で払う三百円の金は安市の一日の稼ぎなのだ。

「悪かった。文句をいった俺は罰当たりだった。ごめん」

麻世の言葉に潤一がすぐ反応した。こいつも少しは学習能力がついてきたようだ。

「ところで麻世——」

話を変えるにはいい頃合だと感じて、

「今日、待合室で安っさんと仲よく話をしていたそうだが、いったいどんな話をしていたんだ」

安市のことを麻世にぶつけた。

「あのおじさんは昔のことは話さないから、単なる今の世間話で大したことじゃないよ、じいさん」

七十歳の安市はおじさんで、自分はじいさん——内心大いなる理不尽さを覚えながらも、

「そうだな、あの人は昔のことを話さないな。それだけ、辛いことがあったんだろうな」

麟太郎は麻世の言葉に同意する。

「そういえば、隅田公園には子供たちがよく遊びにくるから癒されるって、あのおじさんがいっていた。自分は小さな子供が大好きだからって」

「そうか、安っさんは子供好きか。そういえば、あの優しそうな顔は子供に好かれる顔でもあるな」

と麟太郎がいったところで、

「何だよ、その子供に好かれる優しい顔をしたおじさんっていうのは。そのおじさんと麻世ちゃんは仲がいいのか」

潤一が早口で質問をあびせかけた。

どうやら麻世と仲がいいという、安市のことが気になって仕方がないようだ。

「安っさんは俺より年が上の老人で、隅田公園の端っこで一カ月ほど前から青テントを張って生活をしている、ホームレスの人だ」

そういってから、

「それがどうかしたのか。何をお前は気にしているんだ」

ほんの少し嫌みを添えていってやる。

どうやら、安市はおじさんで自分はじいさん——その理不尽さがまだ胸に残っているようだ。

「何だ、ホームレスのおじさんか」

ほっとしたような潤一の声に、

「何だとは何だ。今時、年寄りがホームレスになって生きていくということが、どれだけ大変なことなのか。お前にはちゃんとわかっているのか」

こんな言葉が飛び出した。

「あっ、申しわけない。俺の思慮が足りなかった。この通り謝るから、ごめん」

潤一はまた素直に頭を下げた。

麟太郎は、ふうむと思いつつ視線を麻世に向けて、今日の安市の治療の様子をざっと話してから、単刀直入に疑念をぶつけた。

「その安っさんの利き腕は右なのに傷のついていたのも右腕――左手で刃物を握ったことになるんだが、これを麻世はどう思う」

「それは……」

といって麻世は黙りこんだ。

麻世は左利きだった。だが、自殺に失敗したといって、初めてこの診療所を訪れたとき、手首についていた傷はやはり利き腕の左だった。

「それはやっぱり、私と同じように利き腕じゃないほうの腕を見られたくないから。そうとしか……」

このとき麻世の右腕には自傷行為のための切り傷が何本も残っていた。その傷を隠すために麻世は慣れない右腕でナイフを握って……。

「そうだな、俺もそう思う。安っさんは気持を落ちつかせるための自傷行為の常習犯かもしれねえ。まあこれは、あくまでも推測だけどよ」

大きな吐息をもらす麟太郎に、

「そんなこと、本人に質してみれば一目瞭然で、すぐにわかることじゃないか」

潤一が何でもない口調でいった。そして、

「ところで、そのホームレスのおじさんと二人は、いったいどこで知り合ったんだ。どうにも妙な取り合せで、まったくわからない」

怪訝な目を二人に向けた。

一週間ほど前のことだった。

たまには夕食に鰻《うなぎ》でも食べるかと、麟太郎は麻世を連れて花川戸《はなかわど》にある行きつけの鰻屋に向かっていた。

「これでおじさんが家のほうにきたら、また臍を曲げて帰ることになるね」

隣の麻世が何でもない口調でいった。

「だから事前に手を打って、今夜は鰻屋に行くからきても無駄だと、さっきメールをあいつに送っておいたから大丈夫だ」

　麟太郎も何でもない口調で返す。

「それを見たおじさんは、鰻屋さんのほうに飛んでくるんじゃない」

「そうなったら、勘定はあいつに全部払わせることにしよう。あいつももう、一人前の大人なんだからよ」

　したり顔で麟太郎はいう。

「いいね、それ、凄くいい。そうなったら蒲焼《かばやき》だけじゃなく、白焼も注文しよう！」

　麻世が両手を打って拍手した。

　そんな話をしながら隅田公園の脇を抜けていくと、ふいに見慣れない色が目に飛びこんできた。あれはブルーシートの色だ。

「どうかした？」

　怪訝そうな麻世の声に、

「いや、公園の端っこにブルーシートが見えてよ。ホームレスか何か、誰かがあそこに住みついたのかなと思ってよ」

　麟太郎の言葉に、麻世の視線も公園の端に移る。

「あれ、何だか変だよ……半グレ風の若い二人が青いテントのなかを覗きこんで。あっ、おじさんが一人、テントから出てきて男に胸倉をつかまれて」

麻世の実況がぴたっと止まった。青テントのほうに目を凝らすと、一人の若者が年寄りの胸倉をつかんで揺さぶっている。

「ホームレス狩りか、ホームレス苛《いじ》めか」

吐き出すようにいう鱗太郎に、

「なら、私が――」

麻世が威勢のいい声をあげた。

「待て、麻世。ここは俺が一番――」

こんな言葉が鱗太郎の口から飛び出した。

「えっ、じいさんが！」

気勢をそがれた麻世が、呆気《あっけ》に取られた顔で鱗太郎を見た。

鱗太郎は弱い者苛めが大嫌いだった。

特に女子供や、そして老人――こうした者を力ずくで苛める輩《やから》は最低最悪の人間で、絶対に許せないと思っていた。そして、その最悪の事態が目の前でおきていた。

「行くぞ、麻世っ」

麻世に声をかけ、鱗太郎は急いで歩き出す。さすがに走るのは無理で、精々早足で向かうしか術はない。

「大丈夫か、じいさん。いくら昔取った何とかといっても、それは大昔のことで今のじいさんには荒っぽいことは」

麻世が心配そうに声をかける。

「何も、取っくみあいばっかりが喧嘩じゃねえ。年を取ったら取ったで、口喧嘩という立派な手もある。お前のように、口より手のほうが早いというのは今の時代にゃ似合わねえ。まあ、よく見てろ。言葉の力というやつをよ」

いい合っているうちに、麟太郎と麻世は青テントのすぐ近くにまできていた。

チャラい服装の、見るからにヤンキーか半グレ風の若い男二人に、小柄な老人が小突き回されていた。

「こらあっ、お前たち」

麟太郎が大声をあげた。

二人の男の視線が麟太郎と麻世の体に注がれた。

「何だ、てめえら。ええっ、しなびたじいさんと——」

ここで男の声が、ぴたっと止まった。

「えらい綺麗な、姐《ねえ》ちゃんじゃねえか」

二人の男の喉がごくりと動いた。

「いい若い者が二人がかりで、年寄りをいたぶってどうする。他にもっとすることがあるだろうが。少しは恥を知れ、莫迦者が」

一喝して睨みつけた。

「黙れ、くそじじい。元はといえば、こんなところに勝手にテントなんぞ張るのは、法令やら条例やらの何とか法の違反だろうがよ、莫迦野郎が。せっかくの暇つぶしの邪魔をするんじゃねえよ」

一人の男がまくしたてるようにいうと、もう一人の男が、

「大体、てめえたち年寄りが、俺たち若者にどれだけ迷惑をかけてると思ってんだ。ろくに働きもしねえで、だらだら長生きだけしやがって。俺たち若い者の税金で、てめえたちは生きてるってことを忘れるんじゃねえ、くそじじいが。てめえたちがいなくなりゃあ、どんなに世の中のためになるのか。要するに、てめえたちはさっさと死んじまったほうが世のため、人のためっていうことだ」

これも長々と説教をするように声をあげた。税金など払ったこともないような、半グレ風の男が。

麟太郎の体のなかで何かが外れた。

「年寄りは、さっさと死んじまったほうが世のため、人のためだと」

独り言のように呟いた。

ふいに熱いものが体中に溢《あふ》れた。

麟太郎は男の前に飛びこんだ。

胸倉をつかんで一気に背中にのせ、力一杯放り投げた。背負い投げがみごとに決まった。男は二メートルほど吹っ飛んで背中から地面に落ちた。息がつまったのか、起きあがれない様子だ。

血走った目で麟太郎は腰を落し、もう一人の男の前に両手を伸ばした柔道の構えで近づいた。男は腰の引けた後退《あとずさ》りの格好で、

「おいっ」

と投げられた男に怒鳴った。投げられた男が、のろのろと起きあがった。

「引きあげるぞ」

そう怒鳴ってから、

「くそじじい。この借りは、きっと返すからな。覚えてるがいい、莫迦野郎が」

すて台詞を残して去っていった。

「凄いな、じいさん。さすがに柔道三段、背負い投げがみごとに決まって。まだ技は、衰えてないじゃないか。キレキレじゃないか」

感心したようにいうが、顔には呆れた表情がありありと浮んでいる。

「いや、麻世。口喧嘩のつもりが、ついカッとなってしまってよ。とっさに動いてしまって、体の制御が利かなかった。いや、恥ずかしい。大口を叩いた分だけ、余計に恥ずかしい……反省している」

最後の言葉を、ぼそっとつけ加えたとき、

「ありがとうございました。おかげで助かりました。殺されるんじゃないかと、ひやひやしていましたところを本当に」

傍らに立っていた老人が麟太郎と麻世に向かって、深々と頭を下げた。

「いや、年寄りの冷水といいますか、何といいますか、運よく相手を退散させることができて、ほっとしております」

麟太郎も老人に向かって頭を下げる。

「年寄りの冷水なんて、とんでもない。強い、本当に強い。あの屈強な若者を投げ飛ばすのを見て、久しぶりにこの年寄りの胸が躍りました。まだまだ、世の中すてたもんじゃないって。あたし、あなたの大ファンになりました」

嘘か本当かわからないことをいった。

老人の名前は中島《なかじま》安市。今年ちょうど七十歳で、十五年ほど前から都内でホームレスをつづけているといった。訳あって、その前のあれこれは訊かないでほしいとも。

ここでテント生活を始めたのは十日ほど前。大体一カ月を目処《めど》にして、あちらこちらを渡り歩いているという。

「なかなかホームレスに対する規制が厳しくなり、近頃はテントを張るところも、おいそれとは見つかりません」

と安市は淋しい笑顔を浮べた。

「以前はコンビニなどで売れ残った弁当なども貰《もら》うことができたんですが、今は衛生上の問題からそれも駄目。テントの周りで遊んでいる子供たちと仲よくするのも、まったく駄目。へたをすると児童誘拐罪で逮捕されることになります」

そんな話をする安市に麟太郎は自分の素性を明かし、いつでも診療所のほうに遊びにくればいいと誘いの声をかける。

「ひえい、医者の先生でしたか、びっくりしました。あんなに強い医者がいるとは、まるで昔の小説の、赤ひげ先生のような。ますます、大ファンになってしまいます」

安市の感嘆の口調に麟太郎も満更ではない気持になる——実をいえば山本周五郎の『赤ひげ診療譚《たん》』は麟太郎の愛読書の筆頭ともいえるものだった。

それから三十分ほど立ち話をして、麟太郎と麻世は安市のテントを離れたが、その際——。

「安市って何だか妙な名前ですよね。だから、あたしのことは安っさんと呼んでください。昔からこの呼名で通っていますから」

こんなことをいった。そして、

「その隣の娘さんは別嬪《べっぴん》さんですねえ。あたし、こんな別嬪さんは今まで見たことがありませんよ」

盛んに麟太郎の顔と見較《みくら》べている。

「この娘は沢木麻世といって親戚筋の預りものです。お誉《ほ》めの顔には似合わず、実に乱暴者で困っております。何とかおとなしくさせようとうちで――」

といったところへ、

「乱暴者はあんたのほうだと思うけどね。こんな可愛い娘さんにそんなことをいって貶《おとし》めてはなりません。医者ともあろう者が、何ということを」

麟太郎を叱った。本気のようだった。

ちらっと麻世のほうを見ると、笑いを押し殺しているような顔だ。ほんの少しだったが麟太郎はしょげた。

その三日後に、安市は左右の鼻にティッシュを押しこんで診療所にやってきたのだ。鼻血が出たといって。

「なるほど、それがそのホームレスとの最初の出会いですか。それにしても、いつも偉そうなことをいっている親父が、カッとなって相手を投げ飛ばすとはなあ」

いかにも嬉しそうに潤一はいう。

「あれはお前。俺も医者の端くれだからよ、生き死にという言葉には敏感でよ。それが年寄りはさっさと死んだほうがなどというから、それで、ついよ」

弁解がましくいう麟太郎に、

「へいへい、よくわかりましたよ、赤ひげ先生。ファンができてよかったですね」

何か恨みでもあるのか、ここぞとばかりに潤一は、たたみかける。

「そういえばあの日、おじさんは鰻屋にかけつけたんだけど、私たちはもう帰ったあとだったんだよね。メールを見るのを忘れていたといって、落ちこんでいたよね」

ふいに飛び出した麻世の言葉に、潤一は一瞬押し黙る。

「それに、弱いより、強いほうがいいに決まってると私は思うけどね」

ぼそっと麻世の極めつけの一言が出た。すると、

「そりゃあそうだ。弱いより強いほうがいいに決まっている。ところで親父、警察のほうにはちゃんと連絡はしたんだろうな」

潤一はこんなことをいって、すぐに話を変えてきた。

「それがよ、安っさんがいうには警察に話をすれば、自分もあの公園から追い出されることになるから、黙っていてほしいとな」

「ああ、そういうことか。しかし、ああいう連中は必ず仕返しにくるんじゃないか。そのためにはやっぱり警察に」

潤一のもっともな言葉に、

「そのこともちゃんと安っさんにいったんだけどよ、それに対する安っさんの言葉が

よ——」

そのとき安っさんは、

「仕返しにくるんなら、相手は投げ飛ばしたあんたのほうで、あたしじゃない。だから、自分の心配をしたほうがいい」

至極真面目な顔でこういったのだ。

「なるほど、仕返しの相手は親父のほうか。確かにそれは一理あるというか、誠にもって正論ではある。そのときはまた、親父が投げ飛ばせば事はすむのか」

潤一は能天気丸出しでこういい、

「麻世ちゃん、このつけ汁は本当にうまかった。一段と腕が上がったみたいだ」

また、みごとに話を変えて麻世のほうをちらっと窺った。

「ダシの素は、インスタントの物を使ったけどね」

何でもない口調で、麻世はぼそっと言葉を返した。

午後の診察も終り、母屋に戻って居間のソファーに体をあずけてぼんやりしていると麻世が学校から帰ってきた。

「おう、麻世、お帰り」

機嫌のいい声を麟太郎があげると、

「ひょっとして、今日は中島のおじさんの抜糸の日だったのか」

麻世は、いきなり安市の名前を口にした。

「抜糸は明後日だ。今日はいつもの、こじつけ訪問の類いだが、それがどうかしたのか」

「帰りに青テントのなかを覗いてみたけど、今日は姿が見えなかったから。夕方には段ボール集めも終えて、大体テントのなかで体を休めてるはずなのに。そうか、こっちにきてたのか。それなら待合室に座っていれば会えたんだ」

麻世は麟太郎の前のイスに腰をおろす。

「今日はって――お前、安っさんの青テントに何度も行ってるのか」

複雑な思いで麟太郎は訊く。

「何度も行ってるよ。あのおじさんがここにやってきてからは、二日に一度ぐらいは必ず青テントのほうに」

意外なことを口にした。

「そんなに行ってるのか。それはやっぱりあれか。安っさんの生いたちが、麻世のこれまでと重なる部分が多いという理由からなのか。お前にしたら、とても他人事《ひとごと》ではすまされないっていう」

麟太郎の率直な問いに、

「そうだよ」

即座に麻世は言葉を出した。

「あのおじさんが発達障害の一種で軽い知覚麻痺になっていて――そのために子供のころから苛めにあって、人にはいえないような悲しい思いをしてきたんじゃないかっていう話はじいさんから聞いていたし……」

麻世の声に湿りけが混じった。

「私も小さいときから家が貧乏だということで、容赦のない苛めを受けて除《の》け者《もの》にされて、ずっと独りぼっちで」

掠れ声だった。

その苛めをはね返すために、麻世は小学五年のころから今戸神社の裏にある古武術の道場に通い出した。そこは林田《はやしだ》という老人が道楽のためにやっているような道場で月謝は無料、麻世でも通うことができた。

流派は柳剛流《りゅうごうりゅう》。剣術はもちろん、当て身、蹴り、投げ、関節技等、何でもありの実戦武術だった。そのために稽古は熾烈《しれつ》で、生半可な者にはつとまらず、死さえ恐れぬ真に強くなりたい者だけが集まる道場といえた。

麻世はここで死に物狂いで稽古に耐えた。それに群を抜く身体能力も加わって道場内では一、二を争う強さになったが、その結果、まともな人間からは敬遠され、寄ってくるのは不良やヤンキーばかりになった。そして麻世もその世界に身を投じることに……。

「麻世は強さで苛めをはねのけ、一時は非行に走ることになり、安っさんは、ただひたすら苛めに耐えぬいて世間に背を向けて生きてきた。そういったところだろうが、とにかくどちらも悲しい限りだ。ただ麻世には未来があるが、安っさんには……しかし、あの安っさんの持つ、一種の明るさのようなものは何だろうな。俺にはそれが、よくわからないんだがよ」

独り言のように呟く麟太郎に、

「安っさんは、い、い――」

と麻世が甲高い声をあげた。

「突き抜けたんだよ」

ぽつりといった。

「突き抜けたって、辛さや悲しさからか！」

今度は麟太郎が甲高い声をあげた。

「本人がそういってたから、そういうことだと私は思うよ」

「本人がって、お前は安っさんのこれまでの詳しい話を聞いたのか」

叫ぶような声をあげた。

「いろいろ聞いたよ。聞いたのは昨日のことだけど――これまで何度か話をして、あのおじさんも私のことを同類だと思ったみたいで。私が今までのあれこれや、あの忌わしい事件のことを洗い浚《ざら》い話したら、おじさんは急に泣き出してしまって。そしてそのあとに、自分の身におきた悲しいことを、とんでもない悲しい話を」

押し殺した声でいう麻世に、

「あの事件を、お前は話したのか。そうか……そして安っさんも、自分のことを話してくれたのか。それは、どういう出来事なんだ」

麟太郎は思わず体を乗り出した。

「それは……」

ざらついた声を麻世が出した。

「それは、いえないよ。それは私がいうことじゃないよ。私に話したんだから、じいさんが親身になって訊けばきっと話してくれるよ。だから、あのおじさんから直接聞いてくれよ」

それだけいって押し黙った。

「そうか。そういうことだな。安っさん自身から聞かねえとな。それが筋だな」

麻世のいう通りだった。麟太郎は素直に納得した。

「それから、あのおじさんが左手を隠した理由だけど」

「なんだ。そのことは話してくれるのか」

麟太郎は再び体を乗り出す。

「うん。これぐらいは話してもいいかなと思って……」

麻世は一瞬背筋をぴんと伸ばし、

「あのおじさんの左腕に自傷行為の傷痕はなかったよ。あったのは自殺未遂の傷痕だった。左手首にざっくりと。睡眠薬を飲んで手首をカッターナイフで切って湯につけたんだけど死にきれなかったと、おじさんはいってた。医者の話では刃先は橈骨《とうこつ》動脈とかまで達していなかったから助かったって」

抑揚のない声でゆっくりといった。

「そうか、自傷行為じゃなくて、自殺未遂だったか。しかし助かってよかった。血管っていうのはけっこう弾力があるから、一センチほどぐっさりと切りこまねえと押し戻されてしまうからな。それに静脈を切るだけでは、いくら湯につけても血は止まってしまう。逆に動脈を切れば湯になんぞつけなくても血は止まらねえ……まあこれは、余計なことだけどよ、決してまねなんかするんじゃねえぞ、麻世」

医者らしいことを口にしてから、麟太郎は口をへの字に引き結び、

「そして、安っさんには死を選ばなければならないほどの、悲しい事情があった。そういうことだな」

吐息をもらすようにいい、視線をテーブルに落して黙りこんだ。

「安っさんはどんな病名で、今日はやってきたんだ」

先に口を開いたのは麻世のほうだ。

「それがな、面白いことに――」

ほっとしたような口調で、麟太郎は声を出す。

安市は今日――。

「どうした、安っさん。今度はどこが痛くなったんだ」

笑いながら麟太郎がこう訊くと、

「緊急事態だ、大先生。大変なことに、二時間ほど前に蜂に刺されてしまいやしてね。これがどうにも痛痒《いたがゆ》くって、よくいわれるアナアイターショックとかにでもなったら、えらいことだと思って。あの公園は蜂が多いからね、大先生」

嬉しそうな声で安市は答えた。

どれどれと刺されたという安市の首筋のあたりを麟太郎が丁寧に見ると、ほんの少し赤くなっているところがあったが、大した症状ではない。安市のいう蜂に刺されたというのは、事実のようだったが。

「もうアナは塞がっているようだから、心配はいらねえよ、安っさん」

安市に合せて、真面目そのものの表情で麟太郎はこう告げる。

「そうですかアナは塞がってますか――自然の治癒力っていうのは大したもんでござい

やすねえ。いやあ、頭が下がります。けど、アナアイターショックのほうは」

　安市は空咳をひとつする。

「アナフィラキシーショックは刺されてからすぐにおきるもので、安っさんのように二時間過ぎても変りがないなら大丈夫。もうおこらねえよ」

　これも真面目そのものの表情でいう。

「ああ、アナアイタじゃなくてアナヒラキですか。ひとつ勉強になりました」

　そういって安市はえへへと笑い、それから十五分ほど世間話をして帰っていった。

「本当に蜂に刺されたから、緊急事態だといってあのおじさんは喜び勇んで、ここに駆けこんできたのか」

「けっこう得意顔だったな、今日は」

　麟太郎の顔も自然と綻ぶ。

「それにしても、アナアイターショックだなんて、あのおじさんらしいといえばいえるけど、それにしてもなあ」

　呆れた表情を見せる麻世に、

「まあ、安っさん一流の冗談なのかもしれねえが、何にしても、妙な人間だなあ、安っさんって人はよ」

　感心したように麟太郎はいう。

「何といっても、あのおじさんは突き抜けてるからね。並じゃないからね」

　麻世はそういってから、

「ところで、じいさん。私があのおじさんの所を訪ねていたのは親近感というのもあるけど、他にも理由があるんだ」

　妙なことをいい出した。

「あの半グレたちの一件だよ。ひょっとしたらこっちにくる前に、あのおじさんの所に押しかけて、こちらの住所を聞き出すんじゃないかとも思ってさ。それでパトロールの意味もかねてね」

「ほうっ」と麟太郎は吐息をもらし、

「偉いな麻世は。そこまで安っさんや俺のことを心配してたのか。しかしまあ、これだけ顔を見せないのなら、もう安っさんの所にも、ここにもこねえんじゃねえか」

　首を振りながらいう。

「甘いよ、じいさん。あいつらはくるよ、少なくとも、ここには必ず仕返しにやってくるよ。元ヤンキーだった私の勘がそういってるんだから、間違いないよ」

　麻世はこう断言した。

「そうか、麻世の勘がそういってるのか。しかしまあ、何にしても世の中、成るようにしかならんからなあ」

曖昧にこう答えるが、麟太郎はあの連中はもうこないと思っている。くるならすぐ——それがこれだけ間が空くということは。大体、麟太郎たちの住所はどう調べるのか。それがわからなければ、きたくてもこられないはずだ。それを率直に麻世に質すと——。

「半グレたちの情報網を見くびらないほうがいいよ、じいさん。それに一番手っとり早いのはさっきもいったように、あのおじさんの所に押しかけるという方法があるし、ひょっとしたら、あのあと私たちの後をつけていたかもしれないし」

なかなか穿ったことを麻世はいう。

「そうかもしれねえが、そのときはそのときだ。何とかなるだろう。あまり深く考えるのはよそうじゃねえか」

やんわりと麟太郎が話を収めようとすると、

「そのときは、私もやるから」

押し殺した声で麻世がいった。

麟太郎がいちばん恐れていた言葉だった。頭に血が上るとこいつは……それだけは阻止しなければえらいことになる。

「まあそのときは、ほどほどにな。俺としてはもう、こないものだと思ってるけどな」

そうなってほしかった。

麟太郎は深い吐息をもらした。

安市の抜糸の日がきた。

しかし、いくら待っても安市の姿は診察室に現れない。そうこうしているうちに、午後の診療が終ってしまった。

「どうしたんだろうな。何かあったのかな、安っさんは」

心配そうな口振りで、麟太郎は傍らに立つ八重子に話しかける。

「そうですね。今日は大威張りでこられる日なのに姿を見せないとは。やっぱり、何かあったとしか思えませんですね」

八重子も首を傾げて言葉を返す。

今日は患者の数が多く、時間はすでに六時近くになっていた。

そんなところへ、待合室の隅にいた麻世がやってきた。

「ずっと待ってたんだけど、まったく、あのおじさんの姿を見かけなかった。何かあったんだろうか」

こちらはかなり心配そうだ。

「ううん」と麟太郎が唸り声をあげると、

「私、ちょっと青テントまで行ってくる」

そういって麻世は、診察室を飛び出していった。

麻世はなかなか帰ってこなかった。

戻ってきたのは一時間以上が過ぎたころで、八重子はすでに帰り、麟太郎は居間のソファーに一人で座りこんでいた。

「じいさん、公園中が大変なことになっている、警察もきていて」

部屋に入るなり、麻世はこう叫んで麟太郎の前に座りこんだ。

「警察もきているって、どういうことなんだ、麻世」

麟太郎の胸の鼓動が速くなった。

「あのおじさんが、近所の小学三年生の男の子を誘拐したって」

とんでもないことを麻世は口にした。

「安っさんが、子供を誘拐！」

ひしゃげた声を麟太郎はあげた。

麻世が聞きこんできた話を要約すると――。

公園に遊びに行った近所の住宅に住む、賢太《けんた》という男の子が夕方になっても帰ってこないので母親が迎えにきた。しかしそのときはもう賢太の姿はなく、公園で幼児を遊ばせていた母親の一人がこんなことをいったという。

「その子らしき男の子が、公園の隅でテント暮しをしているホームレスのおじいさんと話をしていて、一緒に公園を出ていくのを見ましたよ」

この言葉に大騒ぎになり、すぐに警察も呼んで辺りを捜索している真最中だという。子供は一人息子で、父親は都立中学の数学の教師をしていて名前は川島克典《かわしまかつのり》、母親は専業主婦だという。

「それで、安っさんが子供を連れ出したというのは、事実なのか」

大声で麟太郎はいう。

「事実らしいよ。さっきのお母さん以外にも、あのおじさんと子供が公園を出ていく姿を見た人がいて、相当ウラは取れてるみたいだ……だけど、いくら子供好きだといっても、あのおじさんが」

独り言のように呟く麻世に、

「そうか、ウラはかなり取れているのか。よしっ、ちょっと待て」

麟太郎はポケットからスマホを取り出して浅草署に電話をかけ、知り合いの刑事を呼び出して、この件に関する情報を訊いた。むろん、自分の知っていることはその刑事にすべて話して。

十分ほど話をして、麟太郎はスマホを切って麻世を見た。

「麻世、お前のいっていたことは、ほとんど事実だ。ただ新しい情報として、その賢太君という子と安っさんは、しばらく前から親しく言葉をかわす間柄だったということが確認されているということだ」

そういったところで母屋のドアが開き、潤一が入ってきた。

「こんばんは。麻世ちゃん、今日の夕食は何なのかな」

おどけた調子の声を出すが、むろん麟太郎も麻世も無反応だ。

「あの麻世ちゃん、今日の夕食は……」

さらにこういう潤一に、

「うるさいっ」

麻世が怒鳴りつけた。

「あのなあ、潤一。いい加減、もう少し空気を読むようにしろ。例のホームレスの安っさんが公園で遊んでいた小学三年の男の子を連れ出して消えちまって、警察も乗り出して大騒動になっているところだからよ」

そういって麟太郎は前のイスを顎で指し、潤一もおとなしくそこに腰をかける。

「こうなったら、麻世」

じろりと麟太郎は麻世を睨む。

「先日の安っさんのあれこれを、ここらで話してくれてもいいんじゃねえのか。安っさんのためにもよ」

はっきりした口調でいった。

「そうだな。事がこうなった以上、私の口から話してもいいのかもしれないな。いいよ、私の聞いたことをすべて話すよ」

麻世も素直に賛同して、ぽつりぽつりと話をし出した。

安市の生まれは埼玉県の川口市だという。

鋳物職人の子として生まれ、兄弟はいなくて一人息子だった。安市は難産で、帝王切開をしたものの母親は安市を産み落としたとき、出血多量でこの世を去った。

父親はこの日から酒浸りになった。

「おめえなんぞが生まれてこなきゃ、あいつは死なずにすんだんだ」

事あるごとにこういって、父親は安市を殴った。

父親の稼ぎは酒とギャンブルに消え、安市の家は貧しかった。それに安市は生まれつき物覚えも悪く、成績はいつもビリ。このため、学校では常に苛めの対象になったが、これに耐えるしか安市には術がなかった。

中学を卒業して、安市は父親の知り合いの鋳物工場に入れられた。ここでも仕事を覚えるのに人の二倍以上の時間がかかった。怒鳴られ、いびられ、殴られたが、我慢するより仕方がなかった。

そんな安市に工場の社長から縁談話が出たのが三十三歳になったとき。相手は安市より三つ年上の同じ工場の事務をしている珠代《たまよ》という名の離婚歴のある女性だった。

工場内での噂では子供ができなくて婚家を追い出されたということだったが、安市は気にしなかった。自分は女性には縁のない身。どんな女性であろうと、自分と一緒になってくれるなら大歓迎だった。

「社長は年増《としま》が嫌いなのさ。珠ちゃんを早く辞めさせて、若くてぴちぴちのお姉ちゃんを入れたいのさ」

ある同僚がこんなことをいった。当時の風潮では女性が結婚するときは仕事を辞める。それが普通だったが、何をいわれようが、安市は何も気にならなかった。

縁談はまとまり、安市は珠代と二人で安アパートに住むことになったが、このころが安市にとって一番幸せな時期といえた。

二年後に、子供ができないと噂されていた珠代が妊娠した。元気な男の子が生まれた。安市は子供に勇輝《ゆうき》という名前をつけて、猫かわいがりに可愛がった。

そんな安市の態度が一変したのは、勇輝が小学校に入ってからだ。

勇輝は成績が悪かった。安市の家は仕事を辞めた珠代が内職に精を出していたが、やっぱり貧しかった。成績の悪さと貧乏――これでは自分の二の舞いになる。収入はどうにもならないが、せめて成績だけはと安市は勇輝に過度の勉強を求めた。

「蛙《かえる》の子は蛙だから」

と成績など気にしていない珠代に家庭教師役を押しつけ、安市自身は見分役を引き受けた。珠代は高校を出ていた。

毎日何時間も勉強させたが、それでも勇輝の成績は安市の思い通りには上がらなかった。

そして勇輝が小学三年になったとき、安市がキレた。

テストの点が悪かったときなど、安市は勇輝に体罰を加えるようになった。あたり構わず勇輝を殴った。時には箒《ほうき》の柄で殴りつけることもあった。泣きながら許しを乞う小さな体を安市は躊躇《ちゅうちょ》なく殴りつけた。止めに入る珠代の体を殴りつけることもあった。安市は鬼になっていた。

自分の二の舞いにだけはさせない。

これが安市の唯一の信条のようなものだった。

事件はその年の夏におきた。

五階建ての校舎の屋上から、勇輝が飛びおりた。コンクリートの路面に落ちて、勇輝の体は砕けた。自殺だった。勇輝は学校でも苛めを受けていたようだった。家庭でも学校でも――小学三年生の勇輝には、どこにも逃げ場がなかった。

この一カ月後、安市は手首を切って自殺を図ったが未遂に終った。死ねなかった。

「あんたには、もう愛想がつきました」

こういって珠代も家を出ていき、安市は一人きりになった。何もかもがなくなった。

麻世はここまで話して、肩で大きく息をした。

「それは……」

麟太郎は言葉が出てこなかった。

あまりに酷《こく》すぎる話だった。

「そのあと、あのおじさんも川口を出て都内に移り、あちこちの建築工事現場を転々としたといっていた」

麻世の言葉に、

「そして、ホームレスに落ちついた。そういうことなんだな」

吐き出すような口調だった。

「うん……でも、ホームレスになって一年ほどして、あのおじさんは悟ったんだって」

「悟ったというのは、あの突き抜けたという例の言葉か」

「そう。本当に何もかもなくなって、青空を仰ぎ見たとき、そんな気持になったと、おじさんはいっていた」

麻世の言葉に幾分、明るさが混じった。

そのとき安市は――。

「あたしは今まで、毎日毎日、勇輝に対して詫びて詫びて詫びまくる、そんな生活を送ってきました。他のことは何も考えずに、勇輝のことだけを考えて生きてきました。でも、これじゃあ、あっちにいる勇輝もしんどくて煩わしいだろうなって。これじゃあまるで、勇輝に害をなす寄生虫そのものじゃないかって。そんなことを、ふと思いましてね」

安市はこういって、麻世の顔をじっと見た。

「それならいっそ、寄生虫はやめて、勇輝と共生していこうと、そんなことを思ったんです」

「寄生じゃなくて、共生って……亡くなった勇輝君と一緒に」

怪訝な声をあげる麻世に、

「はい、嬉しいときは一緒に笑い、楽しいときは一緒に歓《よろこ》び、悲しいときは一緒に泣く——そんな普段通りの生活を心のなかの勇輝と一緒にしていこうと考えたんです」

安市の顔に、ほんの少しだったが笑みが浮んでいた。

「そのときあたしは目黒の公園にいたんですけどね、そう思って大きな青空を仰ぎ見たとき天が、すぽんと抜けたんですよ」

安市は両方の掌《てのひら》を、さっと上に押しあげる仕草をした。

「あっ、天を突き抜けたと思った瞬間、あたしの両目から涙が次から次へと流れ落ち、天を仰ぎながら、あたしは大泣きをしていました。それからあたしは、勇輝と一緒に暮すことができるようになりました。はなはだ、都合のいい考え方に聞こえるかもしれませんが、あたしはともかく、勇輝と一緒に仲よく共生しています」

こう安市は話を締めくくったという。

「なるほどなあ。突き抜けたというのは、そういう意味だったのか。ややこしい話だが、何となくわかるような気もするな」

天井を仰いで麟太郎がこういうと、

「何だよ、それ。天を突き抜けるなんて、俺にはさっぱりわからないよ」

それまで黙っていた潤一が、首を捻りながらいった。とたんに麻世が、じろりと潤一を睨みつけた。

「潤一、今夜はそんなわけで食べる物は何もないから、お前ひとっ走りして、川上屋で稲荷鮨でも買ってこい」

すかさず麟太郎は声をあげる。

「ああっ、わかった。麻世ちゃんは山菜稲荷が好きだったんだよね」

機嫌よく潤一は声をあげるが、麻世は知らん顔だ。

「じゃあ、行ってくるよ」

ちょっと肩を落して潤一は出ていった。

「とにかく、警察からの連絡を待とう。何か変化があればこっちに電話してくれと知り合いの刑事には話しておいたからよ」

それしか術はなかった。

ポケットのスマホが音を立てたのは、夜の十時を過ぎたころだった。

潤一は帰り、居間にいるのは麟太郎と麻世の二人だけだった。

「じいさん、警察からじゃないのか」

麻世の言葉に麟太郎は急いでスマホを取り出し、耳に押しあてる。やっぱり、知り合いの刑事からだ。しばらく話をしてから、そっと麟太郎はスマホを耳から離し麻世の顔を見る。

「一時間ほど前に、安っさんが浅草警察署に出頭してきたそうだ。子供にも変りはなくて、無事両親の許に返されたそうだ」

ゆっくりこういうと、

「そうみたいだな。とにかく何もなかったようでよかったよ」

麟太郎の電話の対応から会話の内容を察していたようで、麻世はほっとした表情でこう答えた。

警察からの話では、安市と賢太はしっかり手をつないで、浅草警察署の玄関を入ってきたという。このとき安市は、

「あたしが川島賢太君を連れ去ったことに、間違いはありません」

はっきりした口調で、こういったそうだ。

このあと一人で取調室に入れられた安市は刑事たちの訊問《じんもん》に、

「あたしは罪をすべて認めます。その代り、あの子の家庭を調査してください。あの子は父親から酷い虐待を受けています。このまま放っておいたら、とんでもないことになるかもしれません。どうか児童相談所と連携して、あの子の虐待についての調査を行ってください。あたしのいいたいことはそれだけです」

こう答えたという。

なぜ、子供を連れ去ったか、その理由を訊くと、

「あの子の目に、怯《おび》えがあったから」

そんな言葉が返ってきただけだと、知り合いの刑事はいっていた。

そして、虐待の疑いがあるのなら、その旨を児童相談所か警察に通報すれば事はすむのに、なぜ子供を連れ去って罪を犯すようなまねをしたのか。それがさっぱりわからないという刑事に、

「それなら、一度安市さんに俺を会わせてくれないかな。俺と安市さんは懇意の間柄だから、そういうことも包み隠さず話してくれるような気がするから」

麟太郎はこう訴えた。

「他ならぬ大先生の頼みであれば、何とかそれぐらいは」

しばらく考えてからその刑事はこう答え、麟太郎は明日の夕方の五時、安市と面会で

きる約束を取りつけた。

「責任重大で大変だな、じいさん」

詳細を聞いた麻世はこういい、

「ところで、あのおじさんの罪はどれくらいになるんだ」

重い口調で訊いてきた。

「仮にも他人の子供を連れ回したんだから、厳重注意ではすまねえだろうな。何とか書類送検ぐらいですませてもらうように頼んでみるがよ」

いいながら麟太郎は天井を仰ぎ見た。


診療を早めにすませ、約束の五時に浅草警察署に行くと、すぐに知り合いの刑事がやってきて取調室の前に案内された。

「我々は隣の部屋で様子を窺ってますから、大先生はご存分に。ただし時間は三十分限りですから、その点は」

そういって刑事は取調室のドアを開けて麟太郎をなかに入れ、外から鍵をかけた。

テレビでよく見るような部屋だった。

部屋のなかには机が置かれ、その向こうに安市が座っていた。腰縄は巻かれていたが、手錠はかけられていなかった。

「やあ、大先生。とうとう、こんな塩梅になってしまいやした」

ふわっと安市は笑顔を見せた。

「まったくだよ、安っさん。こんなところでご対面とはよ。俺は夢にも思わなかったよ」

麟太郎も、ほんの少し笑ってみせる。

「何にしても、俺に許された時間は三十分しかねえ。まず訊きたいのは、賢太君という子は本当に父親から虐待を受けていたのかということなんだが」

安市の顔を正面から見た。

「受けてたよ。そんなことは、あの子の体を調べればすぐにわかることだよ。背中のあたりを見せてもらったけど、痣《あざ》だらけだったよ。酷いもんですよ」

安市は大きく首を振り、

「あたしは、あの子の顔を見た瞬間、すぐにわかりましたよ。誰かにすがりつきたいような、怯えた目をしていたからさ。まるで、昔の勇輝のような目をね……だから、あそこに青テントを張ったころから、すぐにあの子とは仲よくなりましたよ」

すっと安市は視線を床に落した。

「そうか、勇輝君と同じ目か……申しわけなかったけど渋る麻世を説得して、安っさんの昔のあれこれはすべて聞かせてもらったよ」

「ああ、麻世ちゃんか」

　ぽつりと安市は声に出し、

「あの子はいい子だなあ。ちょっと器量がよすぎて心配なところもあるけれど、あの子は稀《まれ》に見るほど、いい子だと思いますよ」

　目を細めていい、ひとしきり麻世のことを誉めあげた。

「麻世の件はそれぐらいにして本題に入るが、なぜ安っさんは賢太君の虐待を児童相談所や警察に通報せずに、あの子を連れ出してしまったんだ」

　肝心な質問を安市にぶつけた。

「それは……」

　安市は、ぴんと背筋を伸ばした。

「大きな声ではいえないけど、大先生なら話さないわけにはいかないから——もし、あたしが警察なり児童相談所に通報したとして、真剣に調査してくれたと思いますか。あたしはどこの馬の骨ともしれない、ホームレスですよ。あっ、そうなんですかと納得したような顔をして、それっきりになるのがオチだと思いませんか。あたしらのような者には、世間は冷たいですからね」

　一気に安市はいった。

　ようやくわかった。

「だから、世間の注目を集めるために、事件をおこした。世間が騒げば、警察も児童相談所も動かないわけにはいかない。そこを狙ったのか、安っさんは」

「そうですよ。悪い頭を絞りに絞って、ようやくその結論を出して実行にね」

ちょっと得意そうに、安市は胸を張った。

「なるほどな。そして、警察や児童相談所は頼りにならないなんてことは、警察のみんなにぶちまけるわけにはいかねえから、黙っていた。そういうことか」

「それで臍を曲げられて、調査をおろそかにされても困るからね。まあ、肉を斬らせて骨を断つ。昔の剣豪の極意のようなもんだね。相討ちの覚悟ですね」

「その相討ちの覚悟はみごとに実ると思うよ。俺たちの会話は、隣の部屋にいる刑事さんたちがすべて聞いてるからよ。決して、なおざりにはしないはずだからよ」

そういったとたん、

「えっ、聞いてるんですか。大丈夫かなあ、臍を曲げたりはしないだろうか」

安市は周りを、きょろきょろと見回した。

そのとき、ドアがノックされて鍵が外される音がした。

「大先生、そろそろ時間が」

ドアが開かれ、知り合いの刑事がよく通る声でいった。そして、

「安市さん。賢太君の調査はしっかりやりますから、大丈夫ですよ」

刑事は笑いながらいった。

安市が肩をすぼめるのがわかった。

席を立ちながら麟太郎は、

「安っさん、突き抜けたんだよな」

思わず安市に、そう声をかけた。

「そう、突き抜けたんですよ。すぽんと」

日焼けした安市の顔に笑みが広がった。

いい顔だった。


安市のいった通り、賢太は父親の克典から虐待を受けていたことがその後の調査でわかった。原因は教師の子でありながら賢太の成績が悪いこと。安市が勇輝に抱《いだ》いた感情と同じだった。

そして、安市は、厳重注意というだけの軽い処分で終った。どうやら賢太の連れ出しは安市の善意――それが認められたようだったが、当然のことながら青テントは隅田公園から撤去され、安市はどこかにねぐらを求めて姿を消した。

その安市から麟太郎に葉書が届いた。

夕食の際、その文面を麟太郎は麻世と潤一に読んで聞かせた。

みなさん、元気ですか、あたしは元気です
相変らず勇輝と二人の生活を楽しんでます
また隙をみて隅田公園に行くつもりです
あの、親切な刑事さんにはナイショですけどね
余談ですが、実はあたしのことを最初に安っさんと呼んだのは勇輝です
勇輝がまだ赤ん坊のころ
「おおい、安市さんですよ、勇輝君」
と何度も呼びかけたことがあったんですが、そのとき
「ヤスシャン」
と勇輝が声をあげたんです
その日からあたしは安っさんになりました
それから、手首の糸はあたしが自分で抜きました
痛かったです
ではまた、会える日を

文面はこれで終っていた。

「今、どこにいるかも、書いてないんだよな」

最初に声をあげたのは潤一だ。

「突き抜けてるんだから、仕方ないよ」

じろりと潤一を睨んでから、麻世がけっこう機嫌のいい声を出した。

そんな麻世を見ながら、取調室から出ていくときに浮べた安市の笑顔が麟太郎の胸に浮んだ。

やっぱりいい顔だった。

突き抜けた顔だった。

第四章　妻の秘密

最初は軽い気持だった。

鼠径部《そけいぶ》のリンパ節に腫れが出て、性器の周辺に痛みが走った。しかしそれも徐々に薄れてきてそれほど感じなくなった。だけど、場所が場所だけにどことなく気になって——。

美加子《みかこ》は『やぶさか診療所』の門を潜《くぐ》った。

ここの大先生なら仏様のような人と周りで噂されているし、看護師の八重子とは向《むこう》島《じま》にある言問団子《こととい だんご》の店で時折り顔を合せることもあり、そんなときは世間話をする間柄でもあった。多少は気が楽だった。

しかし、いざ診察室の前に立つと、いくら気の強い美加子といってもやはり緊張した。

ドアを開けてなかに入ると、

「あら、美加子さん」

少し驚いたような八重子の声が、すぐに聞こえた。

「こんにちは、八重子さん。今日はお世話になります」

丁寧に頭を下げると、

「何だ、八重さんの知り合いか」

野太い声が耳を打った。

これが仏様のようなといわれている、ここの主の真野麟太郎だ。

「あっ、はい。八重子さんとは言問団子のお店で時々お会いして、お茶を頂きながら世間話を……」

美加子は小さな声で答える。

「言問団子ってのは『いざ言問はむ都鳥《みやこどり》――』の、あの団子のことか。そうか、八重さんは言問団子が好きだったのか」

顔を崩しながらいう麟太郎に、

「えっまあ、好きと申しますか何と申しますか。お休みの日など、ちょくちょく出かけまして、おいしく頂いております」

少し照れたような様子で八重子はいった。

「なるほど。そこで馴染みになった、要するにスイーツ友達ってやつか」

美加子と八重子の顔を、麟太郎は交互に見る。

「はい、うちの主人は休みともなるともっぱら接待ゴルフということで、それで私も一人であちこちへ」

美加子はちょっと弁解じみた言葉を出す。

「なるほど、なるほど」

麟太郎は一人でうなずきながら、美加子の初診票に目を通す。

「住所が浅草署の辺りということは、うちの近所ということで名前は大島《おおしま》美加子さんか。年齢は……」

そこで麟太郎は視線を上げて、

「いくつになっても若く見える。やっぱり、美人は得ですなあ」

と目を細めた。

「そんなことないですよ。もう四十過ぎのおばさんですもの」

こう謙遜はしてみるが、美しさは美加子の誇りでもあった。二重の大きな目と、すっと通った柔らかな鼻筋……小さなころから、この子は可愛い、この子は美人だといわれてきたのも確かだった。

そんなやりとりのあと「とにかく、まあ、ここにかけて」と麟太郎は患者用のイスに美加子を誘《いざな》った。

「それで美加子さん、今日は」

イスに腰をおろした美加子に、穏やかな声で訊いてきた。

「はい、実は――」

美加子は小さな空咳をひとつして、

「ひと月ほど前に右の鼠径部のあたりのリンパ節が腫れてきて痛みも出てきて――これはひょっとしたら大変な病気かとも思ったんですけれど、今では腫れも痛みも引いていて。それで一過性の何かだとほっとしていたんですが、それでもやっぱり気になって」

さすがに性器の周辺にも痛みがということはいえなかったが、はっきりした口調で一気にいった。

「鼠径部の痛みか」

麟太郎は独り言のようにいい、

「それじゃあ美加子さん。すまないけれど、その鼠径部を診せてもらえるかな。むろん下着はつけたままでいいから、スカートをそのままま くって、その部分だけ出してくれれば充分だから」

厳かな声でいった。

いわれるまま美加子はスカートをまくりあげ、右の鼠径部のあたりだけを出して麟太郎に見せた。じっと見てから麟太郎の指がその部分に触れ、軽く押した。

「初期硬結《こうけつ》……」

麟太郎はぽつりと呟き、

「けっこうです。スカートを戻してください、美加子さん」

妙に丁寧で優しげな声を出した。

「つかぬことを訊きますが、性器のあたりに異状を感じたことは」

ざわっと胸が騒いだ。

「はい、多少、痛みがあったことも……」

蚊の鳴くような声をあげた。

「大先生、それは……」

美加子の声に八重子が反応した。

「そうだな――」

麟太郎の低い声に美加子の胸が早鐘を打つように鳴り出した。

「大先生、私は何か重大な病気に……」

すがるような目を向けた。

「はっきりとはいえねえけど、俺の診立てでは、おそらく、梅毒」

とんでもない病名が出てきた。

「梅毒って、私。そんなこと私、主人以外の人とは。そんなこと考えられません。そんなこと」

泣き出しそうな声が出た。

主人以外の人間……。

事実だった——あの男と性交渉は一度もしていない。キスは何度もしたけれど、許したのはそれだけで、それ以上のことは何もしていない、何も。

「その、ご主人から罹患《りかん》したとも考えることはできますよ」

「主人は真面目一方で、そんな病気をもらってくることなどは到底。まったく、考えられません」

咎《とが》めるような声で美加子はいった。

夫の利治《としはる》は仕事一筋で、今までそんな素振りも怪しげな噂も耳にしたことは一度もなかった。

「ご夫婦のことは俺にはよくわからねえが、梅毒は性交渉だけではなく、稀ではあるけれど、キスからでも罹患しますから用心しないと」

麟太郎の口から、とどめの一撃が出た。

「キスからって……」

美加子は一瞬絶句した。キスから梅毒がうつるなどとは考えたこともなかった。

「粘膜のあるところなら、どこからでも罹患します。だから、口腔《こうくう》粘膜からでも梅毒トレポネーマは知らぬまに侵入してきます」

吐息をもらすように麟太郎はいった。そして、

「けどよ、美加子さん」

麟太郎の口調が、がらりと変った。

「美加子さんの症状はまだ初期で、大事には至っていねえ。抗生物質と飲み薬で完治はできるから、心配はいらねえよ。早くに見つかって本当によかったよ」

顔に笑みを浮べて、何度もうなずいた。

「そうよ、美加子さん」

いつのまにか八重子が、すぐそばに立っていた。

「きちんと治療を受ければ、一カ月ほどで初期の梅毒は治るはずだから。悲観することなんて、まったくないから。心配なんかしなくていいのよ」

力強い語気で八重子はいった。

「いずれにしても、俺はそっちの方面の専門じゃねえから、紹介状を書くので泌尿器科の専門医に診てもらって血清反応検査を受けてくれ。俺の診誤りということも考えられるからよ」

そうであってほしいとは思うが、キスでも感染するということなら、あの男が元としか考えられない。

「それから、いい辛いとは思うけど……」

八重子が優しい声を出した。

「ご主人にもちゃんと話して、血清反応検査を受けてもらうようにね。放っておくと病気はどんどん進行して、脊髄癆《せきずいろう》や脳梅毒などの酷いことになってしまいますからね」

噛んで含めるようにいった。

が、それが一番の問題なのだ。

いったい利治に、どう話したらいいのか。

感染したのは自分で、もしそうなら利治が罹患しているのは、まず間違いないことになる。その説明をどうするのか。納得できる説明ということになるのなら、あの男のことを話さないわけにはいかない。そんなことになれば、この先……。

目の前が暗くなるのを覚えた。

「心配いらねえよ、美加子さん」

そんな様子を見かねたのか、麟太郎が素頓狂な声をあげた。

「梅毒は男の勲章。男たるもの、一度や二度はこいつに罹《かか》らねえと一人前じゃねえって。昭和の時代、俺たちの若いころはよく、周りの大人たちからこういわれて発破をかけられたもんだよ」

とたんに八重子が大声をあげた。

「何を莫迦なことをいってるんですか、大先生は」

じろりと麟太郎を睨みつけた。

「あっ、これはやっぱり、失言か」

首の後ろをぽんぽんと叩く麟太郎を目の端に置きながら、美加子の頭のなかは混乱して暗くなるばかりだった。


美加子は今年、四十三歳。

夫の利治とはちょうど二十年前、二十三歳の時に結婚した。

同じ大学の経済学部の同級生で年も同じ、在学中からのつきあいで、大学を出て二年目の夏にめでたくゴールインをした。次の年に一人息子である利勝《としかつ》が生まれたが、今は京都の大学に行っていて美加子は利治と二人暮しだった。

その利治は大学を卒業後、都内に本社を置く大手食品会社に就職し、現在は冷凍食品部の販売部長の席に納まっている。このため、最初は共働きの二人だったが、利治が昇進するにつれてその必要もなくなり、美加子は卒業以来勤めていた銀行を十年ほどで辞め、それからはずっと専業主婦をつづけている。

利治とは熱烈な恋愛の末の結婚だったが、美加子が二人の間にすきま風のようなものを感じ始めたのは、ここ数年前ぐらいからだった。

会話が少なくなり、一緒に買物などに出かける頻度も減った。利治の仕事の忙しさがひとつの原因かもしれなかったが、以前に較べると熱のようなものがなくなったのは確かだった。

そんなことをそれとなく、利治に質してみると、

「確かに熱はなくなったな。でもこれだけ一緒にいるとお互い空気のような存在になってしまって、それは仕方がないよ。どこの夫婦でも似たようなものだと思うよ。それに俺は決して美加子を蔑《ないがし》ろにしているつもりはないし、大事にしているつもりだよ」

こんな答えが返ってきた。

そう、確かに大事にはしてくれている。

美加子のいうことにはめったに反対することはないし、時間のあるときには家事全般も手伝ってくれる。声を荒げることもないし、いいかげんな嘘をつくこともない。利治は学生時代から、おとなしくて誠実な男だった。

そして、一番打撃を受けたのが、利治が美加子の体を求めなくなったことだった。回数がどんどん減って、今は精々月に一度、あるかないか。それにしたって儀式のようなものになっていた。熱がなかった。

それがちょうど四十歳を過ぎたころ。

女としての魅力がなくなった。

倦《あ》きてきた。

そんな気が、しきりにした。

プライドが崩れ落ちた。

これも美加子は利治に質してみた。

「倦きてきたといわれれば、そうともいえるけど、それぱっかりじゃないさ。美加子は気が強すぎるんだよ」

真面目な表情で利治はこういった。

「気が強すぎるから、何なのよ」

さすがにこう訊かざるを得なかった。

「学生時代から俺はずっと、美加子のいうがままに動いてきたと思う。主導権を握るのはいつも美加子で、俺は美加子のいう通りに行動してきた」

いわれればそうだった。

どこかに旅行に行くときも、行き先は美加子の好きなところ。何かおいしい物でも食べようということになると、やはり美加子の好きな物。何か物を買おう、何か映画でも観《み》ようというときも、まず美加子の意見だった。決めるのはいつも美加子で、利治はそれに文句もいわず機嫌よく従う……一事が万事そんなかんじだった。

利治が仕事などで失敗して落ちこんでいるときなども、怒鳴るような声で発破をかけるのは美加子の役目……そういえば随分、利治を叱ってきたように自分でも思う。

「若いころはそれでも楽しかったけど、年をとると段々そういったものが蓄積してきて重たくなってくるんだ」

利治はそこで、ぷつんと言葉を切った。

「それは、あなたが優柔不断でさっさと物を決められない性格だから、私が率先してやるより仕方がなかったんじゃないの」

精一杯の反論をした。

「確かにそうなんだけどね。理屈ではわかってるんだけどね」

困ったような顔を利治はした。

「理屈でわかってるんなら、それが正しいんじゃないの」

叫ぶような声を出した。

「正しいんだろうけど、でも……」

「でも、何なの。はっきりいってくれないと私にはわからない」

本当にわからなかった。利治が何をいいたいのか。睨むような目で利治を見た。

「つまり――」

と、利治はいった。

やっぱり、困ったような顔だった。

「学校の怖い女先生か、気の強かった母親と一緒にいるような気になるんだ」

「……………」

「小さな子供になったようで、心が萎えてくるんだ。だから……」

ようやくわかった。

そういうことだったのだ。

心が萎える——。

こういわれたら、何も反論はできなかった。

反論すれば、さらに利治の心は……。

沈黙するより仕方がなかった。

かといって、利治が自分を粗末にしているわけではなかった。いつも通りの優しすぎるほどの夫だった。

それが今の二人の状況だった。

診療所をあとにしながら、美加子の心は熱《いき》り立っていた。

あの男——吉原竜彦《よしはらたつひこ》に対する怒りだ。

とにかく竜彦に会って、事の真偽を正さなければ話は前に進まない。もし竜彦が梅毒の罹患者だったなら感染源は確定して、夫の利治の線は完全に消え去る。そうなった場合——わからなかった。どうしたらいいのか。とにかく、まずやるべきなのは竜彦に会うことだった。

スマホを取り出して、早速竜彦のスマホに電話をする。呼出し音五回で、竜彦は電話に出た。

「珍しいね、美加子のほうから電話をくれるなんて」

嬉しそうな声だった。

「ちょっと会いたいんだけど、出てこられる」

単刀直入にいった。

「六時半頃だったら仕事も終るから、大丈夫だよ」

即行で言葉が返ってきた。

「じゃあ、その時間に。いつもの喫茶店で待ってるから」

それだけいって電話を切った。

時間を見ると五時半に近かった。

あとは利治にメールを打てば、それでよし。美加子の指は手にしているスマホの上を忙しなく動き回る。

『今日は少し遅くなるので、夕食は外で食べてきてください。お願いします』

それだけの文面だった。これで利治はすべて納得して文句は何も出ない。昔からずっとそうだった。

あとはぶらぶらと歩いて約束の場所に向かえば——約束の喫茶店は上野駅の近くの裏

通りにあった。竜彦の職場もその界隈で、中堅どころのファッションメーカーに勤めていた。

喫茶店には六時半前に着いた。

注文したコーヒーをすすりながら奥の席に座って、美加子は竜彦のくるのを待つ。

竜彦は六時四十分頃にやってきた。

「ごめん、少し遅くなってしまった」

厨房《ちゆうぼう》に向かって「アイスコーヒー」と叫び、美加子の前に滑りこむように座る。

すぐに運ばれてきたアイスコーヒーをごくりと飲み、

「あれっ、何か怒ってる」

無言のまま何も喋らない美加子に、訝しげな声を出した。

「怒ってる」

ぽつりと美加子は言葉を出す。

「怒ってるって――俺、何か美加子に悪いことしたかなあ。そんな覚えは、まったくないんだけど」

また無言の時間が過ぎていく。

「あっ、ひょっとして」

きまり悪そうな声があがった。

「ひょっとして、あれ。美加子、病気になっちまったのか」

「そう」と美加子は短く答え、

「何の病気か、わかってるでしょうね。ちゃんと答えてくれる」

語気を荒げた。

ここはとにかく予断を与えず、竜彦自身の口から病名をいわせたかった。

「それは、梅毒っていうやつかも」

はっきりと梅毒という言葉が竜彦の口から出た。これで決まりだ。感染源はやはり竜彦だった。利治の線は完全に消えた。

「なぜ、隠してたのよ、黙ってたのよ」

正面から真直ぐ竜彦の顔を睨みつけた。

「ごめん、完治したと思ってた」

掠れた声が聞こえた。

誰からかはわからなかったが、竜彦が梅毒に罹患して、それに気がついたのは一年半ほど前のことだという。

病状はすでに進み第二期に入っていて体中に菌が回り、発疹《ほっしん》があちこちに生じていたと竜彦はいった。

「それでどうしたのよ」

先をうながす美加子に、

「もちろん、病院に行って治療を受けたさ。ペニシリンと飲み薬で徹底的に」

強い口調で竜彦はいった。

「それなら」

美加子は言葉をつまらせる。

「半年ほど治療をつづけて、そろそろ完治ですねと医者がいうので、それで」

「それでどうしたの――ひょっとして竜彦、病院通いをやめたっていうんじゃないでしょうね」

竜彦の顔を睨みつける。

「やめた……」

蚊の鳴くような声が聞こえた。

「莫迦なんじゃないの、あんたって」

こんな言葉が美加子の口から飛び出した。

「ごめん、治ったって思ってた」

無言の時間が流れた。

「でも俺は、美加子とキスをしただけで、アレはやってない。それがどうして」

絞り出すような声を竜彦が出した。

「キスだけでも、感染はするって医者がいってたわ」

美加子は言葉を吐き出した。

竜彦が両肩をすとんと落した。

「それで、奥さんのほうはどうなの。うつっていたの」

「うつってた。すったもんだの大騒動の末、俺と同じ病院じゃなくて別のところで治療をして、こっちは完全に完治の御墨付《おすみつ》きをもらっていた。むろん、二人の子供たちにはうつっていない」

竜彦には高校生と中学生の子供がいた。二人とも女の子だった。

「あの、何といったらいいのか、旦那さんのほうは……やっぱりうつっていたのか」

肩を落したまま竜彦は声を出す。

「まだ何も聞いてない。でも、うつっているに決まってる。症状が出るのは時間の問題。だから困っているんじゃない」

美加子も肩を落して固まった。

どうしていいか、わからなかった。

事のおこりは半年ほど前の、高校の同窓会だった。

容姿に自信のある美加子は、こうした集まりが好きだった。指定された日時に、うきうきした気分で、会場のある都内の小さなホテルに行った。十年振りの同窓会だった。

女子も男子も確実に年をとっていた。

でも自分だけは――。

理由はそれぞれだろうが、男子も女子も美加子の顔と体に視線を注いでくるのがわかった。いい気分だった。そんななか、積極的に近づいてきたのが竜彦だった。

「高一のころから、ずっと美加子が好きだった。憧れていた」

こんなことを竜彦はいった。

「えっ、そうなの。全然知らなかった」

美加子はこう返したが、あのころの竜彦の熱い視線はよく覚えていた。

「でも美加子は俺なんか眼中になかった。何たって、あのころの美加子はモテモテだったから、俺なんかまったく」

その通りだったので、

「あら、知らなかったんだから、仕方がないじゃない。もし知ってたら」

こんな言葉を返したのだが、これが間違いのもとだったらしい。

散会になって二次会に行くもの帰るもの、二つに分かれて話し合っていたが、そんなところへ竜彦がやってきて、

「美加子はどうするんだ。二次会に行くのか、行かないのか」

耳元でささやくようにいった。

　本当は行きたかったが、美加子は相当酒を飲んでいて足元がふらついていた。こんな状態で行って醜態をさらしたら……躊躇した。そんな心の裡《うち》を見透かしたのか。

「酔っぱらっているんなら、このまま帰ろう。俺が送っていくから」

　竜彦は美加子の手首を握りこみ、強引にフロアの隅にあるエレベーターの前に引っぱっていった。

「今夜は俺、車できてるから。美加子の家まで送っていくよ」

「車でって――竜彦だって酔ってるでしょうに。どういうことなの」

「実は俺、酒が飲めないんだ。だから飲んでたのはウーロン茶で、まったく酔ってないから大丈夫だよ」

　何かの魂胆があって飲まなかったのか、それとも本当に飲めないのか。どちらかはわからないが、竜彦は確かな足取りで地下の駐車場に美加子を連れていき、車のなかに押しこんだ。

「なあ、美加子。お互いの電話番号を交換しないか。せっかく、こんなに仲よくなったんだからさ」

　運転席に乗りこんだ竜彦は、こう切り出して、ポケットからスマホを取り出した。

「えっ！」

と、うめくような言葉を美加子が出すと、

「何たって美加子は俺の初恋の相手。俺の女神様なんだからさ」

えらく真面目な口調でこういった。

瞬間、美加子の脳裏に利治の顔が浮んだ。ほったらかしにされて、かまってくれない、冷たい男に見えた。

「いいけど」

低い声でいい、美加子はバッグのなかを探ってスマホを取り出した。竜彦と互いの番号を交換して、スマホをバッグのなかに戻すのと同時に強い力で肩を抱かれた。

目の前に竜彦の顔があった。

「美加子の美しさは、昔と全然変ってない」

真剣な顔で竜彦はいった。

美加子の体の奥で何かが弾《はじ》けた。

取りまきが欲しかった。誉めちぎってくれる取りまきが。自分の価値を認めてくれる取りまきが……美加子の脳裏に利治の顔は、もう浮んでこなかった。

美加子の唇は竜彦の唇でふさがれた。

すぐに分厚い舌が入りこんできて、美加子の口のなかを動き回った。

どれほど唇を合せていたのか、気がつくと竜彦の右手がスカートのなかを探っていた。

指が下着のなかにもぐりこもうとしていた。

思わず強い力で体をよじった。

「駄目っ、これ以上は」

怒鳴り声をあげた。

竜彦の指の動きが止まった。

おずおずと、スカートのなかから右手を抜いた。

「キスだけならいいけど、それ以上は駄目。それでもいいのなら、これからもつきあってあげる」

見下すような目で竜彦を見た。

「それでもいいけど……」

ひしゃげた顔で竜彦はいった。

いい気持だった。

それから竜彦とのつきあいが始まった。

竜彦は盛んにホテルに行こうとせがんだが、美加子はキス以上の行為は許さなかった。自分を安売りするつもりはなかった。いい気分になりたい。それだけだった。その結果が――。

「それで――」

と美加子はコーヒーを一口飲んでから、声をあげた。

「それでって……」

恐る恐るといった口調で、竜彦が答えた。

「いったい、この始末、どうつけてくれるかっていう話でしょうが」

「どうつけるって……」

竜彦はグラスに残っていたアイスコーヒーを一息で飲み、大きな溜息をもらして黙りこんだ。

また沈黙がつづいた。

「いっそ」

と竜彦が細い声を出した。

「旦那さんと別れて、俺と結婚するか。俺も女房と別れるからさ」

とんでもないことを、いい出した。

「私と結婚するって——竜彦、あんた給料いくらもらってるのよ」

辛辣な言葉が口から飛び出した。

出世ラインを駆け上がっている利治と違って、竜彦はいまだにヒラ社員のままで何の役職にもついていなかった。

「俺は——」

といって竜彦は押し黙った。

体がひとまわり以上、小さくなったように見える。

「私、もう帰るから」

そんな竜彦にこういいおいて美加子はさっと席を立ち、正面のドアに向かって大股で歩いた。

とにかく明日は、麟太郎からもらった紹介状を持って泌尿器科に行ってこよう。まずは治療を始めなければ――そして、利治に対する今度の件の対応だ。

美加子は唇を、ぎゅっと嚙みしめた。

夫の利治の様子が変だった。

夕食は利治の好きなチキンカツだったが、それは何とか食べたものの、ごはんのほうは手つかずで丸々残した。

「あなた、どうかしたの。体の調子でも悪いの」

恐る恐る訊いた。

ひょっとしたら病気の症状が出てきているのでは……いや、もう、すでに病院に行って診察を受け、病名を知らされているのではないか。そんな思いが一気に美加子の体を駆けぬけた。

「いや……」

短く利治が答えて言葉を切った。

「新商品がもうすぐ出るから、いろいろ頭を悩まされて、それで疲れているだけだよ。心配することは何もないよ」

一瞬の間を置いて利治はこう答え、ほんの少し笑ってみせた。

修羅場は避けられた。

ほっとはしたものの、いい出せないでいるだけで利治は何かを隠している。どこまでわかっているかは定かではないが、利治は何かを察している。そんな気がした。

しかし、あの計画を実行すれば、今回の件も何とか乗り切ることができるはずだ。そのためにはまず『やぶさか診療所』へ再度行ってこなければ。そして麟太郎と八重子を味方にすれば何とか……あのとき同様、丸く収まるはずだった。

美加子には浮気の経験が一度あった。

五年前――。

そのころ美加子は少し緩んできた体形を引きしめるため、向島にあるスポーツジムに通い出していた。そこに杉下《すぎした》という美加子より二つ年下のインストラクターがいた。

職業柄、杉下は長身で均整のとれた体つきをしていた。そして何よりも美加子の心をとらえたのが、端整で甘い杉下の顔立ちだった。杉下はすでに結婚していて子供もいたが、ジムに通う女性たちには絶大の人気があった。

美加子もその一人だった。

顔を見るたび、熱い視線を送った。

それに気づいた杉下も積極的に美加子に近づいてきて、二人は人目を避けて逢《あ》うようになり深い関係になった。

「こんな綺麗な人が、俺の恋人に……」

杉下は甘い言葉で美加子の容姿を絶賛した。いい気持だった。美加子の心と体は文字通り、宙に舞った。

そんな関係が三カ月ほど、つづいたころ。

夕食の仕度をしていた美加子のスマホに杉下から連絡が入った。夫の利治が帰宅するまでには、まだ充分時間があり、美加子は安心してスマホを耳に押しあてた。

「明日も逢いたい、美加子を抱きたい」

と杉下は甘えた口調でいった。

「明日もって、昨日、逢ったばかりじゃない」

美加子も甘い口調でいう。

「本当は今日も逢いたかったんだ、俺のお姫様に」

「今日もって無理でしょ。何たってジムに行くのは週二日程度なんだから」

哀願するような杉下の言葉に、美加子は満足感を覚えながら答える。

「でも美加子を抱きたい。メチャメチャにしたい、メチャメチャにしてほしい」

切なそうな声が耳に響いた。

「あっ……」

吐息がもれた。下腹部が熱くなるのを感じた——何かを答えようとしたとき、美加子の神経に触れるものがあった。思わず後ろを振り返ると利治が立っていた。

「あっ、あなた、お帰りなさい。今日はいつもより早いわね」

動揺を抑えて、これだけいえた。

「ああ、定時通りに仕事を終えて、どこにも寄らずに帰ってきたから」

こう答える利治の言葉を聞きながら、美加子の頭は忙しなくこの状況をどう収めたらいいのか考える。

「そうしたら美加子がいつになく、嬉しそうな声で電話をしていたから声をかけづらくてね」

利治は低すぎるほどの声で、あとをつづけた。

ということは、利治は最初の部分から電話のやりとりを聞いていたのかもしれない……美加子は急いで電話での会話を反芻《はんすう》する。大丈夫だ。こちらは決定的な言葉を何も出していないし、杉下の声はスマホを耳に押しあてていたので、利治には聞こえていないはずだ。

「ジムの友達からの電話。向こうで知りあった、昔のママ友みたいなものだけど、妙に気が合ってしまって。それで、もっとジムにこいっていう、お誘いの電話」

精一杯明るい声で、何とかごまかしの言葉を口にした。完璧ではないけれど、この場は凌《しの》げたはずだ。

「ああ、ママ友なのか。気の合う友達ができて、よかったね」

利治は素気《そつけ》なくこれだけいって、少しの間美加子の顔を凝視し、着替えのために奥に入っていった。疑っているともそうでないとも、どちらにもとれる様子だった。手にしていたスマホを耳に押しあてると、状況を察したらしくすでに切れていた。

この件を境に当分逢うのは控えようと杉下と話し合い、やがて二人の間は疎遠になっていき自然消滅することになった。美加子にも杉下にも家庭があった。あまり深みにはまるのは禁物だった。杉下にはまだ未練があったものの、美加子はジムもやめた。

美加子は食卓の利治に視線を向ける。

「新商品が出るって、販売部長としては大変なことよね。でも――」

利治を見る目に力をこめる。

何があろうと、ここはまず平常心だ。

「そんなことで食欲をなくしてちゃ、駄目。自分の思うがままに突き進んでいけば、結果は、おのずと後からついてくるから。もっと自分に自信を持って、私はいつでもあなたの味方で応援してるから」

いつものように、叱咤激励《しったげきれい》する。

「結果は、おのずと後からついてくるか。確かにそうだな、美加子のいう通りだな」

利治は独り言のようにいい、

「まあ、新商品の件だけではなく、その他にもいろいろと厄介なことがな。しかし、何があろうと結果は必ず後からついてくるから、それを何とかしないとな」

こんなことをいった。

何となく意味深な利治の言葉に、美加子の胸がざわっと軋《きし》む。やっぱりあの件で、利治の体に変化が……美加子は利治に気づかれないように小さく息を吸いこむ。何かいわなければと考えを巡らせていると、

「じゃあ、俺は風呂に入ってくるから」

利治はあっさり席を立って、浴室のほうに歩いていった。

『やぶさか診療所』の前に立ち、美加子はひとつ深呼吸をする。

ささいなことかもしれなかったが、診察室でのこれからの展開は美加子にしたら正念場ともいえた。

なかに入って受付をすませ、待合室のイスにそっと腰をおろす。待っている患者の数は多くはなく、予約もとっているのですぐに呼ばれるはずだった。

十分ほどして看護師の八重子が診察室から出てきて、

「大島美加子さん、どうぞ診察室のほうへ」

よく通る声で美加子の名前を呼んだ。

急いで立ちあがって診察室の前まで歩いていくと、奥のほうから若い女性が一人出てきた。目を見はった。

綺麗だった。

可愛かった。

思わず自分と較べていたが、一瞬ですれ違ったため、よくわからないまま若い女性は待合室の隅へ歩いていった。後ろ姿をちらりと見てから、美加子は診察室のドアをノックしてなかに入った。

「おう、どうだね、美加子さん。治療の進捗状況は」

早速、麟太郎の野太い声が響き、前のイスをすすめる。

「はい、おかげ様で順調に進んでいて、ほっとしています。この状態なら短期間で完治するとのことで」

神妙な声で答える。

「そりゃあよかった。それで今日は、その報告にわざわざきてくれたのかな」

ごつい顔が嬉しそうに綻んだ。

「ええ、まあ。それもありますけど、大先生と八重子さんに聞いてもらいたいお話があって、それでここへ」

蚊の鳴くような声を出した。

「聞いてもらいたいことって、ひょっとして美加子さん。あの、どうして今度の病気に罹患してしまったのかという件かしら」

勘の鋭いところを八重子が見せた。

「それです、私にしたら寝耳に水の――最初に診ていただいた大先生と八重子さんには、そこのところの事情をしっかり知っておいてほしいと思って。そうでないと、情けないというか悔しいというか」

高い声で一気にまくしたてた。

「もちろん、何か事情があるのなら、どんなことでも聞く用意はできているが。そういうことも地域の町医者の大事な仕事のひとつだと、俺は思っているしよ。なあ八重さん」

「はい。私も医師や看護師の仕事は体のほうはむろんのこと、それにともなう心のほうのケアもしていかなければと考えている一人ですから」

はっきりした口調で八重子はいった。

「ありがとうございます。本当にあの病名はびっくりするほどの衝撃で。主人はそんな病気をもらってくるような素行の持主では決してありませんし、私にしたって主人以外の人とそういうことは……」

美加子は大きく肩で息をしてから、

「でも、大先生がおっしゃった、梅毒はキスからでもうつるという一言に、私、打ちひしがれて」

消えいるような声を出した。

「そうでしたね。あのとき美加子さん、絶句してうろたえていましたね」

ちょうどいい言葉を、このとき八重子が口にした。ちゃんと覚えていたのだ。

「はい、うろたえました。どうしていいか、わからなくなって」

「と、いうことは」

麟太郎が身を乗り出した。

「実をいいますと……」

美加子は視線を床に落し、

「主人以外の男性とキスはしたんです。いえ、されたんです」

声を震わせた。

そして美加子は十年振りに催された、半年ほど前の高校の同窓会での出来事を正直に麟太郎と八重子に語った。そう、正直に。たった一点だけを除いて。

麟太郎と八重子は真剣な表情で、美加子の話に耳を傾けている。

「会が終って、私は酔ってもいましたし二次会には参加しないつもりで、みんなと別れてホテルの表で呼んでもらったタクシーを一人で待っていました。そのときそこへ、今、話した高校生の時から私のことを好きだっていっていた、吉原という男がやってきて……」

ここでちょっと言葉を切り、

「いきなり私の手首をつかんで植えこみの陰に連れこみました。そして無理やり私にキスを……そういうことなんです、事実は。私はそのあと吉原を突き飛ばしてその場から逃げました」

これが美加子のついた、ただひとつの嘘だった。

話を聞き終えた麟太郎と八重子の口から吐息がもれた。

「そんなことが、あったんですか」

八重子が早速、口を開いた。硬い口調だった。

「罹患者の身でありながら、そんな行為におよぶとは。実に卑劣な男ですね、そいつは。そして、本当に災難でしたね、美加子さんにしたら」

八重子は本当に怒っているようだ。

「たった一度だけのキスなんです。それも無理やりされた。その、たった一度だけのキスで、こんなことになるなんて。私、主人にいったい」

美加子は涙ぐんでいた。

目から本物の涙が、こぼれ落ちた。

すべては作り話なのに。

「泣いちゃ駄目だ、美加子さん。いろんな意味で運が悪すぎた。しかし、真実はひとつだ。それを丁寧にご主人に説明すれば、きっとわかってくれるはずだ。たとえ、たった一度だけのキスからだとしても」

励ますように、力強く麟太郎はいって大きくうなずいた。

いい人なのだ、この人たちは。

そんな気持が、ふっと美加子の脳裏を掠めていった。麟太郎が周りの人間から、仏様のような人だといわれている所以《ゆえん》がわかったような気がした。

「でも——もし主人がわかってくれなかった場合。私、あの男に対して裁判をおこしてもいいと思っています。大先生は、これをどう思われますか」

とっておきの言葉を出した。

「裁判をおこすのは可能だが、はたして勝てるかどうかだな」

麟太郎は太い腕をくむ。

「俺は美加子さんの話を信用するが、残念ながら現場を見ていたわけじゃねえ。ただ、ここにきて病名を告げたときの美加子さんの驚きぶり、そしてキスでも罹患するといったときの狼狽ぶり。そうしたことを総合して、これは事実に違いないという証言はできる」

麟太郎は証言してくれるつもりなのだ。そして――。

「だが相手が、すべてはお互いの合意の上だといい張れば、結局は水かけ論になっちまうなあ」

麟太郎はすっかり美加子の嘘を信じきっているようだ。むろん、美加子に裁判をおこす気などはない。というより、おこせるはずがない。すべては自分の嘘の信憑性《しんぴょうせい》を高めるための言葉であり方便だった。

「裁判はともかく、もしご主人が美加子さんの言葉を疑うようでしたら、私が美加子さんの家に出向いて、ご主人にこの間の事情を説明してあげてもいいですよ。ねえ、大先生」

びっくりするようなことを、八重子が口にした。

「おう、いざとなったら俺も一緒に出向いてもいいぞ。弱きを助け、強きを挫《くじ》くのは下町男の身上のようなもんだ。何だったら、吉原とかいう、そのクソ野郎をぶん投げてやってもいいぞ」

麟太郎が気炎をあげた。

「大先生、それはちょっと。何にしても暴力沙汰は」

ちくりと八重子が釘を刺した。

そんなやりとりを、美加子は呆気にとられる思いで見た。これまで美加子の知らなかった人間がここにはいた。いい人すぎた。そんな二人を自分は……美加子の胸に微かな痛みが走った。だが自分を守るためには。

「とにかく――」

麟太郎が怒鳴るような声をあげた。

「ご主人と、じっくり話をするのが一番。もしそれでもご主人が納得しなかったら、俺と八重さんはいつでも出向いていくからよ。裁判云々《うんぬん》は、そのあとの話だ。何にしても、真実に勝る強さはなし――この言葉を肝に銘じてな」

発破をかけるようにいうが、最後の言葉は美加子にとっては重すぎるものだった。

「はい、何から何までありがとうございます。本当に助かります、本当に」

頭を下げながら美加子はいうが、これは紛れもない本音だった。

美加子はただ、言質《げんち》らしきものを取って麟太郎と八重子の言葉を、いざというときの盾というか言い訳というか、そんなものに使おうとここにやってきたのだが――結果は大成功だった。まさか、家にまできて話をしてくれるなどという言葉が出るとは、夢にも思わなかった。ましてや裁判の証人になどとは。

美加子はイスから立ちあがり、再度、麟太郎と八重子に礼の言葉をのべる。そして思い出したように、

「さっき奥から出てきた若くて綺麗な娘さんを見たんですが、あの人は大先生のお孫さんですか」

気になったことを訊いてみた。

「そいつは麻世だ。親戚筋からの預りもので高校三年、名前は沢木麻世。少々変り者なので、ここで鍛えて看護師にでもなってくれればいいなと思ってよ」

さらっと麟太郎は口にする。

「変り者なんですか、あの娘さん」

思わず口にすると、

「女だてらに古武術の道場に通っていて、喧嘩の名人。少々偏屈で、愛想なんぞは爪の垢ほども持っちゃあいねえ。まあ、簡単にいえば、拗ね者《すねもの》といったところだな」

どういうわけか嬉しそうにいうが、

「大先生、いいすぎです」

と八重子が一喝した。

「と、いろいろといってはみたが、麻世は一本気な性格で根は正直。俺と同様、いつも弱い者の味方で、嘘はつけない性分。一言でいっちまえば、可愛いやつだよ」

すらすらと長所を並べたて、今度は嬉しそうに笑った。

「はあ、なかなか。複雑な娘さんのようですね」

首をひねる美加子に、

「興味があったら話してみるといい。世間を知るためだといって、しょっちゅう待合室の隅に座って周りの話を聞いているから。おそらく今もそこにいるんじゃねえか」

麟太郎の言葉に「はい」と短く答え、二人に挨拶をして美加子は診察室を出る。

待合室の隅を窺い見ると、麟太郎のいった通り、麻世という娘はそこにいた。

美加子はゆっくりした足取りで、麻世のほうに歩く。すぐそばまで行くと、麻世がこちらを見た。

びっくりした。単に綺麗で可愛いだけではなかった。麻世は輝いていた。美加子は思わず息をのんだ。

美加子は居間のソファーに座り、コーヒーを前にして利治の帰りを待っている。

今夜は部下と一緒に食事に行くため、十時すぎになるということだったので、あと三十分もすれば帰宅するはずだった。

美加子はすでに冷めてしまったコーヒーをすすりながら、今日のことを考える。

『やぶさか診療所』でのあれこれは大成功だった。これでいつでも麟太郎と八重子は自分の味方をしてくれる。そして、二人の言葉を盾に、たった一度のキスの話を利治にして納得してもらう。それも今夜中にだ。利治から先に梅毒に罹ったなどといわれたら、こちらの話の信憑性も薄くなる。だから、とにかく今夜中に美加子のほうから話をして利治に納得させるのだ。

そのあとは――吉原に会って別れ話を出し同意を得る。もし拒否をされたら、主人はすでに梅毒に罹っていた。だから、吉原のことはすべて主人に話して許しをもらっている。もし揉め事になったとしても壊れるのは吉原の家庭だけで、こちらは壊れないと脅しをかければそれですむ。

そして、しばらくおとなしくしていて、それから――もう一度、杉下を煽《あお》って縒りを戻してもいい。そうすれば自分の美しさの信奉者は確保できる。

と、そこまで考えた美加子の胸に麻世の顔が浮んだ。

あのとき待合室で――。

「こんにちは、隣に座ってもいい」

と麻世に訊くと、微かにうなずいて「いいですよ」と、すぐに承諾の言葉が返ってきた。

美加子はそっと麻世の隣に腰をおろし、

「麻世さんていうんですってね。何でもここの大先生のお話では親戚筋のお嬢さんで、看護師さんにしたいといってらしたけど」

まず、当り障りのない話をした。

「ええ、まあ」

それに対して麻世は曖昧な返事をして、視線を美加子の顔からそらした。どうやら歓迎される話題ではないようなので、

「麻世さんて、とても綺麗で可愛く見えるんだけど、何か秘訣《ひけつ》でもあるの。たとえばお化粧とか」

単刀直入、自分の関心のある話題をぶつけてみた。

「化粧って――」

麻世の顔に困惑の表情が浮んだ。

ここで初めて美加子は自分の勘違いに気がついた。この娘《こ》はスッピン――まったく化粧をしていないのだ。今時の女子高生なのだから薄化粧ぐらいはと思いこんでいたのだが、この娘に限っては。

「ごめん。お化粧していないのよね。でも、なんでしないの。もっと綺麗に見えるのに、もったいないかんじ」

興味津々で訊いてみると、

「面倒だから」

味も素気もない言葉が返ってきた。

「でも薄化粧でもすれば、より綺麗になって周りの人たちからもチヤホヤされることになるんじゃない」

正論をのべたつもりだったが、

「そんなことは、どうでもいいことですから」

これも簡単明瞭な言葉が返ってきた。美加子には信じられない言葉だったが――そして、より綺麗に見せるため、入念に化粧をしていた自分の若いころの顔を思い浮べて、麻世の顔と較べてみた。スッピンの麻世と。

勝負にならなかった。

美加子は素直にしょげた。

麻世の隣に座ったことを後悔した。

「どうしたの、オバサン」

そんな様子に麻世が声をかけてきた。しかし、よりによって、オバサンとは。美しさを誇りにしてきた美加子にとって許し難い言葉だった。麻世に対する憎しみのようなものが湧いてきた。

「どうもしないわ、ちょっと、ほかの事をね」

そうごまかす美加子の目に、麻世の右頰の上にうっすらと色の変った部分があるのが映った。あれは痣だ。とたんに嬉しくなった。

「麻世さんて、右頰の上に痣があるのね。こんなに綺麗なのに、ちょっと残念ね」

笑みが浮ぶのを抑えていった。

「ああっ、これ」

どういうわけか、麻世が少し笑った。憎らしいほど可愛い顔に見えた。こんな顔で見つめられたら男たちは……。

「これは痣じゃなくて、殴られた痕です。古武術の道場に通っているので、殴り合いの稽古を毎日のようにしてますから。こんなのはしょっちゅうです」

何でもないことのようにいった。

「毎日のように殴り合いって。そんなことをしてたら、顔のほうがぼろぼろに」

思わず、こんな言葉が出た。

「だから、顔なんてどうでもいいんです。ついていればそれでいいんです。そんなことより、私にとっては強くなることが一番ですから」

心持ち麻世が胸を張るのがわかった。

衝撃だった。自分の顔をこんな言葉で表す人間は初めてだ。同じ人間、同じ女性とは思えなかった。席を立ったほうが無難だった。麻世と話をしていると、どんどん心が萎えてきて、自信を失っていった。そう感じて美加子が席を立ちかけると、

「ところでオバサンは、何の病気でここにきたの」

今度は麻世が訊いてきた。

美加子は立とうとした体を元に戻した。

話してみようと思った。ここにきた理由を。それに対して麻世が、どう答えるか。大いに興味が湧いた。それに――。

「実はね」

といって、美加子は麟太郎と八重子に伝えたように、十年ぶりの同窓会の顚末《てんまつ》を丁寧に麻世に話して聞かせた。ただ、少し違った点は自分が高校生時代、男子にいかに人気があったかということを強調した点だ。

そして最後に、

「その高校時代から、私に好意を持ちつづけてきた男子が無謀な行為におよんで、とんでもない病気に罹ってしまった。これを麻世さんはどう思う」

こんな言葉で話を結んだ。

麻世は無言でうつむいていた。

「麻世さんっ」

美加子は催促の言葉を投げかけた。

「わかりません」

と麻世は短く答えた。

「わかりませんって、そんなこと」

抗議の声をあげる美加子の顔を、麻世が凝視した。怖い目に見えた。どこかで見たような目だったが記憶のほうが……そのとき麻世が口を開いた。

「今の話、本当なんですか」

ぽつりといった。

美加子の胸がざわっと軋んだ。

この娘は甘くない。麟太郎や八重子とは違う。これ以上ここにいれば、ぼろが出る。長居は無用だ。美加子はスマホを取り出して、時間を確かめるふりをする。

「もちろん、本当よ。じゃあ、そろそろ帰るから、私」

そういって席を立ってきたのだが。

美加子は冷めたコーヒーを、ごくりと飲みこむ。そのとき、玄関の扉を開く音が聞こえた。利治が帰ってきたのだ。

その瞬間、美加子の脳裏に何かが閃《ひらめ》いた。以前どこかで見たようなと感じた、美加子の顔を凝視した麻世の目だ。思い出した。

あれは五年前、杉下からスマホに電話があり、そのための言い訳をしたあと、利治が浮べた目と同じものだ。

ということは、利治は美加子の言葉を信じてはいない。そういえば利治が美加子の体を求めなくなったのも、ちょうどそのころからだった。だが、今はそんなすんだことより目先のことだ。とにかく利治に同窓会の一度だけのキスの話をして、納得してもらわなければ、今すぐに。

腹を括った美加子の目に利治の姿が見えた。

「お帰りなさい、あなた」

席を立って迎える美加子の前で、突然利治が正座した。

「すまない、美加子」

利治は額を床に押しつけて土下座した。

驚いた。何がおきたか、わからなかった。

「実はここのところ体の具合がおかしくて、病院に行って診てもらったのだが、その何というか、梅毒に罹っていた。申しわけない」

とんでもないことを口にした。

しかし、これが事実なら美加子は無罪放免、非はまったくなくなる。このまま口をつぐんでいれば事態は丸く収まる。が、そんな都合のいいことが――。

「なぜ……」

震える声で美加子は訊く。

「二カ月ほど前に、取引先の連中と一緒に、つい悪所に。運悪くというか何というか、そのときうつってしまったらしい。本当にすまない」

土下座したまま答える利治の声を聞きながら、美加子の胸に安堵の波が押しよせる。やはり神様は、どこかにいる――こんな勝手な言葉が美加子の胸に湧いて出た。もの凄い偶然かもしれないが、こうなったからには、あとは適当に利治に悪態を吐《つ》けば事は収まる。

美加子は腰に両手をあて、仁王立ちになる。

「私というものがありながら、あなたはいったい何をしてるのよ」

できる限りの大声で、利治を怒鳴りつけた。

「こんなことは、言い訳にもならないだろうけど、強く誘われたら断れない、俺の優柔不断な性格が災いした。すまない、本当にすまない」

「ほんとね、まったく、言い訳にもならないわよね」

毒づいてみせる美加子に、

「だから、美加子も早く病院に行ってきてくれ。俺が罹ったということは、美加子にもうっているだろうから、早急に」

顔をあげ、哀願するように利治はいう。そして——。

上目遣いに、美加子を凝視した。

どきりとした。

今日、麻世が見せた、あの目だ。

そして、五年前に、言い訳をする美加子に利治が見せた目。

美加子の頭は混乱した。ということは……これはすべて利治の芝居。五年前は見て見ぬふりをするためで、今回はそれだけではすまないと考えて、こんな芝居を。

利治は悪所などには行っておらず、美加子の不倫の結果から梅毒をうつされたことを知って、それを丸く収めるために自分が罪をかぶり……でも何のために。

自分に対する愛と考えて、美加子は心のなかで首を振る。そんなものは、とうに消えているはずだ。となると理由はひとつしかなかった。利治の勲章ともいえる出世のためだ。今時、家庭不和や離婚がどれほどの妨げになるのかはわからないが、少なくとも利治はそう信じている。それしかなかった。

美加子は呆然《ぼうぜん》と立ちつくす。

もしこの憶測が当たっていれば、美加子の、たった一度のキスの言い訳は通用しなくなる。こんな展開になった以上、悪いのは利治で自分は被害者。言い訳など入る隙間は今さらどこにもない。利治のなかでは美加子の不倫は事実であって、これはもう動かない。実際は吉原とはキスをしただけで、体の関係などまったくないのに……。

「あなた、私……」

美加子の口から声がもれた。

が、次の言葉は見つからない。

利治は土下座をつづけたままだ。

美加子の胸に、麟太郎のあの言葉が浮んだ。

「真実に勝る強さはなし」

真実――この家にはどこを見回しても、そんなものは見当たらなかった。

真実が欲しい……。

そんな思いが、美加子の全身を真直ぐ突き抜けた。

第五章　純　愛

うんざりしていた。

診察室のイスに座り、麟太郎の前で自論をまくしたてているのは元子《もとこ》だ。

「ですから何度もいうように、これは詐欺同然ですよ。綺麗な宝石が入っているといって渡された箱を開けたら、なかに入っていたのは、ビー玉——その類いの詐欺と同じですよ、これは」

元子はさらに、まくしたてる。

どうやら入念に化粧をして出かけてきたようだが、何度も下唇を嚙みしめて喋っているせいか、ルージュが剝げかけている。

「あのなあ、元子さん。さっきもいったように、潤一は確かにここに顔を見せた。だがよ、それは急に入用になった葬儀のための礼服を取りにきただけで、決して診察のためにここにきたわけじゃねえからよ」

諭すようにいう麟太郎に、

「わかってますよ、私もそれほどの莫迦じゃないですから。わかってはいるけど、やっぱり期待した分だけ、落胆が大きくて誰かに当たりたくもなるじゃないですか。それぐらいは大先生だってわかるでしょ」

じろりと麟太郎を睨みつけた。

「それにしたって、元子さんは御亭主持ちの立派な奥さんなんだから、そんな筋の通らねえことをいってもよ」

うんざりした気分に、段々腹立たしさが混じってきた。

「亭主持ちでも女は女。贔屓《ひいき》の殿方がいてもいいんじゃないですか、大先生。芸能界や歌舞伎の世界は、それでもっているようなもんですから、可愛いもんですよ」

正論は正論といえた。

元子は近所の仕出屋の女将《おかみ》で、年は四十代半ばの女盛り。婿取りをしている家つき娘のせいか、どんなことにも物怖《ものお》じしない性格で、潤一の大ファンだった。

「ところで元子さん。ひとつ訊きたいことがあるんだが、教えてくれねえか」

腹立たしさを抑えて、機嫌を取るようにいう。

「前から気になってたんだが、なぜ元子さんたちには潤一がここで診察する日がわかるんだろうか。あいつはいつも、ふらっとやってきて、ここの診察室に入るだけで事前通告などはしてねえんだがよ」

そういうことなのだ。潤一が診察をする日はなぜか、中年女性の患者数が増えて待合室がいっぱいになるのを麟太郎は以前から不思議に思っていた。

「あらっ、そんなこと簡単ですよ」

元子の口元が、ようやく綻んだ。

「ネットワークですよ。今は、こういう便利な物がありますから、これを使えば若先生がきているかどうかはすぐわかりますよ」

ポケットからスマホを取り出し、身振り手振りを交えて説明を始める。

元子の話では──診療所の内外で誰かが潤一を見かけたら、すぐにスマホを使ってみんなに連絡する。それを見た、時間に余裕のある女性たちはここに押しかけて、潤一の診察を受ける。このシステムはすでに数年前から出来あがっていて、仲間の数は約三十人だと元子はいった。

「そんなシステムが、数年前に！」

呆れ返った声を出す麟太郎に、

「それだけ、私たちは若先生を心の底から応援しているということですよ。見返りを望まない、純粋な愛ですよ。純愛ですよ」

元子は大きな胸を誇示するように張る。

「そういうのを、はたして純愛っていうのかねえ」

　麟太郎が首を捻ると、

「あらっ、立派な純愛ですよ。女性というのは、たとえ年をとっていくつになろうとも、そういう夢見る乙女の心を持った、可愛い生き物なんですよ、大先生」

　元子は、わずかに体をくねらせた。

「そういうもんですか」

　麟太郎は小さな吐息をもらし、

「それじゃあ、元子さん。後学のために訊きたいんだが、あの軟弱そのものの、男らしさなど爪の垢ほどもねえ潤一のどこがいいんだろうかね」

　なぜか、恐る恐る口にする。

「そんなの簡単じゃないですか。顔ですよ、あの甘いマスクですよ。軟弱とか男らしさなんか、まったく関係ないですよ」

　元子は臆面もなく、きっぱりといい切った。

　とたんに麟太郎の体から力が抜けた。

　顔だといいきられたら、麟太郎に反論の余地はない。麟太郎の顔は潤一とはまったく対極にあった。

「あらっ、大先生。どうかしました」

　勝ち誇ったような元子の声に、麟太郎の心はさらに萎える。

麟太郎の理想の男像は、映画で見る高倉健の姿だった。あの男臭い顔とひきしまった体。そして、ぎりぎりまで耐える我慢強さと正義感。いわゆる極限の男らしさだったが、それが元子たちからすると……体の奥で何かが崩れていくのを感じた。

また腹立たしさが湧いてきた。

「あのなあ、元子さん――」

麟太郎はここで、潤一と麻世の日頃のあれこれを洗い浚いぶちまけてやろうかと思ったが、慌てて言葉を飲みこんだ。聞いたあとの元子の行動が予測できなかった。正直いって怖かった。そして何より、大人げないことに気がついた。

「そろそろ時間がな。元子さんが最後の患者だから、俺もそろそろ昼メシをよ」

力なくいった。

「あっ、そうですね。こんなところで無駄に時間をつぶしてても仕方ないですよね。じゃあ、若先生によろしく、大先生」

元子はさっとイスから立ちあがり、

「それから今日は薬はいりませんから、勿体《もったい》ないですからね」

しれっといって、診察室を出ていった。

元子は胸焼けがするといって、やってきたのだが――そんな元子の後ろ姿を頭のなかから追い払い、

「なあ、八重さん。お前さんは元子さんのいってたことをどう思う」

壁際に神妙な面持ちで立っている看護師の八重子に声をかける。

「元子さんのいう、夢見る乙女の気持もよくわかりますけど、世の中、そんな人ばかりじゃありませんから。大先生の敬愛する高倉健さんが大好きな女性も沢山いらっしゃいますし、まあ、人それぞれですねえ」

麟太郎の心の裡を慮《おもんばか》ったようなことを口にした。

「そうだよなあ」

独り言のようにいう麟太郎に、

「身近にもちゃんと存在しているじゃありませんか。若先生を袖にしつづける、麻世さんという女性が」

凛とした口調でいった。

「おう、そうだな。考えてみると、麻世は大した女だよなあ」

思わず大きくうなずくが、麻世は決して普通の女性ではなく臍曲がりだということに気がついて、また少し肩を落とす。

「それにしても今日は、妙な患者さんがつづきましたね」

八重子の声に、確かにそうだと思いつつ、あれはいったい……と麟太郎は首を傾げ、

「じゃあ、俺は昼メシに行ってくるから」

力なくイスから立ちあがった。

『田園』に行ってみると、けっこう混んでいた。

いつもの奥の席に腰をおろすと、すぐに夏希がやってきた。

「いらっしゃい。今日は大先生のお好きな、肉じゃがですよ。コーヒーは食後でよかったですね」

そういって立ち去ろうとする夏希に、

「ちょっとママに、訊きてえことがあるんだけどよ」

と麟太郎は声をかける。

「女にモテる男というのは、どんなヤツだと思う」

耳を寄せる夏希にこう訊いた。

「あらっ」

夏希は満面に笑みを浮べ、

「何を今さら。お金のある人に決まってるじゃないですか」

ひらひら手を振って離れていった。

余計に気が滅入《めい》った麟太郎の前に、誰かが腰をおろすのがわかった。見ると風鈴屋の徳三だ。すぐにカウンターから「親方もランチでいいですよね。コーヒーは食後で」という夏希の声が聞こえ、徳三も「おうっ」とそれに答える。

「どうした、麟太郎。しけた面して」

徳三が優しげな声をかけた。

「いや、大したことじゃねえんだけど」

といいつつ、徳三ならまともな言葉が返ってくるのではと、麟太郎は元子との一件を話してみようと考える。

「実はな、親方――」

と元子との男談議を徳三に詳細に話して聞かせる。話をしている間は終始無言だった徳三だったが、終ったとたん、

「そりゃあ、元子さんが間違ってる」

と、嬉しい一言を口にした。

「大先生がいったように、男ってえのは、まず強くなきゃあいけねえ。腕っ節もむろんそうだが、我慢強さも必要だ。我慢して我慢して我慢して、そしてイザとなったら、ためていた力を、一気に吐きだす――これが何のためなのか。麟太郎、おめえにわかるか」

上目遣いに麟太郎を見た。

「わからねえ、何のためだ」

「若《わけ》えな、おめえはやっぱりよ」

　徳三はこう前置きしてから、

「すべて、女のためだ。男は女子供を守るためにこの世にいるんだ。女子供が危機に瀕《ひん》したとき、身を挺《てい》してこれを守るのが男の役目だ。そのためだけに、男はこの世に生まれてきたといっても過言じゃねえ」

　なかなか穿《うが》ったことを徳三はいう。

「だから、男は何かにつけて強くなければならねえ。弱っちい男と一緒にいても、イザというとき頼りにならねえ。だからよ、男らしさっていうのは強さそのもの。顔なんぞ関係なしに、そういう男が女にモテるに決まってらあな」

　徳三はきっぱりといいきる。

　多少の意見の食い違いはあるが、主旨は麟太郎とおおむね同じ。気をよくする麟太郎を前にしてさらに、

「大体、元子さんていう人は、チャラっぽくていけねえ。あっちへふらふら、こっちへふらふら。だから、周りに集まってくる女たちもみんな、その手の類いで気になんぞすることは微塵《みじん》もねえ。そうでござんしょう、大先生よ」

　徳三はこうつけ加える。

　そんなところへ夏希が料理を運んできた。

「あらっ、話が弾んでますね。ひょっとして、さっきの話——」

手際よく料理をテーブルに並べ、

「モテる男は、お金を握ってる人。洋の東西を問わず、これに変りなし」

にまっと笑って背中を見せた。

「まあ」と徳三は一呼吸置いて、

「夏希ママは潔さの代表で特別な女性だから、それほど気にすることはよ……それより、せっかくの肉じゃが、冷めねえうちに頂こうじゃねえか」

幾分、肩を落して溜息をついた。

「そうだな。今日は元子さんともう一人、妙な女性の患者がやってきて訳のわからん話がつづき気が滅入っていたけど。この夏希ママ特製の肉じゃがを食って、元気を出してだな——」

といったところで徳三が口を挟んだ。

「何でえ、その妙な女性の患者っていうのは」

興味津々の顔で訊いてきた。

「そりゃあ、親方」と麟太郎はいいかけて「これは駄目だ。医者の守秘義務に引っかかる」と、口を閉ざした。

ちょうど元子の前にきた患者だった。

「あの、頭が痛くて。多分、偏頭痛だと思いますけど」

といって麟太郎の前に、その女性はそっと座った。

カルテを見ると年は二十二歳、住所は東浅草のアパートで名前は町村早紀《まちむらさき》となっていた。第一印象は、覇気のないおとなしい女性――そんなかんじだった。

病歴やら症状やら、一通りの問診と診立てがすんだあと、早紀という若い女性はこんな言葉を麟太郎に投げかけた。

「ここの玄関ポーチ脇の看板に、外科、内科、呼吸器科、消化器科などという文字が、ずらっと並んでいたんですが、先生は全部の専門医なんですか」

妙なことを訊いてきた。

「いや、俺の専門は外科で、内科はそれに准じているが、あとは専門外だな」

素直にこう答えると、

「専門外のことを、看板に書いてもいいんですか。詐欺にはならないんですか」

さらに突っこんだことを口にした。

「変な話ではあるんだが、医師免許を持っていれば、あとは何をどう列記しようとその医者の判断に任せられていて、決して罪にはならねえことになっているな」

「変な制度ですね」

ぽつりと早紀はいった。

「確かに変だな――けどよ、大病院と違って町の医院には様々な患者がくるから、こういうことによ。だけど心配はいらねえ。体の仕組みや疾病の構造などの基本的なものは、みんな同じだからよ」

内心、なぜこんなことをと首を傾げながら、麟太郎は早紀という女性の問いに答える。

「へえっ、そうなんですね」

と妙に感心した口調でいう早紀に、

「ところで早紀さん。俺には、あんたがなぜそんなことを訊いてくるのか、さっぱりわからねえんだが」

疑問に思っていることを端的に口にした。

「すみません。私の知りたかったのは、先生の専門が外科かどうかということで、あとの部分はつけ足しです」

また、訳のわからないことをいった。

「俺が外科医かどうかが知りたかったって、それはまた、どうしてなのかな」

呆気にとられた思いで口にすると、

「今まで沢山、手術はしてきたんですよね」

真直ぐ顔を見ていった。

「そりゃあ、まあ。今は緊急の場合を除いてメスは持たねえが、以前入院施設が稼動していたころは、しょっちゅうやっていたな。それが……」

何かが変だった。普通ではなかった。

「人を切り刻むって、どんな気持がするんですか」

物騒なことを早紀がいい出した。

「外科医は人を切り刻んでなんかいねえよ。切るべきところはきちんと計算されているし、余計な場所にメスは入れねえし。それに、すべてその患者の病気を治す行為だからよ」

「要するに、躊躇なんかしないで、きちんと患者さんの体にメスを入れるということなんですよね」

何気ない口調で早紀はいう。

「躊躇なんぞしてたら失敗を招くことにもなりかねねえし。第一、事が前に進まねえ」

「つまり、こうと決めたら、ためらわずに一気に刃物を相手の体に押しこむ。これがコツっていうことなんですね」

「おい、あんた、早紀さん」

さすがにここで麟太郎は大声を出した。

「あんた、ナイフか何かで誰かを刺すつもりでもいるのか」

麟太郎の切羽つまった声に「はい」と早紀は落ちついた様子で短く答えた。

「いったい、誰を刺すつもりなんだ」

　思わず叫んだ。

「それはまだいえません。先生が信用できる人間だとわかったらいいます。どうせ今日、薬が出るでしょうから、それが切れたら、またここにきますので」

　早紀はそういって、ゆっくりと立ちあがり、軽く頭を下げて診察室を出ていった。

「大先生、警察に連絡しますか」

　八重子が疳高い声を出した。

「あの言葉だけで、警察を動かすのは無理だ。ただの冗談ですまされれば、それで落着になる。ただ、処方箋には、ボルタレンを三日分と書いておいたから、何か魂胆があるとすれば、四日目ぐらいにはここにくるだろう。そのときにまた詳しい話をな」

　やるせない気持でこういうと、

「あの早紀っていう人。最初にここにきたときの麻世さんと、いうことがよく似てますね。偶然かもしれませんけど」

　考えるような面持ちで、八重子がいった。

　確かに八重子のいう通りだ。

　自殺をするために左手首を切ってやってきた麻世に、

「なぜ、自殺をしようとしたのか。その訳を俺に話してくれるか」

と麟太郎は訊いた。すると麻世は、

「いえないよ。あんたが信用できるかどうか、まだわからないし」

こう答えた。そして、

「――なら、いつなら信用できるんだ」

と問う麟太郎に、

「今度、ここにきたときとか……」

と答えたのだ。

あのときと、そっくりだった。

「ということは、どうなるんだ、八重さん」

恐る恐る訊いた。

「早紀さんて子は麻世さん同様、相当のワケアリ。いっていることも、冗談や戯れじゃないということに……」

八重子の語尾が掠れた。

「そうか。そうなると今度きたときが勝負だな。よほど腹を括ってかからねえと、いけねえな」

麟太郎は唇を強く嚙みしめた。

このあとに元子がやってきて屁理屈を並べ立てるのだが、早紀の言動に較べれば可愛いものだった。

「ところで、親方」

ランチを終えてコーヒーを飲んでいる徳三に、麟太郎はさりげなく声をかける。

「例の西垣さんの様子はどんなもんだろう。何か怪しい素振りは見せてねえかな」

「おめえの命を狙っている、西垣さんか」

冗談っぽく徳三はいってから、

「怪しい素振りは、まったくねえな。何でも交通整理の仕事を見つけたとかいって、毎日真面目に仕事に通ってるよ。夜勤もあるとかいってたな」

にやっと笑った。

「おう、仕事を見つけたのか、それはいいことじゃねえか」

「工事中の道路や駐車場で旗を振って車を誘導する仕事だといってたな。今は初夏だから楽だけど、これが真夏や真冬になると、かなり大変だともな」

「そうか。夏の暑い盛りや冬の凍える夜の、外での立ちっぱなしの仕事は辛いだろうな。にしても、仕事に行ってるというのはいいことだ。つづいてくれるといいよな」

しみじみとした口調でいう麟太郎に、

「で、以前どこかで見た覚えがあるといっていた西垣さんの件を、おめえは思い出したのか。例の既視感っていうやつをよ」

カップを皿に戻し、徳三はじろりと麟太郎を見る。

「残念ながら思い出せねえ。何だか胸の奥がモヤモヤして、実に嫌なかんじだ」

顔をしかめる麟太郎に、

「要するに、おめえの勘違い。そういうことで一件落着なんじゃねえのか」

さらっと徳三はいった。

「とんでもねぇ。確かに俺はどこかで西垣さんと顔を合せている。だからこそ、胸の奥のほうがよ」

手にしていたカップから、麟太郎はコーヒーをごくりと飲みこんだ。

麻世の話では夕食の献立は、久しぶりにカレー焼きそばにするということだった。

「親父、今夜は最悪の日になりそうだな」

台所を窺いながら、潤一が小声でいう。

「確かにそうともいえるが、まずい物を平気で口にして明るく振るまうというのも、人間形成においては大切なことかもしれんぞ」

仏頂面で麟太郎はいう。

「まずさにもほどというのがあって、あれはそんじょそこらのまずさじゃなくて、究極ともいえる、泣きたくなるほどのまずさだぜ、親父」

「修行というものは、すべてにおいてそんなもんだ。目を大きく見開いて有難く頂け、潤一。余計なことは一切口にせずに、背筋をぴんと伸ばしてだな」

禅坊主のようなことをいう麟太郎に、

「凄いな親父。いつからそんなに悟ったようなことをいえるようになったんだ」

呆れたような表情を潤一は浮べる。

「心頭滅却すれば、火もまた涼し」

追討ちをかけるように麟太郎がこういうと、台所から「できた」という麻世の声が響いた。とたんに潤一の背中がぴんと伸びた。

テーブルの上に麻世の手で、カレー焼きそばの皿が三人分、運ばれる。インスタントだろうが、コーンスープもついている。食卓の用意を終えた麻世は潤一の隣に座りこむ。

三人は同時に箸を取るが、最初に口に運んだのは麟太郎で、潤一の箸は止まったまま動かない。麟太郎はひとつまみ口に入れ、

「うまいな、これは」

しごく真面目な顔でいい放った。

麻世はそんな様子を凝視してから、自身もそばをすくって口のなかに入れる。うまそうに噛んで、ごくりと飲みこむ。

潤一の箸は、まだ止まったままだ。驚きの表情で二人を見ている。

「おじさんは食べないのか。食べないのなら、皿を下げるけど」

麻世の容赦のない一言が飛んだ。

「食べるさ、もちろん、食べるさ。麻世ちゃんがせっかくつくったんだから。食べるに決まってるさ」

情けない顔で焼きそばを箸ですくった。

口元まで運んで、両目を閉じて頬張った。

「えっ、何これ」

素頓狂な声が潤一の口からあがった。

「ネバツキもないし、口のなかで自然にほぐれるし、味のほうも、ウスターソースとカレーが混ざりあって絶妙そのものだ」

感嘆の言葉が潤一の口から溢れ出て、

「ひょっとして、麻世ちゃんって、料理の天才なのかも」

隣の麻世に思いきり笑いかける。

「私は天才なんかじゃない」

とたんに麻世から否定の言葉が出た。

「だってこれ、レトルトだから。スーパーに行って、何気なく冷凍食品の売場を見ていたらこれがあって。それで今後の参考にするために買ってきただけ。じいさんには話しておいたけど、おじさんは聞いてないの」

　呆気にとられた顔で、潤一が麟太郎を見る。

「悪い、悪い。お前を驚かせてやろうと思って、ついな」

　機嫌よく麟太郎はいうが、これは嘘だった。

　昼間、元子から聞かされた一方的な潤一のモテぶりがいささか癪に障り、その鬱憤晴らしとしての悪戯《いたずら》のようなものだったが……大人げなかったと、麟太郎は少し反省していた。

「ところで、今日、妙な患者がきてな」

　空咳をひとつ麟太郎はして、麻世と潤一の顔を順に見る。もちろん元子のことではない。町村早紀の件だ。

　麟太郎は早紀とのやりとりを二人に詳細に話して、

「お前たちは、どう思う」

　と問いをぶつけた。

「そりゃあ、芝居だよ、親父。お節介好きの仏様のような人だといわれている親父を、からかってやろうと、その娘《こ》はひと芝居打ったんだよ」

　即座に潤一は答えて、麻世の顔を窺う。

「私は……」

掠れた声を麻世は出し、

「相当、深刻な事態のような気がする」

はっきりした口調でいった。

「ほうっ、それはいったい、どんな理由からそう思うんだ、麻世は」

「何となく、私に似ているような気がするから……」

ぼそっと麻世は答える。

「そうだな。話の持って行きようも言葉の選び方も、初めてここにきたときの麻世の様子とそっくりだしな」

「それだけじゃなく、性格的なものも何となく私に……ひょっとしたら、私と同じような育ち方をしてきた人かもしれない」

「それは具体的にいうと、どうなるんだ」

身を乗り出す麟太郎に、

「苛め、除け者、疎外感……」

麻世は重い声を出した。

「なるほど。ということは、あの娘は実際に誰かを刃物で刺すっていうことか」

ほんの少し無言の時が流れた。

「多分、そうだと……」

絞り出すような麻世の声に、

「そうか、俺も段々、麻世ちゃんの意見に賛成する気になってきたな」

ふいに潤一が追従《ついしょう》の言葉を挟んだ。

「なら、もうひとつ訊くが、あの娘はなぜ、俺のところにきたと麻世は思う」

潤一の言葉は無視して、麟太郎はさらに麻世に質問をぶつける。

「私の場合は、誰かに私の何かを知ってもらいたかった。そして、誰かに私の何かを止めてほしかった。だから、その人も」

細い声だった。

「そういうことか。すまんな、麻世。嫌なことを思い出させてしまってよ」

麟太郎の言葉に、何度も麻世は首を横に振り、「でも」といった。

「でも、何だ。他にいいたいことでもあるのか。あるのなら」

労るように麟太郎はいう。

「じいさんの話では、その人は落ちついていたというから。ひょっとしたら、ここにきた理由は他にも何か……それが何なのかは、わからないけど」

一気に麻世はいった。

「何か他の理由か……それは、ここでいくら考えても答えは出そうにもねえな。まあ、四日後ぐらいにはまたくるはずだから、詳細のほうは、おいおいとな」

大きくうなずく麟太郎に、

「じいさん。そのときは私も待合室で待機するつもりだから」

叫ぶように麻世はいった。

「そいつは頼もしいな。頼んだぞ、麻世」

麟太郎は顔中で笑い、

「それから、今日『田園』で徳三親方に会ったんだが、例の西垣さんは交通整理の仕事に就いて、毎日真面目に通っているそうだ。嬉しい限りだな」

本当に嬉しそうにいった。

「それで親父の、以前どこかで西垣さんに会ったという件はどうなったんだ。解決したのか」

潤一が言葉を挟んできた。

「残念ながら、それはまだ未解決だ」

と麟太郎がいったとたん「あっ」と麻世が大声をあげた。

「今日、学校から帰ってくるとき駅の近くで、その西垣さんの姿を見た。遠くからだったんだけど、そのとき私も、西垣さんの顔をどっかで見たような気に襲われた」

びっくりするようなことを口にした。

「本当か、麻世」

　思わず鱗太郎は怒鳴った。

「さっきの話から考えると、仕事のために多分駅に向かってたんだと思うけど。やっぱり、どこかで見たような顔だった」

　麻世の言葉に鱗太郎は唸った。

　ということは──麻世がこの診療所を訪れてからの一年ほどの間に、鱗太郎は西垣に会ったことになるのだが。それに麻世も見た覚えがあるというのなら、この診療所界隈のどこかでだ。

　鱗太郎の頭は忙しなく回転する。

　が、やっぱり思い出せない。

　しかし、これで鱗太郎と西垣がこの辺りのどこかで会っているということは、また一歩確実になった。

「大先生。やっぱり町村早紀さん、きてますよ。話が長くなると思ったんでしょうか、予約時間は一番最後になってますね」

　八重子が耳打ちするようにいう。

「そうか。それで、あと患者さんは何人残っているんだ」

「あと三人ですから、時間は大体五時半頃になるんじゃないでしょうか」

八重子は腕時計にちらっと目を走らせ、はっきりした口調でいう。

「はてさて、どんな話を聞かせてくれるのか、大いに楽しみではあるな。そして、それがもし想像するような物騒な話なら、何としてでも阻止しねえといけねえからな」

独り言のようにいう麟太郎に、

「それに、すぐ近くの席に麻世さんが座っていて、それとなく様子を窺っているようですよ」

感心した口振りで八重子はいう。

「あいつは早紀さんに対して、特別な思い入れがあるようだから、心配でたまらねえんだよ」

「先日大先生から聞いた、苛め、除け者、疎外感ですね——早紀さんは自分と同じような育ち方をしてきたんじゃないかという。そんなこともあって、やはり誰かを刃物で刺すんじゃないかと麻世さんは心配して」

八重子は表情を暗くした。

「そういうことだ。だから今日は話をきちんと聞いて、善後策を考えねえとよ。とにかくまあ、次の患者さんを入れてくれねえか、八重さん」

八重子がいった通り、早紀が麟太郎の前のイスに座ったのは五時半をほんの少し回ったときだった。

その後の偏頭痛の容体を訊くと、

「薬が効いたんでしょうか、今はすっかり良くなっています。ありがとうございました」

丁寧に頭を下げる早紀を見て、あれはやはり、ここにくるための詐病だったかと麟太郎は得心する。

「ということは何のために、この診療所にやってきたのか、今日はその理由を話してくれると理解していいんだな、早紀さん」

念を押すように、それでもできる限り優しい口調で言葉をかける。

「はい、すべてを話すつもりです。今日、ここにくる前にこの近辺で噂を訊いてみたら、先生の人柄は仏様のような人――信頼するには充分な人のようですから」

はっきりした口調でいい、

「それに、私の本当の気持を誰にも理解してもらえずに、事件をおこすのは心残りですから」

事件と早紀はいった。

「そりゃあ、そうだ。そんな状態で事件をおこされたら、早紀さんの心のほうは、たまったもんじゃねえ。やっぱり誰かに話を聞いてもらうのが、自分に対しての筋ともいえるだろうしよ」

淡々とした口調で麟太郎はいう。

「それはそれとして、話をする前に、ひとつ先生に訊きたいことがあるんですが」

ほんの少し顔に笑みを浮べた。

「俺にわかることなら、何でも答えるがよ。あまり難しいことは無理だけどよ」

「外科医の先生なら、簡単にわかることですから、心配しないでください」

そういってから早紀は、ちらりと傍らに立っている八重子に目をやった。

「ああ、この人なら大丈夫だ。八重子さんといって、うちの家族同然の人だからよ。口も固いし腹も据わっているし、信頼できる人柄であることは俺が保証するから、何の心配もいらねえ」

麟太郎の言葉に、八重子は早紀に向かって軽く頭を下げる。

「わかりました。それならお訊きします」

麟太郎を見つめる早紀の目つきが変った。

底光りのする暗い目だった。

「人を確実に殺すなら、腹部より心臓を刺すのが一番効果的ですよね。でも心臓の上には肋骨《ろっこつ》が横に伸びていて、刃物を弾き返してしまうんじゃないかと思うんですけど、どうなんですか」

恐ろしいことを口にした。

「そりゃあ……」

麟太郎は絶句するが、ここで言葉を濁してしまえば、早紀は何も話さず、このままイスから立ちあがって背中を見せるような気がした。それなら——麟太郎は腹を括った。

「早紀さんのような若い女性の力では、確かに刃物は肋骨にあたって弾かれてしまう恐れはある。それは確かだ」

「じゃあ、どうすれば」

切羽詰まった声を早紀は出した。

「簡単なことだよ」

押し殺した声を麟太郎は出した。

「握っている刃物を横にすればいいんだよ。そうすれば刃先が肋骨にあたっても、そのまま骨の間を滑るように心臓に向かって突き進んでいく。確実に心臓に突き刺さって、相手に致命傷を与えることができる」

いい終えて麟太郎は肩で大きく息をした。

これでは医者失格だ。

人の殺し方を教えるとは。

だがこれは、方便なのだ……そう自分にいい聞かせながら壁際の八重子を見ると、視線を床に落していた。

「いわれてみれば、小学生でもわかることでした。目から鱗《うろこ》の、まったくの盲点でした。何にしても無理な質問に答えていただき、本当にありがとうございました。せっかくの先生の言葉、しっかりと心に刻みます」

早紀の怖い言葉に、

「あのなあ、早紀さん。俺は別に、あんたに殺人を奨励してるわけじゃねえよ。本当のことをいわなければ、あんたは黙ってここを立ち去るんじゃねえかと、それで、医者にはあるまじき言葉をよ。むろん、あんたのことを警察に通報する気はさらさらないが、それでもあんたが殺人という愚かな罪を犯さないよう、俺は全力でそれを止めるつもりだ。それだけは、きちんと覚えておいてほしい」

絞り出すような声だった。

「止めるのは無理だと思いますよ。だって、朝から晩まで毎日、私を見張っているわけにはいかないでしょ。どう考えても、無理な相談ですよ」

やはり早紀は、誰かを殺すつもりなのだ。

「何も力ずくで止めるとはいってねえ。人間には言葉というものがある。俺はあんたがそれを実行するまでに、あんたとその相手、そして俺を交えた三人での話し合いの場をまず設けようと思っている。腹を割って話せば、何とかそこに光明がな——」

といったところで「それも、無理」という早紀の声が耳を打った。

「私の刺そうとしてるのは、どうしようもない、人間の屑《くず》です。人を騙《だま》すのを何とも思っていない、最低の人間です。そんなヤツが、おとなしく話し合いに応じるわけがありません」

早紀が叫んだ。

顔色が変っていた。

「そういう輩《やから》だとは思っていたが、それでも俺は全力をつくすよ。人一人、死なせるわけにはいかないし、あんたを罪人にするわけにもいかない。それに――」

麟太郎は、早紀の顔を睨みつけるように見た。

「仮にも医者である俺が、刃物の使い方まで教えてしまったんだ。全力でそれを阻止するのは俺の権利でもあり、義務でもある。それでもあんたが殺人を犯したら」

麟太郎はぷつんと言葉を切ってから、

「俺は医者をやめるつもりでいる」

野太い声でいった。

「大先生っ」

八重子が叫ぶような声をあげた。

「何も、そこまでしなくても」

「それが、人間としての筋なんだ。きちんと責任をとらなければ、お天道様《てんとさま》に申しわけが立たねえからよ。恥ずかしいからよ」

目を細めた。部屋の灯《あか》りが眩しかった。

「すごい、プレッシャー」

低い声で早紀はいってから、

「でも、先生って本当にいい人なんですね。私、こんなに真直ぐな人、初めて見た。びっくりした」

嗄れた声を出した。

「なら、やめてくれるか」

「申しわけないですけど、それは……」

蚊の鳴くような声だった。

「そうか、それなら、まず、人殺しを決心したあとで、なぜここの診療所を訪れる気になったのか。それを話してくれねえか。さっきの口振りでは俺の噂を訊いたのは今日のことだっていうしよ。何か特別なわけでもあるんじゃねえか」

麟太郎は吐息をもらして、妙に気になっていたことをまず訊いた。

これがおかしな展開になった。

「おかしな展開って。いったい何がどうなったんだ、親父」

夕食にやってきた潤一が、興味津々の顔でテーブルに身を乗り出してきた。

今夜の献立はカツ丼だった。

といっても、カツは出来あいをスーパーの惣菜《そうざい》売場で買ってきて、それをダシ汁に入れ、卵をかけ回して綴《と》じただけのもの。しかしこれが、けっこういい味を出していた。

「腕を上げたね、麻世ちゃん」

という潤一の言葉に、今夜の麻世は無言をきめこんだ。

「カツの衣にダシ汁の味が染みこんで、絶妙の味加減になっていて、いうことなしだな」

少し焦ったのか、潤一はさらに言葉をつづけるが、何をいおうと、カツは惣菜売場の出来あいのものなのだ。

麻世はまた、無言をきめこむ。

そんな状態を終らせるように、麟太郎は今日の早紀とのやりとりの冒頭を潤一に話して聞かせた。

早紀は麟太郎の問いに、こう答えたのだ。

「私の殺したい相手が、この診療所の門柱脇に立って、なかの様子を窺っているのを見たからです。だから、ひょっとしたら、ここに何か関係があるのかなという思いもあって、それで」

早紀はこういってから、こんな言葉をつけ加えた。

「あっ、そのクズ野郎は浅草界隈の飲み屋を根城にしている、半グレです」

麟太郎の胸が嫌な音を立てた。

それはいつごろのことかと訊くと、十日ほど前のことだと早紀はいった。男は早紀の顔を見るなり、慌てて姿を消したと。麟太郎の脳裏に、ホームレスだった安っさんの一件が浮んだ。麟太郎が背負い投げで力一杯放り投げた、半グレ風の若者たちのことだ。念のために早紀が狙っている男の風体《ふうてい》を訊ねると、その若者たちの一人に酷似していた。

「この借りは、きっと返すからな」と、すて台詞を残していった若者だ。多分、間違いはないだろう。

「実はな、早紀さん」

と、麟太郎は安っさんの一件を、早紀に詳細に話して聞かせた。

「そいつに違いないです。あのクズ野郎なら年寄りを痛めつけるぐらい、平気でやりますから」

話を聞いたあとの早紀の第一声がこれだった。心なしか、目尻が吊《つ》り上がっていた。

「そういうことなら、もう一人関係のある人間をここに呼んでもいいかな。そのとき俺と一緒にいた娘で、親類筋からの預りものなんだけどよ」

麻世も呼んで、一緒に善後策を考えたほうがいいように思えた。

「あっ、いいですよ。そういうことなら」

すぐに早紀は了承し「じゃあ、八重さん」と麻世を呼びにやった。麻世はまだ待合室にいたらしく、すぐにやってきた。その麻世の顔を見て早紀の様子が変った。縮こまった。どうやら麻世の美しさに気圧《けお》されたようだ。

「ああ、こいつは、しゅっとした顔立ちはしているが男勝りの乱暴者で、親類の間でも持てあましぎみの問題児だから、ことさら気にしないように」

麟太郎は麻世に眴《めくば》せしてから、慌ててこういった。

「すみません。あんまり私とは段違いというか何というか。それでちょっと驚いてしまって――町村早紀といいます。よろしくお願いします」

ぺこりと頭を下げた。どうやら早紀は自分の顔に劣等感を持っているようだ。

「あっ、沢木麻世といって、高校三年です。乱暴者で、みんなから嫌われっぱなしの問題児です」

麻世は膝につくほど頭を下げて、八重子の隣に並んで立った。

「さて」といって、麟太郎はこれまでの早紀の話をざっと麻世に話し「お前もいちおう関係者だから、ここにいたほうがいいと思ってよ」と話をまとめた。

「じゃあ、早紀さん。改めて、その殺してやりたいという男とのいきさつを、俺たちに話してくれるかな」

麟太郎がこう促すと、

「あの、普通の人にとってはそれほど深刻な話じゃないかもしれませんけど、私にとっては……」

早紀はこんな前置きをしてから、ゆっくりと話し始めた。

早紀は水戸《みと》市の生まれで、三歳違いの弟が一人いた。ごく普通のサラリーマン家庭で育ち、高校を卒業してからは手堅い道を選び東京にある経理事務の専門学校に通った。二年後の卒業と会計事務所への就職を機に、早紀は東浅草にアパートを借りて一人暮しを始めた。

発端は一年ほど前。

そのころ早紀は、二つ年上の増山雅人《ますやままさと》という男と知り合い、雅人は早紀のアパートに転がりこんだ。

最初は半信半疑だったものの、しばらく一緒に暮すうちに、雅人はこの界隈を根城にする半グレだということを知った。むろん定収入もなく、生活面はすべて早紀が面倒を見たが気にならなかった。

早紀はそれまで男とつきあったことがなく、雅人が唯一の男だった。そのころ早紀の頭にあったのは新婚気分の楽しさだけだった。早紀は雅人が大好きだった。

早紀は雅人に対し従順そのものだった。決して口答えなどすることはなく、雅人の命令には何でも従った。こんなことがあった——。

テレビの動物番組を見ていた雅人は子猫の甲高い鳴き声がいたく気に入り、「これからお前は、何か喋るときにはまず、ひゃんひゃん鳴いてから話せ。それから俺のいる前では四つん這《ば》いになって歩け。俺がいいというまでそれをつづけろ」

訳のわからないことをいい出したが、早紀は雅人がいいというまで、ほぼ一週間これをつづけた。一事が万事、こんな有様で雅人は王様、早紀は召使いあつかいだったが、それでも反感は湧かなかった。

耐えているわけでも何でもなかった。それで雅人が喜んでくれるなら——早紀はそれだけで嬉しかったし幸せだった。

そんな一途《いちず》な心根につけこんだのか、雅人は早紀の稼ぐ金のほとんどを使いこむようになり、訳もなく暴力を振るうようにもなった。

いい方が気にいらないといっては手をあげ、稼ぎが悪いといっては煙草《タバコ》の火を押しつけ……早紀の体からは生傷が絶えないようになったが、雅人に逆らうことはなかった。それでも早紀は雅人が好きだった。

「そんなこと、おかしいよ、それでも好きだなんて」

そのとき声があがった。麻世だ。

「麻世さんには、わからないんです。そんな可愛い顔をしてるから。私のように不細工な顔をした人間の心は」

叫ぶような声に、麟太郎は改めて早紀の顔を見た。

目が少し細いだけで、ごくごく普通の顔に見えた。すべて思いこみだと思った。いったん決めつけてしまうと、それが心の奥にまで根強く入りこんで、なかなか引きはがすことができない。若さ故の一種の病気のようなものだともいえた。

「早紀さんの顔は不細工なんかじゃねえよ。若い女性の可愛い顔だと俺は思うよ」

できる限り柔らかな口調でいうと、

「そんなのは嘘です。私は小学生のころから、ブサイク、ネクラなどといわれて、みんなから爪弾《つまはじ》きにされて。何か事件がおこると私のせいにされて苛められて……いい思い出なんて、ひとつもないんです」

「それは、多分」

いい辛そうに麟太郎が口を開いた。

「早紀さんの雰囲気のせいだと思うよ。確かに早紀さんは暗い雰囲気をまとっている。そんなところに目をつけた連中が、それを大袈裟に触れまわって面白がる。人間というのは残酷な生き物なんだよ。常に苛めの対象を探して目を光らせている。そんな相手を見つけたら最後、大声で囃《はや》し立てる。それで自分の欠点を隠して、ほっとした気になっている。そんな人間がどこにでもいるのは確かなことなんだ。悲しいことだけどよ。現に、そこに立っている麻世だってよ」

麟太郎の言葉に「えっ」と小さな声をあげて、早紀が麻世を見た。

「私も小学校、中学校を通して苛められっぱなしだった。私の場合はうちが貧乏で、持っている物も着ている服もみんな粗末だった。だからみんなから苛めのターゲットにされた。だから私はグレてヤンキーになった」

早紀が目を瞠《みは》った。

「こいつは苛めに打ち勝つために古武術の道場に通い、自分を強くしてワルどもを相手に喧嘩をしまくった。そのときついた渾名《あだな》が、『ボッケン麻世』――そんな根性を叩き直すために、うちで預かってるんだ」

麟太郎の言葉に、早紀はしばらくぽかんとした表情で麻世を見ていたが、

「私の苛めの話はもういいんです。どっちみち、すんだことですし、私の心が悲鳴をあげているのは、あの雅人という男のせいですから。私が殺したいのは、あの男一人だけですから」

疳高い声を張りあげた。

「わかった。雅人という男が早紀さんに何をしたかは、よくわかった。しかし、それで

殺してしまうというのは、ちょっと」

「違います。先生は大きな勘違いをしています。今話した雅人の仕打ちに対して、私は恨んでなんかいません」

妙なことを早紀がいった。

「私が雅人を許せないのは、私が仕事に行っている間にアパートに女を引っ張りこんだことです。私はそれが悲しくて」

二カ月ほど前のことだという。

仕事を早めに終えてアパートに帰ってみると、裸の雅人と若い女が布団のなかにいた。目の前がすうっと暗くなった。頭のなかは真白だった。気がつくと、早紀は台所の包丁を手にして部屋の真中に立っていた。雅人と女の姿は消えていて、早紀一人だった。それを最後に雅人はアパートに戻ってこなかった。早紀は一人ぼっちになった。

「私、上野駅の近くで雅人に声をかけられたんです。ナンパですけど、私、男の人から声をかけられるなんて初めてで。チャラっぽい格好と口振りで、雅人がどんな人間なのかは、おぼろげながら想像はついてましたけど。それでもやっぱり、嬉しくて。こんな容姿の私を一人前の女として見てくれた雅人が眩しくて」

独り言のように早紀が話し出した。

「確かに雅人は私に酷い仕打ちをしました。雅人は私のお金を使いはたし、私はそのために今、二百万円ほどの借金を抱えています。でも、それでもいいんです。あの、女を引っ張りこんだ件さえなければ、どんな酷いことをされようとも、私の雅人への愛は光っています。その光り輝く愛を貫き通すためには、もう雅人を殺すしか方法は。私は自分の純愛を貫き通したいんです」

純愛と早紀はいった。

いいながら早紀は涙をこぼしていた。

これが純愛なのかは別としても、早紀の気持だけは理解できた。が、女性というのは、つくづく不思議なものだと麟太郎は思う。だからこそ、何にもまして大切で可愛いのかもしれないとも。

「それで早紀さん。その雅人という男の、今住んでいるところは」

肝心なことを訊いてみた。

「わかりません。ですから、ここを窺っていた雅人を見つけて、ひょっとしたら消息がわからないかとこの診療所へきたんです」

ほっとした。居所がわからなければ殺すことはできない。時間はまだ稼げる。その間に雅人を見つけ出して、何らかの対策を講じれば、何とかなるかも……。

「その、雅人という人がここを窺っていたというのは、何曜日のことか、早紀さんわかりますか」

そのとき麻世が声をあげて、妙なことを訊いた。

「あれは確か、一日中外に出ていたときだから、土曜か日曜の夕方だったと思いますけど」

早紀の言葉に麻世が小さくうなずく。

そんな様子を目の端にとらえながら、

「そういうことなら雅人の居所がわかった時点ですぐに連絡を入れるから。そして、とにかく二人、向き合って話し合いをして……それで気持を収めることができれば」

麟太郎の、この言葉に早紀は無反応だったが、とにかく互いのスマホの番号を交換した。

「最後にもうひとつだけ訊きたいんだが。早紀さんは今でも、その雅人のことを……」

イスから立ちあがった早紀に、麟太郎は困惑ぎみの声をかけた。

「好きですよ、もちろん」

無表情のまま早紀はこういって、診察室を出ていった。

「ある意味凄いな。その早紀さんって人は」

話を聞き終えた潤一が、感心したような声をあげた。

「それだけの仕打ちを受けながら、ただひたすら、まだ相手の男のことを思いつづける。

可愛らしさの極致で感動もんだな。いやあ、凄い。尊敬に値する女性だな、その人は」

すらすらと口に出すと、

「おじさん――」

すぐに麻世が声をあげた。

「それは女の人の心をまったく無視した、自分勝手な男の意見。女は決して男の付属品じゃないし所有物でもない。女と男はどんな時代でも、どんな場合でも、体格などの差から公平ではないにしても、いつも対等。私は腹の底からそう思うんだけどね」

抑揚のない声でいった。こんないい方をするときの麻世は、機嫌の悪いときだ。

「あっ、もちろん。男女は平等で、差別なんてのはもってのほかだと思うよ。俺が今いったのは大袈裟な比喩というか単なる解説というか。俺自身はそんなこと夢にも思ってないから、それだけは信じてほしい」

潤一はすぐに苦しい弁解を口にするが、麻世は無表情で、ほとんど無視。しかし、こいつは何だって頭に浮んだことを躊躇《ためら》いもなくすぐ口にするのか。これでは小中学生と一緒の精神状態だ。

「それはそれとして、やっぱりお前のいった通り、やつらは仕返しをするつもりのようだな、麻世」

麟太郎は気まずい雰囲気を変えようと、話を本題に戻す。

「あの連中は、そういうことに関しては、けっこう執念深いから仕方がないよ」

あっさりと答える麻世に、

「とにかく早紀さんより早く雅人という男を見つけないと、とんでもないことになるからよ。返り討ちってことも考えられるしよ」

麟太郎は困惑の表情を浮べる。

「ということは、じいさんはそいつの居所がわかっても、早紀さんには知らせないということなんだな」

「当たり前だ。へたに知らせて、一人で乗りこまれても困るからよ。乗りこむとしたら、俺と――」

麟太郎は腹を括った。警察に知らせるわけにもいかないし、知り合いのヤクザに間に入ってもらうわけにもいかない。そうなると、

「私と、じいさんの二人で対処するしか仕方がないな。じいさんは不服だろうけどな」

何でもない口調で麻世はいう。

「それしか仕方がねえんだが、あとはどうして、そいつの居所を知るかだが」

「昔のワル仲間に声をかければ、ひょっとしたらわかるかもしれないけど。どうせ、じいさんはそういうのは嫌がるだろうから」

面白そうに麻世はいう。

「当たり前だ。そういう仲間とは極力縁を切る。それがお前に対する、俺の親心だ」

「そういうことだから、これから土曜と日曜の夕方は、じいさんと二人で安っさんのいる隅田公園まで散歩に出ることにきめたんだけど」

また麻世が妙なことをいい出して、麟太郎はとまどう。

「その男が、この診療所を窺っていたのは、土曜か日曜だったと早紀さん、いってたよね。ということは、連中はじいさんが外に出たときに襲うつもりだと私は思ったんだけど」

「まあ、そうだろうな。まさか、この診療所に殴りこみをかけるわけにもいかねえだろうからよ」

麻世のいっていることの真意がつかめず、麟太郎は困惑の表情をまだ隠せない。

「確か、安っさんがいたぶられているときに、私たちが通りかかったのも休みの日だったよな。だから、土日の散歩作戦」

ようやくわかった。そういうことなのだ。

「つまりは囮《おとり》作戦か。そいつの居所に乗りこむんじゃなくて、俺たちがわざと標的になって相手をおびきよせる。だから、ここから散歩をしようということか」

「ここを見張っているやつがいれば、すぐに引っかかるはず。隅田公園のあの場所なら、こんもりした緑に囲まれて人もまずこないし、戦いの場としてはうってつけだと思うし」

物騒なことを麻世が口にする。

「もし、そういう展開になったとして、大体何人ぐらいの半グレがやってくると、麻世は思うんだ」

気になったことを訊いてみた。

「五、六人か。多くて七、八人ぐらいかな」

即答する麻世に、そんな人数を相手にして大丈夫だろうかという不安が麟太郎の胸をよぎる。何たってこっちは年寄りと女性なのだ。

「大丈夫だよ。じいさんは一人か二人引き受けてくれればいいから。あとは私が何とかするから」

公認の喧嘩ができるためか、麻世は少し興奮しているようだ。

「素手では無理だと感じたら、例のアレを使うから。そうすれば、たとえ大人数でも」

アレとは特殊警棒のことだ。麻世の通っている古武術の柳剛流の本筋は剣術だった。

「とにかくまず連中を痛めつけて、そのあと雅人という男をひきずり出して、じいさんが説教するという段取りだな。力ずくでなければ、話なんか聞かない連中だから、まずは、その作戦で。だけど、いくら二人で歩いてみても、空振りという公算も強いけどね」

という麻世の言葉に、

「よしっ。不本意ではあるが、その作戦で行こう。あとはまあ、神様の思《おぼ》し召《め》しということで」

こういって麟太郎がちらっと潤一を窺うと、宇宙人でも見るような目で二人を見ていた。


土曜日になり、麟太郎と麻世は夕方の四時頃診療所を出てゆっくりと隅田公園に向かうが、往《い》きも帰りも怪しい素振りをする者はいなかった。

だが翌日の日曜日、同じように隅田公園に向かって歩いていくと、

「誰かに尾《つ》けられているみたい」

ぼそっと麻世がいった。

「例の連中か。大体何人ぐらいだ、麻世」

「数人としかいいようがない。現地で落ちあう連中もいるはずだし。とにかく戦いは安っさんのテントがあったあたりで」

そういうと麻世は、口をぴたりと閉じて隅田公園に向かって歩き出した。

安っさんのテントがあった場所へ行くと、どこからか人が出てきて、麟太郎と麻世の周りをぐるりと囲んだ。人数は総勢八人。ニヤニヤしながら麟太郎と麻世を見ている。

いずれも人相の悪い連中ばかりだが、幸い凶器を持っている者は一人もいなかった。

「久しぶりだな、クソじじい」

こいつは麟太郎が放り投げた男だ。

「足腰の立たねえようにしてやるから、覚悟しろ、莫迦野郎が」

こいつの顔にも見覚えがある。あのときの片割れの一人だ。おそらくこいつが、早紀と同棲していたという、雅人だ。

「一緒にいる、やけに綺麗な姉ちゃんはどうするんだ。あとで、みんなで頂いちまうか、役得でよ」

誰かがこんなことをいい、周りから下卑《げび》た笑い声がおこった。

「さっさとすませて、ちゃっちゃと、やっちまおうぜ」

こんな声が聞こえて、八人の男たちがゆっくりと動き出した。

一人が麟太郎の前に飛び出した。殴りかかった。しかし、それより早く、麟太郎の隣に立つ麻世の右の回し蹴りが、その男の脇腹に飛んだ。男は一発で、その場に崩れ落ちた。

男たちの間から、どよめきがあがった。

「何だ、このアマ」

もう一人が麻世に殴りかかった。

その男の右拳を左の内腕で受けて抱えこみ、同時に男の右肘の部分を麻世の右手がつかんで、内側に思いきりこねあげた。

男は一回転して背中から地面に叩きつけられた。倒れた男の脇腹に麻世の蹴りが飛んだ。これも一発で静かになった。

そのあとは乱戦になった。

「じいさん、無理はするなよ」

麻世が怒鳴った。

数発殴られた気がしたが、麟太郎は二人の男を地面に叩きつけた。が、男の一人が起きあがる気配をみせる。麟太郎のほうは息があがってしまって棒立ち状態だ。目もかすんでいる……だが襲ってくる者は、もういなかった。

肩で息をしながら周囲を見回すと、六人の屈強な男たちが横たわっていた。ほとんどが麻世の手にかかって倒された連中だ。麟太郎は改めて、麻世の強さをその目で見て啞然とした。

残った二人は、以前、安っさんのテントを襲った男たちだった。二人は麻世と睨みあっているが、顔には怯えの色が浮んでいた。

「何だ、てめえは、化け物か」

雅人らしき男が叫んだ。

「ボッケン、麻世っ」

なんと、麻世が昔の異名を口にした。

「ボッケン麻世って、てめえがあの……」

雅人らしき男が震え声を出した。

どうやら男は、麻世の異名を聞いたことがあるようだ。

「あんたが、増山雅人という、クソ野郎か」

含み声で麻世がいった。

「何で俺の名前を……だったら何だっていうんだ」

雅人の言葉が終らぬうちに、すぐ前に飛びこんだ麻世が軽い当て身を水月《すいげつ》に入れた。

「うっ」とうめく雅人の喉仏に向かって、麻世の右手が伸びた。

ぐいと仏骨をつかんで吊るしあげ、つかんだ首をひねるようにして麻世が体を半転させると雅人は弧を描いて地面に落ちた。失神した。

見たこともない、不思議な技だった。

もう一人の男はいつのまにか逃げ出したようで、地面には七人が横たわっていた。

「大丈夫か、麻世」

息を切らしながら声をかけると、

「何ともない。じいさんこそ、大丈夫か」

さすがに麻世も肩で息をしていたが、他に異常はないようだ。

「俺も何とか大丈夫だ……しかし、お前はやっぱり強いな。不思議な技も見せてもらったし、大したもんだ」

珍しく麟太郎が誉めると「えへっ」といかにも嬉しそうに麻世は笑った。

「なら、そろそろ、雅人とかいう男と直談判《じかだんぱん》といくか」

麟太郎の言葉に麻世は失神している雅人のところに行き、掌を背中にあてがってどんと背活を入れた。三度目の背活で雅人は息を吹き返した。地面の上に胡坐《あぐら》をかき、

「あんたが一撃で男を殴り殺すという、伝説のボッケン麻世か。もっと大きな、プロレスラーみたいな女だと思ってた」

麻世の顔を眩しそうに見ながら雅人はいう。

「あんたにちょっと、話がある。町村早紀さんの件でだ」

そんな雅人に麟太郎がこういったとき、

「雅人っ――」

後ろから女の声が聞こえた。

麟太郎が振り向くと、意外な人間が立っていた。手にしているのは包丁だ。

早紀だった。

「早紀さん、どうして、ここへ」

麟太郎が驚きの声をあげると、

「すみません。先生たちの後を尾けてきました。麻世さんが私に雅人を見た曜日を訊いたとき、これは土日に何かあると感じて、昨日も今日も二人の後を……そうしたら、やっぱり」

泣き出しそうな声で、早紀はいった。

「早紀、その包丁は何だ。俺を刺すつもりなのか。殺すつもりなのか」

震え声で雅人がいった。

「そう。雅人を殺さないと、私の純愛が壊れてしまうから。アパートに女を引っ張りこむなんてまねをするから、私の雅人に対する純愛は壊れかけている。それを何とかするためには雅人を殺さないと」

細い声だったが一気にいった。

「俺に対する純愛か――そうか、お前の気持はよくわかった」

早紀が発した純愛の一言ですべてを察したらしく、雅人は低いがはっきりした口調で答えた。

「だから、私は雅人を、この手で殺します」

これもはっきりした口調でいい、早紀は一歩一歩雅人に近づいた。

「待て、早紀さん。まず包丁を俺に渡せ。それから二人でじっくり話を」

切羽つまった声を麟太郎は出した。

するとと早紀は、包丁の刃先を自分の喉に押しあてた。力を入れた。血が滲むのがわかった。麟太郎の顔が青ざめた。

「そこをどいてください、先生。でないと、雅人を刺す前に私は自分の喉を突き刺して死にます。だから、そこを」

また、血が滲んだ。本気に見えた。

「わかった。どくから包丁を首から離してくれ、早紀さん」

麟太郎は麻世を促して、雅人の前から離れた。早紀は包丁を首に押しつけたまま、胡坐をかいている雅人の前に行き、ぺたりと正座して包丁を首から離した。

「俺を殺すなら、それでもいい。それだけのことを俺がしたのは事実だからな。俺は決して抵抗はしない」

意外な言葉を雅人は口にした。

「何だか、あの男、毒気が全身から抜けてしまったようなかんじだ」

隣の麻世が呟くように口にした。

「見たところは華奢《きゃしゃ》な女のお前に、完膚なきまでに叩きのめされて、あの男の女を見る目が変ったのかもしれんな」

ぽつりと麟太郎がこういったとき、

「本当に殺してもいいの、本当に」

とまどったような早紀の声が聞こえた。

「いいさ。それでお前の気がすむのなら、好きなようにしてくれ」

手にした包丁が動いた。雅人の胸元に向かって。刃は横向きだ。

「なぜなの」

心臓の上で包丁の動きが止まり、低すぎるほどの声を早紀は出した。

「俺を殺してお前の純愛が生きるのなら、殺される俺の純愛も生きるってことだ」

「雅人の純愛って、何?」

「俺もお前が大好きだった。お前のひたむきな心。柔順すぎるほどの純な性格、人をほっとさせる可愛い仕草――俺はそんなお前が好きだった。けど、いつしかそれが重荷に変ったんだ。お前のそんなところを見るたびに、俺は自分の薄汚なさを痛切に感じた。いたたまれなかった。憎しみさえ覚えた。だから、より辛くお前に当たって女を部屋に……だけど俺は、お前が大好きだった……今でも」

嗄れた声で雅人は語った。

麟太郎にはそれが嘘ではないように思えた。

「今でもって、そんなこと……」

早紀の手から包丁が地面に落ちた。

一瞬で何かがわかったような様子だった。

麟太郎は二人に向かって歩いた。

落ちた包丁を、そっとひろいあげた。

「帰るぞ、麻世」

優しく声をかけて麻世を促した。

「いいのか、ほっといて」

ぼそっと麻世がいった。

「いいと思うぞ。何もかもが平常に戻ったんだ」

いつのまにか、周りに倒れていた半グレ連中も消えていなくなっていた。

「なあ、じいさん」

並んで歩く麻世が、ささやいた。

「純愛って、いったい何だろうな」

「人それぞれ。厄介なものでもあり、貴いものでもあるな」

何だか嬉しくて、しようがなかった。

「何だよ、それ。わからないよ」

「そうだな。わからないのが、純愛てえやつだな」

見上げると、大きな空が広がっていた。

いい気持だった。

第六章　父親の罪

知子は途方に暮れていた。

どうしていいかわからなかった。

午前の診察が終り、受付でぼうっとしていると麟太郎が声をかけてきた。

「どうした、知ちゃん。腑抜《ふぬ》けたような顔をして。たまには一緒に昼飯に行くか。と、いっても『田園』のランチだけどよ」

ざっくばらんな麟太郎の口振りに、

「あっ、はい、行きます。聞いてほしい話もありますし」

思わず、こんな言葉が出た。

今日は弁当をつくる気にもならなかったし、誰かに話を聞いてほしいという気持の焦りもあった。それに麟太郎は知子の親代りでもあり、この件を話さなければいけないという義務感もあった。

連れ立って夏希の店のなかに入ると、けっこう混んでいた。奥の席で「おおい、麟太郎」と手を振っているのは徳三親方だ。

「おや、大先生。今日は知子さんとご一緒ですか、お珍しい」

すぐに夏希が声をかけてきて、ちらっと知子の顔を見た。

「じゃあ、徳三親方との相席はやめて、ちょうど隣の席が空いてますから、そこにしますか、大先生」

何かを覚《さと》ったのか、夏希は小さくうなずいて、こんなことをいった。

「それから今日は大先生のお好きな、メンチカツですからね。コーヒーは食事がすんでからでいいですね」

夏希の言葉を背中に、知子は麟太郎と一緒にいわれた席に行って腰をおろす。

「おい、何だよ、麟太郎。俺の前は素通りかよ、水くさい」

すぐに隣の席の徳三が不満の声をあげた。

「今日は大切なお姫様と一緒だからよ。親方のようなガサツな人間と相席するには、ちょっと抵抗がな」

麟太郎が仏頂面でいうと、

「ガサツには違《ちげ》えねえが、おめえだって似たようなもんで目糞《めくそ》鼻糞を笑うたあ、このこった。なあ、知ちゃん」

首を伸ばして知子の顔を徳三は覗きこみ、うっと言葉をつまらせた。

「まあ、年が上だけ俺のほうがガサツ度も上ということで、今日のところは見逃してやらあな。まあ、そういうことでよ」

徳三はあっさり、矛を収めた。どうやら誰が見ても知子の顔は、普段の様子ではないようだ。

「なら、知ちゃん。話は飯が終ってからということで」

と麟太郎がいったところで夏希が料理を運んできて、手際よくテーブルに並べた。

「ごゆっくり」

優しい声でそれだけいって、夏希はテーブルを離れていった。

「じゃあ、頂こうか。とにかくきちんと食べねえと、出る力も出ねえからな。だからよ、無理にでもよ」

と麟太郎は励ますようにいうが、ほんの少ししか知子は料理が喉を通らなかった。

そんな食事が終って、夏希がコーヒーを運んできたあと麟太郎が口を開いた。

「それだけ落ちこんでいるということは、話というのは、その、例の結婚に関することなのかな」

いかにもいい辛そうな麟太郎に、知子は「はい」といったきり、視線を膝に落してしばらく黙りこんだ。

「実は昨日、元也さんのお母さんに呼び出されて、施設のほうに行ってきたんですが、そのとき」

これだけ口にしただけで、両方の目に涙が滲むのがわかった。

「元也君のお母さんに——で、お母さんは知ちゃんに何を」

麟太郎の顔色が変るのがわかった。

「はいっ、それが……」

言葉がつづかなかった。

知子は肩を震わせて、しゃくりあげた。

「悪かった、知ちゃん」

ふいに麟太郎が叫ぶようにいった。

「そんな大事な話を、こんなところで聞くわけにはいかねえ。配慮が足りなかった。つづきは今夜、うちにきて食事を一緒にしてからということで——」

そこまでいってから戸惑ったように、

「あっ、駄目か。うちには麻世と潤一がいるからなあ」

麟太郎は言葉をつまらせた。

「いえ、潤一さんと麻世さんなら——というより、この前、私と元也さんの結婚の話をしたときに聞いてもらった人には、正直にすべてを話したほうが。だから、八重子さんにもいてもらって」

こんな言葉が口から出た。

隠していても、いずれわかることだった。それに、あれだけ大騒動をして元也と自分の結婚のあれこれをみんなに聞いてもらったのだ。正直にすべてを話すのが、礼儀だと思った。

「そうか、わかった」

麟太郎はすぐに返事をし、

「知ちゃんは、うちの家族なんだ。それだけは絶対に忘れないように。みんなが知ちゃんのことを、家族だと思っているから」

力強い口調でいった。


その夜、診療所の母屋に集まったのは、麟太郎に潤一、それに麻世と八重子と知子の五人だった。夕食は麻世ではなく八重子がつくったようで、

「手早く簡単に食べられるように、カレーライスにいたしました」

と柔らかな口調でいった。

みんながほとんど喋らず、食事は十五分ほどで終った。

「では、今夜は知ちゃんから重要な話があるということで、みんな、しっかり聞いて対応してほしい」

麟太郎がこういい、知子は元也の母親の久枝《ひさえ》とのことをぽつぽつと話し出した。

久枝は今年六十一歳。二年前に交通事故で脊髄を損傷したため、八王子の介護施設に入居して車イスの生活を送っていた。

その久枝から知子のスマホに連絡が入ったのが一昨日の土曜日の夜遅くだった。明日にでも施設のほうにきてほしい。そんなことを手短に久枝は伝えて電話を切った。

翌日、指定された午後二時頃に施設に行くと、

「人前では話すのが憚《はばか》られる話ですから、外で……」

と久枝はいい、施設に隣接する芝生広場に知子を誘った。

久枝は車イス、知子は設置されていたベンチに座って話を聞いたのだが、

「元也は私が年をとってから生まれた子で、おまけに小さいころに父親を亡くし、随分苦労して育ててきたということは知子さんも知っていますよね」

まずこんなことを久枝は口にしたという。

「父親が死ぬと、あちらの親戚は頼られでもしたら困ると思ったのか、まったく寄りつかないようになり、私のほうの親戚もいろいろあって、それ以前からずっと疎遠状態になっていてね……だから私たちは、親子二人だけで手を取りあって必死に生きてきました」

体が小刻みに震えているのがわかった。

「だから、元也には幸せになってほしくて」

久枝は細い声でいってから、

「どうか、お願いします。元也とは別れてください、元也は知子さんに夢中ですから、知子さんの口からそれを元也に」

車イスの上で深く頭を下げた。

「あの、お義母《かあ》さんは私たちの結婚に賛成してくれてたんじゃ……」

掠れた声を出した。青天の霹靂《へきれき》だった。訳がわからなかった。

「私も知子さん自身や元也の口から、知子さんが一時、よくない道にそれたことは聞いています。でもそれは、何とか納得できることでもあり、実際に知子さんに会って話をして、その人柄もよくわかって、そうしたことは承知の上で二人の結婚には賛成してきましたけど――」

久枝は知子の顔を真直ぐ見た。

「知子さんは、お父さんのことをどれほど知っていますか」

意外な質問が飛び出した。

「父は私が小学五年生のときに家を出てしまい、その後私は親戚中を盥回しにされて、私自身も中学卒業を境に、東京に飛び出してきましたから、父のことはほとんど……」

胸騒ぎがしていた。

決して碌《ろく》な話ではない。

「すると、お父さんが事件をおこしたのは、ちょうど知子さんが親戚の家を飛び出した直後のことで、耳に入らなかったんですね」

事件と久枝はいった。

胸がつぶれるほど鼓動が速くなった。

「事件って、父が何か重大なことを」

ようやく言葉が出た。

「人を殺したんです……」

久枝の口からとんでもない言葉が飛び出した。

頭のなかが真白になった。

まったく知らなかった。

「そんなこと……」

声がひっくり返った。

「申しわけないとは思いましたが、あなたが口にしたことのある昔の住所と世帯主の名前を頼りに、知子さんが中学を卒業するまでいたという親戚の家を調べて、昨日電話を入れさせてもらいました」

「あの、嫌な叔父の家にですか」

知子の体を狙っていた男の家だ。

「湯浅知子さんとうちの息子の結婚がほぼきまりましたので、ご親戚の方にご挨拶を、というようなことをいって、電話をね――」

久枝は少し間を置いてから、

「本音をいえば、知子さんがいっていたことの真偽を確かめたくて、カマをかけるつもりで電話を入れたというのが正直なところです。我ながらさもしい行為で嫌な女だということは、重々承知していましたが、元也は私の大切な一人息子です。やっぱり、いろいろ気になって……すみません、そのこと自体は謝ります。だけど、このとき出てきた話は酷いものでした――」

一気にいって肩を落した。

「私は正直に、今までのことをすべて元也さんや、お義母さんに話しました。その点に関しては嘘などはいっていません」

知子は悲鳴のような声をあげた。

そのとき、その叔父は――。

「ずっと預かって食わしてやったのに、その恩も忘れて後足《あとあし》で砂をかけるように出ていった、いいかげんな娘だ。どこでどうしているのかと思ってはいたが、あんな人でなしとは結婚させないほうがいい。親戚の俺がいうんだから、間違いはねえ」

こう、まくしたてたという。

そして鬼の首でも取ったように、

「それによ、あいつの父親は人殺しだ、殺人犯なんだよ。そんな男の娘を嫁にすることはねえんじゃないか。ええっ、東京のオバサンよ」

勝ち誇ったようにいったという。さらに、

「それも、女がらみだ。三角関係のもつれというやつで相手の男を刺し殺した。それで懲役八年をくらって、網走《あばしり》刑務所にぶちこまれやがった。いちおう、去年で刑期は終えて出所したようだが、その後は音信不通の行方不明。まったく、親戚中の面汚しだ。大体あいつは……」

こうつづけたが、久枝はその言葉が終らないうちに黙って電話を切った。

「私もその人の言葉を鵜呑《うの》みにしたわけじゃありません。言葉つきから考えても知子さんがいっていたように、いかにも信用できない人のように思えましたから、当時の北海道の新聞記事を慣れないネットで検索して調べてみました。その結果、知子さんのお父さんが殺人を犯したということは本当でした。残念なことですけど……」

久枝の言葉に、知子の体から一気に力が抜けた。

「そんなこと、そんなこと……」

譫言《うわごと》のように呟く知子に、

「少し道を外れたくらいなら私も大事にはしませんが、これが殺人となるとやっぱり。とても見すごすことなどは……だから知子さん。ここは知子さんのほうから、元也に結婚の話はなかったことにと。どうか、よろしくお願いいたします」

そういって久枝は、再び知子に向かって深く頭を下げたという。

話し終えた知子は視線を膝に落した。

だが、誰も口を開こうとはしない。

麟太郎さえ、何をどう口にしたらいいのか、考えあぐねているようだ。

「それって具体的には、どんな殺人事件だったんだ……正当防衛とか、やむにやまれぬ事情とか、そういったものはどうだったんだろう」

ようやく口を開いたのは、潤一だ。

「そのとき、お義母さんは、ネットからプリントアウトした新聞のコピーを見せてくれましたけど、それによると――」

知子は低い声でいった。

「当時、トラックの運転手をしていた父は、五つ年下のバー勤めの女性と結婚して函館《はこだて》に住んでいたそうですが……そのバーの常連である中年男と自分の妻が不倫の関係にあると疑って、ある夜、その男を公園に呼び出して持っていたナイフで……」

そこで知子は言葉を切った。

「記事からだけで考えると随分単純な事件で、そこに何かが入りこむ余地はなしか。それで、お父さんはどんな供述を――」

潤一が低い声を出す。

「起訴状を全面的に受け入れて、特に異議の申し立てはしなかったようです。それで裁判も一審だけで確定したそうで、もちろん、これは後の話ですけど」

強張った顔で知子はいった。

「それで懲役八年の、網走刑務所か。おまけに出所後は音信不通の行方不明……困ったなあ」

大きな溜息をつく潤一に、

「行方不明というんなら、それでいいんです。今更探す気も会う気も私にはないですし」

知子は強い口調でいい放った。

「だけど、その殺された男と奥さんとの間に不倫関係があったとしたら、どうなってくるんだ。非は向こうにもあるんじゃないか」

麻世が遠慮ぎみに口を開いた。

「あのね、麻世ちゃん。現代社会において不倫は刑事罰にはならないから。だから、もしそんな事実があったとしても、それほど量刑に影響はしないと思うよ。それよりも、カッとなって相手を殺しにかかったほうが、大問題だから」

いつもならこの潤一の言葉に食ってかかる麻世だが、さすがに今日は何の反論もしないで口をつぐんだ。

「それで、親父はどう思っているんだ。この問題を、いったい、どう解決したらいいと考えてるんだ」

「俺は――」

苦しそうに顔を歪めた。

「解決法はないと思う。こういう問題がおきたとき、多くの人は久枝さんのように避けて通るんだろうが、なかには、それでも真正面からぶつかって、知ちゃんのような境遇の子と一緒になる人間もいる。こんな場合、どちらが正しくて、どちらが悪いということでは決してない……人間は弱い生き物でもあり、また賢い生き物でもあるからだ。強いていえば、こうした問題から逃げる人間も、真っ向から立ち向かう人間も、どちらも正しい。そうとしかいいようがない。だから解決法などはなく、俺もかなり困っている」

麟太郎も大きな吐息をついた。

「なら、端的に訊くけど。じいさんなら、こんなとき、どっちを選ぶんだ。逃げるのか、それとも――」

私はむろん、立ち向かうほうだけどな」

麻世が叫んだ。

「俺の思いなら簡単だ。俺も麻世と同じで逃げずに、真っ向から立ち向かう。どちらにしても後悔はつきまとうだろうが、それなら、自分の思いを貫き通すほうが後味がいい」

はっきりいった。

「偉いな、親父は」

潤一が、ぽつりという。

「そうすると、おじさんは、私やじいさんとは違って逃げるほうか、なるほどな」

納得したような麻世の言葉に、

「いや、麻世ちゃん。それは違う。徹底的に考えると俺はいってるんだ。つまり、逃げる派と真っ向派の中間点ということだよ」

情けなさそうな顔で、潤一は答える。

そんな潤一から視線を外し、

「ところで、肝心の知ちゃんはどう思っているのかな。久枝さんの要求に、どう対応していくつもりなのかな」

厳かな声で麟太郎が訊いた。

「私は――」

知子は下腹にぎゅっと力をこめた。こめなければ体が崩れそうな気がした。

「お義母さんのいう通りにしようと思っています」

絞り出すようにいった。

「別れてくれと、元也さんにいうつもりなの」

それまで黙っていた八重子が、初めて声をあげた。

「いうつもりです、はっきりと」

「でも、それだけじゃ、元也さんは納得しないんじゃないですか」

優しく諭すように訊く八重子に、

「もちろん、理由なしで別れてほしいといっても相手は戸惑うだけですから、理由もちゃんといいます。父親が殺人を犯していたことがわかったからって」

抑揚のない声で知子は答える。

「その情報は、どこから手に入れたのって訊かれたら、知ちゃんは何て答えるの」

八重子は矢継ぎ早に質問をぶつける。

「そのときは、あるところからと答えます。決してお義母さんとはいいません」

また、涙が滲んだ。

「いい子なんですね、知ちゃんは」

八重子はぼそっといい、

「じゃあ、それでも知ちゃんと一緒になりたいと元也さんがいったら、そのときはどうするんですか」

「そんなことといいませんよ。誰だって相手の父親が殺人犯だと聞かされたら、腰が引けるにきまっています。それが普通ですから、私が元也さんを恨むことは決してありません。それに私はもう、一生結婚はしないつもりですから」

知子は鼻をすすった。

「でもね、知ちゃん。ここには陪審員が四人いるけど、若先生を除いて、あとの三人は真っ向から立ち向かうほうに賛成してるわ。みんな普通の人間だけどね——あっ、麻世さんだけは、ちょっと臍曲がりなのか」

「三人が真っ向からって。それじゃあ、八重子さんも」

驚いた声を知子はあげた。

「もちろんよ。私も若いころ、ささいな行き違いで好きな人から逃げ回って、悲しい結果になったことがありますからね」

「そんなことが、八重子さんに」

「そうですよ。何も伊達《だて》や酔狂で、独り身を通してるわけじゃないですから。さっき、大先生もいったでしょ。行動しない後悔より、行動する後悔のほうが後味がいいって。だから、ここは一番——」

睨みつけるように、八重子が知子を見た。

「勝手な言い分かもしれませんが、もし、元也さんがそれでもいい、それでも一緒になりたいっていったら。死ぬつもりで全力を出して真っ向から闘いなさい。お父さんはすでに罪を償っているし、第一、お父さんの過ちは、知ちゃんの責任じゃないんですから」

叫ぶようにいった。

「闘うって、誰と」

知子は掠れ声で答える。

「もちろん、元也さんのお母さんとです。元也さんと二人で、死に物狂いで、お母さんを説得しなさい。いいかげん、いい子から卒業して自分に正直になりなさい」

八重子は怒鳴り声をあげていた。

「それでも、納得してもらえなければ」

「そのときは、成行き任せ。全力をつくせば、自然と成行きはきまってきます。それが知ちゃんにとっての正しい道になるはずです」

八重子がこういったとたん、拍手が鳴り響いた。麟太郎だ。

「八重子さんのいう通りだ。所詮、世の中は成るようにしかならん。全力をつくして成行きに任せれば、それが正道というもんだ。そのために泣く人間が出たとしても、それが成行きというもんだ。ただし、泣く人間は知ちゃんのほうなのかもしれない。しかし、それならそれでいいじゃないか——それから、俺はいつでも、そのお義母さんを説得する場に立つつもりでいるから、そのときはよ」

拍手が増えた。今度は麻世だ。そして、潤一までもが手を叩いている。

「陪審員の全員が賛成しましたよ。満票ですよ。若干一名は、おつきあいかもしれませんけどね」

八重子の言葉に、潤一の顔がわずかに赤くなった。

「ありがとうございます」

涙声だった。

だが、あのお母さんっ子の元也が、はたして首を縦に振るだろうか。いくら考えてもわからなかった。わからないことは考えても、しようがない。

何にしても近いうちに元也に会って……父親のことをきちんと話して判断を待とう。

あとは、その結果次第だが、いったい……知子は麟太郎たちにわからないように、細い吐息をそっともらした。

次の日。

午前の診察が終ると、また麟太郎が受付にやってきた。

「どうだ、知ちゃん。今日はちゃんと弁当をつくってきたのかな」

顔中で笑っているが、ゴツさが余計に際立って見ようによっては鬼瓦《おにがわら》のようになる。

「昨日の今日なので、まだお弁当をつくる余裕は……コンビニに行ってパンでも買ってこようと思っています」

「そうか、それならまた隣に行って、ランチでも食べるか。今日は昨日より、食のほうはすすむと思うんだがよ」

麟太郎のこの言葉に知子は素直にうなずき、連日の『田園』行きになった。

店に入ると昨日と同様、また徳三が奥の席で手を振っていた。

すぐに夏希がやってきて、ちらっと知子の顔に目をやり、

「今日は親方と一緒でいいですよね、大先生」

笑いながらいった。どうやら知子の顔も元に戻ってきたようだ。

「今日のランチは、夏希ママ特製の牛丼ですからね。コーヒーは食後でいいですね」

昨日と同じようなことをいって夏希は離れていった。知子と麟太郎は徳三の席に行って二人並んで座りこむ。徳三はすでにランチを食べ終って、コーヒーを飲んでいた。

「おう、知ちゃん。今日は顔色がいいじゃねえか。昨日はどうなることかと心配してたが、この顔色なら、どんなに邪険にしやがる男だってイチコロで参っちまわあ」

何となく気になることを口にした。

「どんな男だって参っちまうって——親方、ひょっとして昨日の俺と知ちゃんの話を聞いてたのか」

じろりと麟太郎が徳三を睨んだ。

「いや、聞くつもりはなかったんだけどよ。知ちゃんが結婚の件で悩んでいるという声が、ちょっと耳に入ってよ、だからよ」

胡麻塩頭《ごましおあたま》を、ごりごりと掻いた。

「ひょっとしてその話、いつものように誰かに話したんじゃねえだろうな、親方」

「話すも何も——」

徳三は小さな空咳をひとつして、

「いくら聞き耳を立てても、聞こえてきたのはそれぐらいで、あとの話はストップしちまったじゃねえか」

やっぱり聞いていたらしい。

「そうだったな。親方みてえなやつがいるところで、その手の話をするわけにはいかねえからよ。いや、やめてよかったよ」

麟太郎の辛辣な物いいに、

「それはねえだろ、大先生よ。俺っちはこれでも、人の弱みや痛手になるような噂話は今まで、一度もしたことはござんせんよ。大体俺の噂話は、盛りに盛ってナンボのものだからよ。昨日のような、断片的でまとまりのねえ話は盛りようがない。だから、大丈夫だ」

徳三は自分で太鼓判を押し、

「もし俺が、あの一言で話を盛って誰かに聞かせたとしたら今頃は尾鰭《おひれ》がついて、知ちゃんは結婚相手に妊娠させられて、すてられたっていう類いの話が町内中を駆けめぐってらあな」

笑えないようなことを口にした。

「なるほど。確かにそんな話は俺の耳に届いちゃいねえ。旦那の愚痴話をしにきた米子ばあさんも何もいってなかったしな。いや、悪かったな、疑ったりしてよ」

謝る麟太郎のゴツい横顔を見ながら、下町というところはつくづく凄いと知子は改めて実感するが、不思議に怒りは湧いてこなかった。

そんなところへ、夏希が牛丼のランチを運んできた。手際よく料理をテーブルに並べながら、

「ねえ、大先生。また今度、麻世さんをここへ連れてきてくださいな。つもる話が山とあるんだから」

あまえるような口調でいった。

「また、例の銀座の一件だろ。駄目だよ、ママ。あいつは接待業には向いてないし、第

一、本人にその気がまったくねえんだから、話にも何にもなりやしねえよ。それは今までのやりとりで、ママにだってわかってるはずじゃねえか」
「わかってますよ。だから、極めつきの一手があるっていったじゃないですか。その手を使えば、いくらあの、麻世さんだってね」

夏希は片目をつむって見せた。

「例の、麻世ちゃんと一緒に銀座に店を出せば、男たちはイチコロで大儲《おおもう》け間違いなしっていう豪気なやつか」

すぐに徳三が身を乗り出してきて、

「で、その極めつけの一手というのは、どんなものなんだい。気になってしようがねえから教えてくれよ」

哀願口調でいう。

「それは駄目。教えてしまって種を明かせば、効果は半減しちゃうから。実際に麻世さんがくるまで、それはオアズケ。ねえ、大先生」

「と、いわれても、俺にもどんな手なのか見当がつかねえから、何ともな」

困惑顔で麟太郎はいう。

「だから、麻世さんを、さっさと連れてくればいいのよ。じゃあね」

といったところで知子に視線を移し、

「知子さん。どこが悪かったのかわからないけど、元気になってよかったね。昨日は本当に心配したんだから」

軽く頭を下げて夏希は戻っていった。その姿を見送りながら、

「なら、俺も帰るとするか」

徳三が「ヨイショ」といって立ちあがった。

「何だ、親方。今日はやけに早いな。何か急用でもあるのか」

「勝手気儘《かってきまま》な独り者に、急用なんてあるもんけえ。仕事がどんときやがってよ。高史の野郎がちっとも一人前にならねえから、この老体に鞭打《むちう》ってよ」

大あくびをしながら帰っていった。

「元気な、お年寄りですね」

ぼそっと知子がいうと、

「元気すぎて困ってるな。あの分じゃあ、百まではくたばらねえだろうからよ――そんなことより、せっかくの牛丼。冷めねえうちに頂こうじゃないか」

知子と麟太郎は、しばらく牛丼に専念する。

そして食べ終ったあと、麟太郎は知子の前の器をじっと見て、

「よかったよ。今日は、ほとんど食べてくれた。ようやく知ちゃんも本調子になってきたようで安心したよ」

ほっとした口調でいった。

そういうことなのだ。麟太郎は知子の食べっぷりを観察するために、ランチに誘ったのだ。

「食がすすめば体は健康、さらにすすめば心も安心」

お経を唱えるようにいってから、

「ところで、元也君とはいつ会って例の話をするんだ」

低い声で麟太郎が訊いた。

「明日の夜に会うことになっています。そのとき、例の件をつつみ隠さず話して、元也さんがどう答えるか聞いてきます」

きっぱりとした口調でいった。

とたんに胸の奥が重苦しくなって、知子はぴんと背筋を伸ばした。とにかく勝負は明日なのだ——いったい、どんな結果が出るのか。

元也と会う場所はファミレスにした。

静かな場所より雑音の多いファミレスのほうが、感情的にならずに話せるような気が知子はした。

約束の八時より三十分ほど前に知子は待合せのファミレスに行き、体を固くして元也のくるのを待った。テーブルの上にのっているのはコーヒーだけだ。

入口に元也の姿が見えた。知子の体に緊張が走り、さらに体が固くなる。知子は小さな深呼吸を何度もくり返した。

「お待たせ」

といって知子の前に座りこんだ元也は、

「あっ、頼んだのは、まだコーヒーだけなのか――じゃあ、俺は何にするかな、それに知ちゃんのほうは」

メニューを手にして目を通し始める。

「今夜はちょっと大事な話があるから、私はコーヒーだけにしておく」

掠れた声を出す知子に「えっ」と元也は怪訝な様子で、

「それって、ひょっとして、うちのお袋に何か関係があることなのか。今日、お袋の様子が何となく変で、俺を避けてるような気がしたから」

覗きこむような目で知子を見た。

知子は首を振った。

何度も首を振った。

「お義母さんは関係ないわ。私のほうの個人的な理由で、元也に話が」

ようやくこれだけいえた。

「そうか、わかった……じゃあ俺も、今夜はコーヒーだけにしよう」

元也はこういってウェイトレスを呼び、コーヒーを単品で頼んだ。

それから二人は黙りこみ、コーヒーが運ばれてくるのを待った。長い時間に感じられた。やがてコーヒーが運ばれてきて、元也の前に置かれた。が、元也はそれに手をつけようとしない。視線をテーブルの上に落し、身動《みじろ》ぎもしない。強張った空気が知子と元也を、すっぽりと包みこんでいた。

「さあ、知ちゃん」

重い声を元也が出した。

「俺は何を聞いても、驚かないつもりだから」

何かを察しているようなことをいった。

「あの、実は」

喉が、カラカラだった。知子はコップの水を、ひと口飲んだ。何でもない普通の水が、硬い異物のようになって喉を通りすぎた。

「私の、お父さんのことで、わかったことがあって。大変なことが」

これだけ口にして、知子はまた黙りこんだ。コップに手を伸ばして、硬い異物を口に含んだ。一気に喉に落しこんだ。ごくっと妙に大きな音がした。とたんに体中の力が抜けた気がした。知子は腹を括った。

「私のお父さんは人を殺して、北海道の刑務所に服役していました。私は人殺しの娘です。だから、元也さんと結婚することは、もうできません。別れてください、お願いします」

視線を落して一気にいった。

言うべきことを一気に吐き出した。

が、視線を上げることはできなかった。

どれほどの時間が過ぎたのか。

「知ちゃん――」

優しい声が上から降ってきた。

「それ、俺はかなり前から知ってたよ」

思いがけない言葉が知子の耳に響いた。

思わず顔を上げた。そのとき知子は自分が泣いていることに気がついた。

「ごめん」

元也はまず、謝りの言葉を口にした。

「以前、ちょっと、知ちゃんのことを調べたことがあって。知ちゃんがいってたことが本当かどうか、ひょっとしたら、それ以上の出来事があったんじゃないかというような気に襲われて。それで、知ちゃんが口にしていた親戚の家に電話を入れて――さすがに最後にいた嫌な叔父さんの家は避けたけど」

元也はコップの水をひと口飲み、言葉をつづけた。

「そうしたら知ちゃんのいっていた実の家族のことや、親戚中を盥回しにされて邪魔者あつかいされてたことは全部本当だったけど、そのときその親戚の人が知ちゃんの父親のことを。だから……」

驚いた。元也も母親の久枝と同じことをしていたのだ。知子の涙はいつのまにか、止まっていた。

「本当にごめん。人としてやってはいけないことをしてしまった。知ちゃんのことを信用していなかったわけじゃなくて、何というか……」

元也はテーブルに額がつくほど、頭を下げた。

「そんなこと、私は気にしていないから。元也の気持はよくわかるから」

そういうことなのだ。世の中は綺麗事ではすまない。もし自分が同じ立場に置かれたら、元也と同じことをしていたかもしれない。許しがたいことではあるけれど。許さなければいけないことも確かにあるのだ。

それに、相手のことが本当に好きだからこそ、そんなことも……そして、それを知った元也の心の変化は。知子は元也の顔をじっと見た。

「それで、元也の心は……」

自然に言葉が出た。

「知っていたけど、俺は知ちゃんに黙っていた。そのまま黙って、知ちゃんと一緒になるつもりだった。それが俺の心だ」

きっぱりと元也はいい切った。

知子の胸がきゅっと縮んだ。

「それでいいの。本当にいいの。人殺しの娘と結婚して、本当に元也はいいの」

「正直なところをいえば、聞いた当初は俺も心の整理がつかなかった。迷った。迷いに迷ったあげく、あることに気がついた。いちばん大切な、あることに」

「あることって、何」

甲高い声が出た。

「何があろうと、何であろうと、湯浅知子は世界中で、ただ一人。唯一無二の大切な人だということに。知ちゃんの代りになる人は、他にはいないということに。俺は知ちゃんが大好きだということに」

元也も甲高い声でいった。

目頭が熱くなった。

止まっていた涙が、また溢れ出した。

両肩が震えた。知子は声を出して泣き出した。人目も何も気にならなかった。知子は体を震わせ、子供のように泣いた。周りの客が知子を見ていたが、どうでもよかった。知子は泣きに泣いた。

「知ちゃん、いくら何でも泣き声が」

おろおろ声でいう、元也の目からも涙が溢れていた。嬉しかった。知子は必死で声をひそめた。嬉しい我慢だった。

「それで、やっぱり情報の出所は、お袋なんだろう」

ひとしきり知子が泣いたあと、ぼそっと元也がいった。真剣な表情だった。

「うん……」

知子は子供のようにうなずいた。

八重子のいった言葉が、頭のなかで踊っていた。あの言葉だ。

――もし、元也さんがそれでもいい、それでも一緒になりたいっていったら。死ぬつもりで全力を出して真っ向から闘いなさい――

そうしようと思った。久枝には申しわけなかったが、それしかないと決心した。

「それなら二人で、お袋を説得しよう。死ぬ気になって説き伏せよう。お袋がいいというまで頑張ろう」

八重子と同じようなことを元也がいった。

「うん」

知子は大きくうなずいた。

「今度の休みの日。二人でお袋のところに行き、俺たちの気持を伝えよう。精一杯、訴えよう」

はっきりと元也はいい、

「それから、このあとどこか場所を変えて、ゆっくりおいしい夕食を食べて元気を出そう。泣いたせいで、どうにもここは居心地が悪いから」

周りをちらっと見ていった。

「わかった」

元気よく知子は答えて、

「それなら私、今夜の話を大先生に伝えてくる。大先生たちには事のいきさつをすべて話してあるから、首を長くして報告を待ってるはずだから」

知子はバッグからスマホを取り出し、店の玄関ホールに向かった。

鱗太郎のスマホにかけると、一発で出た。

「どうなった、知ちゃん」

怒鳴るような声が聞こえた。

「はい、ご心配をおかけしましたが」

と、知子は今までの元也とのやりとりを、詳細に鱗太郎に伝えた。

「よかった、本当によかった」

聞き終えた麟太郎の第一声がこれだった。

「といっても、難関はまだこれからだ。とにかく二人して、死ぬ気で事に当たらねえとな」

大声でいう麟太郎に、

「それで今度の休みに元也さんと一緒にお義母さんのところに行って、説得しようということになりました」

はっきりした口調で知子はいう。

「今度の休みか――何度もいうようだけどよ、元也君と二人、一心同体の呼吸でぶつかっていかねえとな。そうすれば必ずよ」

励ましの言葉を出す麟太郎に、

「あの、ひょっとして、八重子さんや麻世さんや若先生たちも、そこにいるんですか」

気になることを訊いてみた。

「いるよ、みんな。勢揃《せいぞろ》いして、今夜の知ちゃんからの報告を、今か今かと待ってたよ」

「ああ、やっぱり。それなら私たちはまだ遅くなりそうで、今夜はそちらには寄れませんので、すみませんが大先生の口からみなさんに元也さんとのやりとりを伝えておいてもらえませんか」

　申しわけなさそうに知子はいう。

「おう、了解した。八重さんなんか、まるで自分の事のようにそわそわして、知ちゃんの電話を待ってたからな」

　と麟太郎がいったとたん、電話の声が女性のものに変った。八重子だ。

「よかったですね、知ちゃん。今夜の結果は大先生とのやりとりから、大体の推測はできました。あとは元也さんのお母さんですけど、年寄りはしぶといですから、心を鬼にして、情け無用でぶつかってくださいね。決して、いい子になっては駄目ですよ。鬼ですよ、鬼。女の本性をむき出しにしてね」

　物騒なことを八重子はいった。

「はい。それで大先生にもいったんですけど、今夜はそちらには寄れませんので、元也さんとの話の詳細は大先生から聞いてください。それから、今度の休みにお義母さんのところに二人で行くんですが、その話の結果は終り次第、診療所に戻って私の口からみなさんにお伝えしますので。すみません、大切なお休みの日なのに」

「わかりました。とにかく、二人一丸になって頑張ってね」

　そういって電話は切れた。

　スマホを手にして元也のところに戻る知子の目に、どこかで見たことのある顔が飛びこんできた。

ちょうど知子たちの後ろにあたる席にいる、中年の男だ。見知った顔だとは思ったが、さてそれが誰なのかさっぱり思い出せない——気のせいかもと思いつつ知子は元也の前のイスに滑りこんだ。


介護施設へ行く前日。

知子は今日も落ちつかない。

麟太郎たちも落ちつかない様子で、口振りも重くなっている。

「一度で決めようと思うな、知ちゃん。長期戦を覚悟して、じわじわと相手を追いつめてな。もちろん、誠心誠意、心をこめてよ」

麟太郎はまるで戦争状態に突入したようなことをいうし、八重子に至っては、

「鬼ですよ、鬼。決して、いい子になっては駄目ですからね」

こんな言葉を顔を合せるたびに呪文のように口にする。

麻世は知子を見るとうなずいてくるだけだが、心配しているのは表情でわかる。潤一は夕食時にしかこないので顔を合せることはないが、心を痛めているに違いない。

そして施設へ行く当日。

知子は元也と待ち合せて、午後二時頃に施設を訪れた。

久枝は知子と元也の思いつめたような顔を見て何かを察したようで、先日同様、施設に隣接する芝生広場に二人を誘った。

「今日は何、二人とも怖い顔をして」

それでも久枝は車イスの上から、ことさら明るい口調でいって薄く笑った。

「実は……知ちゃんのお父さんの件で、お袋に話があって」

重い口調でいって、元也は小さな吐息をもらした。

こちらはベンチに腰をかけている。

「やっぱり、その話。知子さん、あなた。元也に私のことを話したのね」

知子の顔を睨みつけた。

どきりとした。怖い顔だった。一瞬、いつもの穏やかな久枝の顔の向こうに知子は何かを見た。あれは鬼だ。何もかもかなぐりすてた鬼の顔だ。久枝は鬼を背負っている。

「お袋、それは違うよ。俺もお袋同様、知ちゃんのことを知ろうとして、ひそかに北海道の親戚の家に電話を入れたんだ」

元也はその一件を、ざっと久枝に話して聞かせた。

「そう。あんたも私同様、知子さんに関しては、いろんな懸念を抱いていたのね」

久枝はこんなことを口にした。

「そういわれれば、そうだけど。今ではあんな電話を入れて、恥ずかしく思っているよ。

卑怯《ひきょう》な人間だって」

「卑怯かもしれないけど、世の中には表もあれば裏もあるから。それはそれで仕方がないんじゃないの——それで今日、二人揃って私の前に姿を見せたのは……まあ、大体の想像はつくけどね」

低い声でいって、久枝はまた知子を睨んだ。

「そうだよ。お袋の想像通り、俺は何があろうと知ちゃんと結婚する。それを認めてほしくて、今日二人で、お袋に話をしにきたんだ」

元也の言葉が終ると同時に、

「お願いします、お義母さん。納得はできないかもしれませんが、何とか元也さんと一緒になることを許してもらえませんか。何とか、何とかお願いします」

知子は立ちあがって、久枝に向かって額が膝につくほど頭を下げた。

「頼むよ、お袋。結婚を許してくれよ。知ちゃんの父親の罪は、知ちゃんのせいじゃないんだから」

元也も立ちあがって久枝に頭を下げた。

「駄目です」

すぐに答えが返ってきた。

「人の子の親として、人殺しの親を持つ娘さんと一緒にさせるわけにはいきません。そんなこと、断じて許すわけにはいきません」

一気に吐きすてた。

「その親の子の俺が、いいっていってるんだから、いいんじゃないか」

珍しく元也が大きな声をあげた。

「じゃあ、あんたたちの間に生まれた子供はどうするの。あんたのおじいさんは人殺しだって、一生いわれることになるのよ」

ぶつけるような声だった。

「あっ……」

知子は悲鳴に近い声を出した。

子供のことまでは考えたことがなかった。

「お袋、そんないい方は」

元也が声を張りあげると、

「世の中というのは、そんなもんだよ。冷たいもんだよ。その冷たい世の中で、私はあんたを育てるために一生懸命、頑張ってきたんだ。だから悪いことはいわない。知子さんとの結婚は、諦めてほしい。お願いだから」

口振りが哀願調に変った。

「その冷たい世の中の側に、今度はお袋が立つつもりなのか。そんな都合のいいこと、そんなこと」

元也の言葉に湿りけが混じった。

「それは……」

久枝が顔を歪めた。

歪んだ鬼の顔だった。

知子は、いたたまれない気持に襲われた。

「元也さん……」

思わず声をあげた。

「今日は帰ろ。とにかく今日は帰ろ。これ以上は、もう」

こんなことを口走っていた。

話は決裂し、二人は施設をあとにした。

その日の夕方、知子と元也は二人で麟太郎の許を訪れた。居間に集まっていた顔ぶれは、前回と同じだった。

知子と元也は今日の久枝とのやりとりを、詳細に麟太郎たちに話して聞かせた。

しばらく沈黙がつづいた。

最初に口を開いたのは、八重子だった。

「知ちゃんの、いたたまれない気持はよくわかるけど、ここはやはり心を鬼にして闘わないと勝てませんよ。私の二の舞いになってしまいますよ」

強い口調でいった。

「それはそれとして、元也君が知ちゃんを理解してくれて、本当に良かった。唯一の大きな救いです。本当にありがとう。この通り、礼をいいます」

麟太郎が大きな体を折って、深々と元也に頭を下げた。

「あっ、いや。正直にいいますと僕も最初はとまどいましたけど、それでは駄目だと思い立って、それで。格好いいことをいわせてもらえば、当然のことをしたまでです」

少し照れながら、元也はいった。

「当然のことをする真っ当な人間が、近頃は少なくなったから。むろん、俺もえらそうなことをいえる立場じゃないんだけどね。何はともあれ、元也さんは立派そのものですよ」

感心したように潤一が声をあげると、

「やっぱりおじさんは、真っ当じゃないのか。前々からそうじゃないかとは思ってたんだけど、自分で認めるとはな。何だか胸の奥がすうっとしたよ」

しごく真面目な顔で麻世がいった。

「いや、今の言葉は単に謙遜しただけのことで、俺は決して麻世ちゃんの思っているような人間では」

　潤一が慌てて弁解した。

「若先生、前言撤回は男らしくないですよ。それに今は、そんなことはどうでもいいことですから」

　八重子が一刀両断した。

「それよりも、大先生。今後、この件はどうしたらいいんでしょうかね。私には鬼になって闘えとしかいいようがないんですけど、それだけでは」

「相手がヤンキーか半グレなら、私がシメてやってもいいんだけど。お義母さんでは、そんなこともできないし」

　さらっと口にする麻世を、ぎょっとした表情で元也が見た。

「麻世さん。時と場合を考えて」

　ちらっと麻世の顔を見て、これも八重子が窘《たしな》めた。

「とりあえず、今度は俺が行こうと思っているんだが。人が代れば、お義母さんの考え方も少しは和らぐかもしれねえ」

　麟太郎が遠慮ぎみにいった。

「えっ、大先生がですか」

　驚いた声を知子が出した。

「親父が出ていって、何をどうするんだよ」

すかさず潤一が声をあげた。

「まず丁寧に話をして、何とか許してもらえる方向に持っていき、それでも駄目なら最後の手段として」

「最後の手段って何だよ」

今日の潤一は執拗《しつよう》だ。

「話し合いの最後の手段は、土下座にきまってるだろう。額を地面にこすりつけて、ひたすら懇願すれば相手だってよ。それしかねえだろう」

「そういうと、思ってた」

呆れ顔で潤一がいった。

「だから昭和の男は駄目なんだ。今時、そんなことをすれば相手から鬱陶しがられて、反感を買うだけで逆効果だよ。昭和生まれは何かというと土下座とか頭を丸めるとか、そんなことをいってるから、時代にどんどん取り残されていくんだよ。いいかげん、そういう考え方からは卒業したほうがいいよ」

胸を張っていう潤一に、

「私もそう思いますよ、若先生」

すぐに八重子が口を開いた。

「いつも若先生はチャラチャラしたことしかいいませんけど、今回だけは私も賛同いたします。土下座は駄目です。若先生のいうように相手から鬱陶しいと思われるだけで、何の益もありません。ですから、きちんと理に適《かな》った話をするだけのほうがいいかと」

「そういうものなのか、今は……麻世はどうだ、どう思う」

困惑の表情を見せる麟太郎に、

「私はけっこう、効果があるような気がするんだけど……でも、平成生まれといっても私はアナログ体質の昔人間なので、大きなことはいえないから。ごめん、よくわからない」

麻世は小さく首を振った。

「そうか、大きなことはいえないか。それなら土下座はやめて、誠心誠意、心をこめて説得するという戦法にしよう。なあに、彼も人なり、我も人なり。腹を割って真摯に話をすれば、お義母さんだって必ずよ」

心持ち情けなさそうに、麟太郎はいった。

「いっそ、八重さんに行ってもらったほうがいいんじゃないか。同じ女同士。年もそれほど違わないだろうし」

潤一の言葉に「駄目だ」と麟太郎は即座に否定した。

「八重さんは今、臨戦態勢に入ってる。闘う気満々で、お義母さんと罵り合いでもしかねない。もし八重さんが出るとしたら、一番最後。どうにもこうにも打つ手がなくなったときだ」

いい切った。八重子の顔が、ほんの少し膨れっ面になるのがわかった。

「とにかく、まず俺が今度の休みの日に、お義母さんのところに出かけて穏やかに話をしてくる。それでも駄目なら、そのときまた方法を考えよう——それでどうだろう、元也君、知ちゃん」

「それでけっこうです。とにかく今は、出ていく人間が代らないと話は前に進まないと思いますので。すみません、大先生にまで行ってもらうことになってしまって」

元也はそういって知子と顔を見合せ、二人は同時に頭を下げた。

「あの、それから、私」

頭を上げた知子が細い声をあげた。

「お義母さんは生まれてくる子供のことをいってましたが……私、元也さんが承知してくれれば赤ちゃんは諦めても」

泣き出しそうな声だった。

「駄目だ、知ちゃん」

元也が声を張りあげた。

「あれほど赤ちゃんを欲しがってた知ちゃんが、何をいい出すんだ。僕だって子供は欲しいし、二人で新たな家庭をつくりたいし。もし、お袋がどうしても許さないんだったら、僕は親子の縁を切る。勝手に知ちゃんと結婚して勝手に自分たちの家庭をつくる。僕はそのつもりだから」

とたんに拍手がおこった。八重子だ。次に麟太郎、そして麻世、潤一とつづいた。

「でもね、知ちゃん」

拍手がやんだあと、諭すような口調で八重子が口を開いた。

「嘘も方便という言葉があってね。もし、お義母さんがその条件で結婚を許してくれるということなら、そうしなさい。そしてしばらくの間を置いて、すみません、できちゃいましたとね——そうすれば絶対に堕《お》ろせとはいわないと思うから。お義母さんも女だし、お孫さんも欲しいはずですからね」

しゃあしゃあといった。

「でも、そんな大それたこと……」

口ごもる知子に、

「だから、いってるでしょ。もう、いい子はやめなさいって。そんなことで、びびってたら、この先、子供を抱えてお母さん稼業なんてできないわよ」

八重子はこんなことをいった。

「はい、でも、あっ……よく考えてみます」

つまりつまりいってから、

「あっ、私、妙なことを思い出しました。先日、元也さんとファミレスで会って、お義母さんのことを話していたとき、後ろの席に見知った人が」

と、話題を変えるように、知子は別の件を持ち出した。

「そのときは誰だか思い出せなくて、胸の辺りがモヤモヤしてたんですけど。それが前にアッペを発症してここに担ぎこまれた、西垣さんだったことを今、思い出しました。何となく胸のつかえがおりてほっとしました」

照れたような笑いを顔に浮べた。

そのとき――。

「ああっ」

と麻世が素頓狂な声を張りあげた。

「どうした、麻世」

麟太郎が怪訝な表情を麻世に向けた。

「私も思い出した。西垣さんに、どこで会ったかということを」

「何っ、西垣さんがどこの誰だってことが、わかったのか、麻世は思い出したのか」

叫ぶような声を麟太郎があげた。

麟太郎も西垣に見覚えがあるといいながら、どこの誰だか思い出せなくて悩んでいたはずだった。

「あの人は、誰だ。いえ、早くいえ、麻世」

麟太郎は麻世を急《せ》きたてる。

「私がこの前、西垣さんを見たのは遠くからで、目鼻立ちはぼんやりしていて、顔の雰囲気だけが目に飛びこんできた――その、ぼんやり感が幸いして思い出したのかも」

なぜか宙を睨みつけて麻世はいう。

「わかった。御託はいいから、西垣さんが誰なのかさっさといえ」

「それは……」

なぜだか麻世は迷っている。

「麻世、お前なあ」

苛ついた声を麟太郎が出した。

「いっていいのか悪いのか、よくわからないけど……でもやっぱり、いったほうがいいんだろうな」

麻世は独り言のように呟いてから、

「知子さんの、顔」

驚くようなことを口にした。

「西垣さんの顔は、雰囲気が知子さんの顔にどこか似ている。だから、じいさんも私も、以前どこかで会ったような錯覚に陥ったんだ。本当のところは、知子さんの顔を通して西垣さんの顔を見ていた。そういうことだと思う。でも知子さんは西垣さんの顔を見ても何の反応も示さなかった。そこのところが私には……」

いい終って麻世は肩で大きく息をした。

「確かにそういわれれば、知ちゃんの顔に似ていないこともないが。そして、知ちゃんの無反応という点さえ除外すれば、年恰好《としかっこう》からいって西垣さんは知ちゃんの……」

麟太郎はそこで、ぷつんと言葉を切って、それまで見ていた知子の顔から視線をそらせた。

知子の胸は早鐘を打ったように鳴り響いている。

もし万が一、西垣が知子の身内だとしたら、それは実の父親としか……しかしそんなことが。第一、知子は西垣の顔など、アッペの手術のときまで一度も見たことがなかった。

「知ちゃん、どうだ。小学五年生のときに別れた父親の顔を、ちゃんと覚えているか」

遠慮ぎみに麟太郎が声をかけてきた。

「もちろん、覚えてます」

といって知子は父親の顔を思い出そうとしたが……すっぽりとのっぺらぼうの顔が浮んでくるだけで、まるで実像を結ばなかった。信じられないことだった。

「すみません。顔が浮びません。思い出せません。どうしたんでしょうか、私は」

知子は焦った。

泣き出しそうな声をあげた。

「じゃあ、名前のほうはどうだ。お父さんの名前は思い出せるか」

名前は……駄目だった。思い出せなかった。いくら考えても浮んでこなかった。

「大先生、駄目です、思い出せません」

悲鳴に近い声をあげる知子を見て、麟太郎の表情が引きしまった。

「精神と脳との乖離《かいり》――」

ぼそっといった。

医者の顔だった。そして、

「精神と脳との乖離とは、つまり、心と脳細胞のせめぎあいだよ」

溜息まじりの声を出した。

「それって、親父。簡単にいうと、どうなるんだ。俺は精神医学とか心の問題とか、そういった領分はけっこう苦手なんだけど」

潤一が身を乗り出してきた。

こちらも医者の顔になっている。

「俺も精神医学は専門外なので、詳しいことはわからねえがよ」

と麟太郎は前置きしてから、

「人というのは余りの不安、焦燥、苦悶《くもん》などに襲われると、心のほうがそれを許容できなくなって、どうしていいかわからなくなってしまう。さらにその状態がつづくと鬱状態になり、それがさらに昂《こう》じると人格崩壊する恐れも出てくる。そんなことになったら、人間はたまったもんじゃねえ」

そこで麟太郎が言葉を切ると、

「なるほど、そこで脳が活躍することになるのか。そうならないように脳から様々な指令が出て、何とか人間を助けようとする――いったいどんな指令が出るんだ」

けっこう苦手だといっていた潤一が、わかりやすく受けた。

「簡単にいえば現実逃避だな。襲ってくる抑圧から精神を解放して、その人を守る。たとえば見えるものを見えなくし、感じるものを感じなくする。もっと簡単にいえば、嫌な体験をなかったものにし、なかったものをいい体験に置きかえる……そんな話を以前、精神科の友人から聞いた覚えがある。うろ覚えではあるけどな」

「それって、今の知ちゃんの場合に、ぴたっと当てはまるよな。嫌な体験をなかったものにして、忘れてしまうという」

潤一が知子の顔を、ちらりと見てきた。

「それって、本当に私の場合に当てはまるんですか、大先生」

すがるような目を、知子は麟太郎に向けた。

「そうだな。俺は専門医じゃないから絶対とはいいきれねえが、多分当てはまると思っているよ」

「そんなこと……」

「おそらく知ちゃんは、かつて父親の犯罪を誰かから聞いたんだと思う。そのとき、余りのショックに心のほうがバランスを崩した。その結果脳細胞が指令を発して、知ちゃんの心が壊れるのを防いだ」

「それは……」

知子の目は潤んでいた。

「つまり、頭のなかから小学五年生以後の父親の記憶を無意識のうちにすべて消し去ってしまった。むろん、父親の容姿もだ。だから父親の犯した事件も知らなかったし、父親の顔も名前も思い出すことができなくなった。それほど、その事件は親戚中を盥回しにされた、中学三年生の女の子には辛すぎることだった。だから文字通り、何もかも忘れて知ちゃんは家を飛び出して東京にきたんだ」

悲痛な声で麟太郎はいった。

「要するに、記憶の改竄《かいざん》——そういうことか」

潤一が低い声でいい、

「だけど親父、大丈夫か。そんな大変なことを、こんなところで大っぴらにして。また、嫌なことを思い出して、知ちゃんの心のほうが悲鳴をあげるんじゃないのか」

心配そうな面持ちで知子を見た。

「知ちゃんは、もう大丈夫だ。俺はここ数年間、知ちゃんをずっと見てきた。きちんと仕事もするし、しっかりした生活も送っている。楽しいときは笑顔を見せるし、面白くないときは仏頂面をしている。立派な一人前の女性に成長している。だから何を思い出そうが、これからどんな嫌な目にあおうが、きちんと正常な判断で処理をしていくはずだ。というより、それを人生の糧として自分に活《い》かしていくはずだと思うよ。なあ、知ちゃん」

麟太郎は優しく知子に声をかける。

「それから元也君、今いったように知ちゃんは過酷な運命に翻弄されてきた子だ。そんなことも踏まえて、より良いパートナーになってくれるよな」

元也に向かって麟太郎は頭を下げる。

「もちろんです。今までの過酷な人生を含めて、僕は知ちゃんが丸ごと好きですから、必ず幸せにしてみせます。何があろうと命を懸けて守り抜きます」

元也の力強い言葉に、周りからまた拍手が湧きおこった。

「ところで親父。その肝心の西垣さんが、おそらく身を案じてのことだとは思うけど、この辺りに住んで、知ちゃんの周囲を動き回っているというのはうなずけるとして――いったい西垣さんは知ちゃんの居所をどこでどうやって知ったんだろうな」

潤一が素朴な疑問を口にした。

「そうだな、いわれてみれば不思議な話ではあるな。この広い東京で一人の人間を見つけるなんぞ、どう考えてもできることじゃねえもんな」

首をひねって考えこんでいたが、

「わからねえ。まあどうせ、この後、一度は会わなきゃならねえ人間だから――それはそれとして現在、西垣さんはどうしてるんだろうな。徳三親方に電話してちょっと近況を訊いてみるか。むろん、西垣さんのことを訊くだけだから大丈夫だ」

麟太郎はこういって知子にうなずいてから部屋の隅に行き、ポケットからスマホを取り出し徳三に電話をかけ始めた。電話はすぐにつながったようで、

「親方、どうだ、まだ生きてるか。いや、今日は親方の件じゃなく、西垣さんのほうだ。元気にやってるんだろうか」

麟太郎はしばらく徳三の話を聞いていたが、

「ところで親方、つかぬことを訊くようだが先日『田園』で俺と知ちゃんとの会話を隣の席で耳にしたあと……その内容を西垣さんに喋ったということはないだろうか」

こんなことを口にした。

このあと麟太郎は神妙な面持ちで、徳三の返事をしばらく聞いてからスマホをそっと切り、

「西垣さんは、ここ数日、家にも帰ってないようで姿は見せてないそうだ。まあ、仕事か何かでどこか遠くにでも行ってるんだろう。それからな」

小さな空咳をひとつした。

「親方は俺と知ちゃんとの会話――つまり、元也君のお母さんが、二人の結婚に反対しているようだということを西垣さんの家へ様子を見に行ったとき、世間話のなかでぽろりと漏らしてしまったそうだ。本人は申しわけないとえらく恐縮していたが、そういうことだ」

麟太郎はそのときの『田園』での様子を、ざっとみんなに話して聞かす。

「そんなことがあったのか。おそらく親方は西垣さんの誘導尋問に引っかかって……なるほどな、西垣さんはそういった方法で知ちゃんの情報をいろんな所から集めていたということか。そのために、この辺りに住んで――だけどそれだけでは、この広い東京で知ちゃんの居所をどうやって知ったかということは依然として謎のまま残ってしまうなあ」

潤一が解説をするように声をあげた。

「それはそれで仕方がないとして、なあ、知ちゃん」

麟太郎が知子に優しく声をかけた。

「知ちゃんは、父親の可能性が出てきた西垣さんに、あらためて会う勇気は持ち合せているんだろうか」

「それは」

知子は一瞬、押し黙ってから、

「今はまだ無理です。あんなことをした人ですから、親しみなんて感じませんし、憎しみのほうがはるかに強いですから」

一息でいいきってから「すみません、乱暴なことをいって」と視線を落した。

「いや、正直な気持だと思うよ。そう簡単に許せる人でないことは、重々わかっているから。気にすることはないよ」

「逆に大先生にお訊きしたいんですけど、私の嫌な記憶のほうは、いずれは戻ってくるんですか」

気になることを訊いてみた。

「戻ってくると、友人はいってたな。何年もかかるかもしれないし、ある日突然にかもしれないとも。たとえばキーになる言葉ひとつで、いきなりすべての記憶が戻ることもあるそうだし」

「じゃあ、ちょっと試してみてもいいですか。思い出すことのできなかった、父の名前を教えてくれますか。それがキーになって何かを思い出すかもしれません」

恐る恐る知子はいった。

「そうか、そんな奇跡的なことが都合よくおこるとは思えねえが。しかし、大丈夫なんだろうな、知ちゃん」

麟太郎は心配そうにいってから記憶を探るような表情をして、

「知ちゃんの父親かもしれない人は、アッペでここに運ばれてきた西垣さんで、名前のほうは確か、西垣道人《みちひと》——本当の名前は、おそらく湯浅道人ということだ」

はっきりいいきった。

「湯浅道人……」

何かを噛みしめるように知子が呟いた。

そのとき、それがおこった。

知子の顔が歪んだ。

「いやあっー」

叫び声をあげた。両の拳を固く握りこみ、ふいに立ちあがってから、ペタンとその場に座りこんで泣き出した。

「親父、これは」

潤一が怒鳴った。

「一気に、すべてのことを思い出したようだな。父親のことも殺人のことも……どうやら父親の名前がキーだったようだが、まさか一度にこんなことがおこるとはよ――知ちゃん、大丈夫か。どこかに異常はないか、意識のほうはどうだ。ちゃんと俺の顔がわかるか」

矢継ぎ早に質問する麟太郎に、

「大丈夫です。ちょっと怖かっただけで、体に異常はありません。意識のほうもはっきりしています」

知子は何度も首を縦に振る。

「思い出したのか、父親のことも」

「思い出しました、すべてを。やはり、あの西垣という人が私の――人を殺したのも、あの西垣という私の……それから」

知子はうっと喉をつまらせた。

「そうか、今は何も話さなくていい。時がたって話す気になったとき話せば」

「でも、大先生……」

知子は泣いていた。

あのことを思い出したのだ。

父親が殺人の容疑で逮捕されたとき。

「お前の父親は親戚中の面汚しだ。まったくとんでもねえことをしでかしやがって。この代償は、お前の体でしっかり払ってもらうぞ」

大嫌いな叔父は、薄笑いを浮べて知子に迫った。

「父親があんなことをした以上、お前に拒む権利はねえ。有難くやられてしまいやがれ」

いきなり知子の体に馬乗りになった。

誰もいない、昼下りの納屋だった。

抗《あらが》うことも許されず、いいようにされた。

涙が次から次へと頬を伝った。

知子が叔父の家を飛び出したのは、その翌日だった。家中の金を持ちだして電車に飛び乗った。あの家にいれば、叔父の食い物にされる。それだけは死ぬほど嫌だった。知子は東京に向かった。

「大先生、私は……」

知子は真直ぐ麟太郎の顔を見た。

何かを察しているような目を麟太郎が向けた。

「それ以上、何もいわなくていいから」

麟太郎は優しい口調でこういって、首を何度も横に振った。そうだ、ここには元也もいる。いきなりこんなことを話したら、元也の心は。麟太郎はすべてを察して、首を横に振っているのだ。そう思った。

「はい」

知子は短く答えてよろよろと立ちあがり、イスに腰をおろした。

「もう大丈夫です。心も体も」

泣き笑いの表情を見せた。

「そうか、それなら大丈夫だ。何たって知ちゃんは若い。いろんな意味で立ち直りも早いし、これからはいいことが一杯あるはずだ」

ごつい顔を思いきり崩して笑った。

ごつい顔が仏様の顔に見えた。

知子と元也は久枝のいる介護施設に向かっていた。

麟太郎が久枝のところに行くといっていた、休みの日だった。その前日、知子のところに久枝から電話があったのだ。

「大事な話があります。明日の午後二時、元也と二人で先日の芝生広場まできてくださ い」

それだけいって、久枝は電話を切った。

午後の診察が終ったあと、すぐに麟太郎と八重子のところへ行き、知子はこのことを話した。

「大事な話か、いったい何だろうな。結婚の件なんだろうが、いいほうに転んだか悪いほうに転がったか——多分そういうことなんだろうが、とにかく胸を張って行ってくるといい。何たって知ちゃんには、元也君という頼もしいパートナーがいるんだからよ」

こういってから、

「俺のほうは、いつでもいいからよ。明日お義母さんに会ってもめたら、次の休みには俺が出ていくから。そして何とか、前向きの結果をよ」

麟太郎は思いきり知子に笑いかけた。

「はい、ありがとうございます。あの、それから私……」

消えいりそうな声を知子は出した。

「あのとき、お父さんの事件のことを盾に取って、叔父さんが私を……そのことを元也さんに話したほうが」

「いわんで、いい」

知子の言葉が終らぬうちに、麟太郎の大声が飛んだ。

「世の中にはいわないほうが、お互いの幸せになるってこともあるんだ。いくら相思相愛で隠し事なしだからといって、そんなことまでいう必要はまったくねえ。元也君にしたって、そんなことは聞きたくねえはずだし、いってもらいたくもねえはずだ。いいか、知ちゃん」

麟太郎が目を剝《む》いた。

「どんなに正直で、真っ当な人間でも、墓場まで持っていきたい秘密は必ずある。そう、必ずあるんだ。そしてその苦しい思いが、人間という生き物の優しさや愛《いと》しさ、慈しみの心を生み出してくるんだと俺は思うよ。いわば、隠し事は人間の必須条件だ。だから、いわなくていい。金輪際いわなくていい。なあ、八重さん」

「もちろん、そうですよ」

すぐに八重子が声を張りあげる。

「女が隠し事をしなくなったら、もうおしまいですよ。隠し事は女の特権と、神代の昔から決まっていますから。それに嫌なことや悲しいことなんて、くしゃっと丸めて、ぽいとすててしまえばいいんです。そうすれば無いも同然――というより、これはもう無いんです。ですから隠し事なんて、大威張りですればいいんですよ、知子さん」

発破をかけるようなことを八重子もいい、大きくうなずいてみせた。

介護施設の建物が見えてきた。

知子と元也は真直ぐ、芝生広場に向かった。

ベンチの横に車イスが見えた。すでに久枝はきていて二人が到着するのを待っていた。

二人の足が速くなった。

「すまない、お袋。待たせたようで」

肩で息をする元也に、

「私のほうが早くきただけだから、気にしなくてもいいよ」

何でもない口調で久枝はいった。

「ところで、大事な話って、いったい」

単刀直入に話を切り出す元也に、

「実は昨日、ある人がここを訪れました。その件でちょっと」

意味ありげな言葉を久枝は出した。

「ある人って誰です。誰がここにきたっていうんです」

勢いこんでいう元也に、

「それは知子さんのお父さんの、道人さんです」

久枝はとんでもない名前を口にした。

「父がここにですか。本当ですか、それは」

喉につまった声を知子はあげた。

「もちろん、本当です。こんなことで嘘はいいません」

昨日の午後二時を少し回ったころだという。

面会人がきているという知らせが入り、久枝がロビーに行くと中年の男が立っていた。男は丁寧に頭を下げてから、

「私、西垣道人といって、お宅の息子さんの元也さんとおつきあいをしている、湯浅知子の父です」

こう挨拶したという。

「あなたが、知子さんの」

まじまじと顔を見つめるが、とても殺人を犯したという凶悪な人間には見えなかった。

「こんな穏やかな場所に長居のできる真っ当な身ではないので、手短に話を進めさせていただきたいのですが、それでよろしいでしょうか」

こんなことをいう西垣に、

「もちろん、私も長話は嫌ですから、手短な話は大歓迎です。ただここでは話し声が周りに聞こえますから、外で」

といって、久枝はいつもの芝生広場に西垣を連れ出した。

久枝は車イス、西垣はその少し前に直立不動で立っていた。脇のベンチに座るようにいうと、

「私は分というものを、わきまえています。ちゃんとした人の前で、腰をかけて話をす

ることはできません。ご迷惑かもしれませんが、このまま立って話をさせていただきます」

西垣はこういって断ったという。

「私はどうでも構いませんよ。それで、あなたの話というのは」

「知子と元也さんが結婚するという話を小耳にはさみましたが、お義母さんである久枝さんが反対されていると聞きました。このことは本当でしょうか」

直立不動のまま訊いてきた。

「本当ですよ。殺人を犯した父を持つ娘さんと、大事な一人息子を一緒にさせるわけにはいきませんから」

久枝は単刀直入に、本音を西垣にぶつけた。

「それはまさに、その通りでしょうが。そこを何とか許してもらうわけにはいかないでしょうか。見たところ、知子と元也さんは相思相愛。私にはそう思えるのですが」

久枝は西垣の言葉を聞きながら妙な気分に襲われた。西垣の言葉はすべて伝聞と推測の域で、決してはっきりしたものではなかった。

話を小耳にはさんだとか、誰かに聞いたとか、見たところとか――当事者たちから直接聞いた話ではなく、様々な情報をかき集めてきて、それを何とか組み立てて現実を構築する。そんなように思えた。つまりこの道人という男は影のような存在で、表立って当事者たちに姿を見せていないのだ。いや、見せられないのだ。自分の犯した罪の大きさによって。

哀れ――そんな感情が久枝の胸にふと湧いた。おそらく、この直立不動の姿も角張った物いいも、長い刑務所暮しの習慣からきたもの。日陰しか歩けなかった人間。そんな気がした。

「ご承知のように、知子は小学五年生のころから親戚中を盥回しにされて、散々苦労をしてきた娘です。それがようやく手にした幸せ。何とかつかませてやってもらえないでしょうか。お義母さんの、お慈悲で」

西垣の声は震えていた。

「つかませてあげたいのは山々ですが、それを阻害しているのは、すべて西垣さん、あなたのせいですよ」

「それは、わかっていますが」

「何をいおうが、あなたは人殺し。それも女性がらみの殺人です。そんなことで人を殺すなんて、とても許されることではありません」

久枝は本音を西垣にぶつけた。そして、それはまさに正論だった。

「それはちょっと違います。真実はそれとは少し違います。今まで誰にも話してはいませんが、それは……」

妙なことを西垣が口にした。

唇が震えていた。

「違うって、何が違うっていうんですか」

「あれは、実は」

西垣は切羽つまった表情で久枝を見て、事件の真相をぽつぽつと語り出した。

そのとき西垣はバー勤めの女性と一緒になっていた。そして、自分の自堕落な過去をすてたいという思いなどもあって相手の西垣という籍に入ったが、その清美《きよみ》という女性は男癖が悪いことに一緒になってから気がついた。

結婚して二年目。そろそろ自分もお払い箱かと思っていたところへ「あんたに会ってほしい人がいる」と清美がいい出し、函館市の外れにある公園で夜の十時に会うことになった。

どうせ清美と別れろと脅されるか殴られるか——そんなところだろうと思っていたら、暗闇からいきなり男がナイフを手にして飛び出し、西垣に突きかかった。何とかそれをよけ、西垣は男に抱きついて地面に転がり、もみあいになった。そのときナイフの取り合いになってもつれ、ナイフはその男の心臓に突き刺さって呆気なく死んだ。

それが真相だと西垣はいった。

「でも、それなら正当防衛が成立して、あなたはもっと軽い刑になったんじゃないの。

そんな話は新聞に載ってなかったわ」

　久枝が疑問を口にすると、

「私が正当防衛を主張しなかったからです。それにあれは、単純な男女関係のもつれからの殺人事件じゃなく、保険金目当ての計画殺人でした」

　また驚くようなことを西垣がいった。

「あのころ私には、五千万円の保険がかけられていました。清美とその男は共謀して私を殺し、その保険金を受け取ろうとしていたのです。たぶん、そのために清美は私と結婚を……」

「保険金を受け取ろうって――保険金殺人の場合、警察も保険会社も詳細に受取人を調査するために、実際にお金を手にするのは不可能に近いと聞いてるけど」

「ですからあの二人は私を殺したあと、公園の脇に停《と》めてあった車で遺体をどこかに運んで埋め、警察には失踪届を出すつもりだった。そして七年間待てば」

「待てば、どうなるの」

　久枝は話に引きこまれていた。

「死亡と見なされて、ちゃんと保険金はおりる仕組みだと清美はいっていました。七年も過ぎた失踪事件を怪しむ警察などなくて、疑われることなく保険金は手に入るそうです」

「へえっ、そういう仕組みなんですか――でもそれならなおさら、西垣さんの刑は軽くなるんじゃないですか。それをなぜ」

最大の疑問だった。

「名前ですよ」

ぽつりと西垣はいった。

「刑は軽くなっても、まず無罪にはなりません。どちらにせよ私は人殺しの罪で、しばらくは刑務所に入れられます。そして人殺しの烙印《らくいん》は一生ついて回ります。それなら――」

「それなら、何？」

車イスの上で久枝は身を乗り出した。

「普通、夫婦の片方が殺人などの重罪を犯した場合、離婚というケースになるのがほとんどです。そうなると私は、元の戸籍の湯浅道人という殺人犯になってしまいます。それでは困るんです。湯浅ではなく、西垣という名の殺人犯で私は通したかったんです」

西垣はここで一呼吸置いてから、話をつづけた。

「それで私は清美にある交換条件を持ちかけました。もし、自分と離婚しないでいてくれたら、保険金殺人ではなく、単純な痴情殺人の犯人になってやってもいいと。むろん、清美はそれを受け入れました。私は急いで茂みのなかに死体を隠し、公園脇に停めてあった男の車に清美を押しこんで、いったんアパートに戻りました。そこで清美から、男と二人で計画した保険金詐欺の顚末を書かせた念書を取り、それを厳重に密封して、ある場所に隠してから、翌朝警察に自首しました。そして西垣道人の名で今に至っています」

一気にいって西垣は肩で大きく息をした。

「ちょっと、わからないことがあるんですが。なぜ西垣さんはこの名前に固執してるんですか。そのあたりが私には理解不能で」

「簡単な理由です。西垣ならよほど詳しく調べない限り、知子にはたどりつきませんが、湯浅という苗字《みようじ》ですと、すぐに知子に迷惑がかかってきます。理由はこの一点です」

「ああっ」

と久枝は呻き声をもらした。

「西垣さんは、ただそれだけのために正当防衛を主張しないで……」

「私にとってこれは、重大な問題です――元々は炭坑が閉山となって私は失業し、暮しが苦しくなって、ささいな諍いのあげくに妻が家を出ていきました。その後、私は荒れた生活を送るようになり、とどのつまりが私も知子を置いて出ていくことに。それから知子がどれほどの苦労をしたか。わかってはいるんですが、私の甲斐性では……辛いです。親として情けないです。ですからせめて、苗字ぐらいはと。学もなく力もない人間には、これくらいしか考えが及ばなくて。でも、これは私にとっては、重大な問題で……」


西垣は直立不動のまま、両肩をすとんと落して泣いていた。

久枝の胸を、妙な感動が包みこんでいた。

強いて言葉にすれば不条理ゆえの感動、わけのわからない心の呻きだった。

そのとき、ふいに西垣が動いた。

がばっと、その場に正座した。

額を地面にこすりつけた。

土下座だった。

つぶれた蛙のように、西垣はひれ伏していた。ぺしゃんこだった。

普段なら土下座など何と愚かなことをと、呆れ返る久枝だったが今日は違った。愚かな土下座が美しく見えた。貴く見えた。目に眩しかった。

「何とか知子を助けてやってください。お願いします、何とか」

西垣は泣きながら久枝に訴えた。

私はひょっとしたら、弱い者苛めの鬼だったのでは……そんな気持が久枝の胸に湧きおこり、同時に知子の顔がそれに重なった。愛しかった。可愛かった。そして悲しかった。

「西垣さん、頭を上げてください。お願いします、頭を。知子さんと元也のことは許します。結婚させますから、どうか頭を上げてください」

久枝は身を乗り出して叫んでいた。

西垣の体は、さらにぺしゃんこになっていた。

このあと西垣は何度も久枝に頭を下げてから、体を丸めるようにして帰っていったという。

久枝の長い話は終った。

「お父さんが、そんなことを！」

知子が叫び声をあげた。

ほんの少し父親を許す気持が胸に湧いていた。

「お袋、ありがとう。俺は必ず知ちゃんを幸せにするから」

元也の嬉しそうな声に、

「そうよ。重大責任よ。幸せにしないと、どこかの鬼に食べられてしまうから」

久枝は意味不明な言葉を投げかけた。

帰り道――。

「お父さんが土下座をして、お義母さんが結婚を許してくれたっていったら、大先生どう思うだろうね」

神妙な口振りの知子の言葉に、

「そして、土下座に反対していた八重子さんと若先生もね」

元也も、神妙な声で返した。

空を見上げると、真白な雲が気持よく泳いでいた。

第七章　手づくり結婚式

夜の九時を回ったころ。

『田園』の扉を開けてなかに入ると、なんと、カウンター脇のお立ち台で徳三が夏希と二人で嬉しそうにデュエットをしていた。曲は柄にもなく、ロス・インディオスとシルビアの『別れても好きな人』だ。

歌いながら夏希が奥の席を指差すと、すぐにアルバイトの理香子《りかこ》がやってきて、その席に麟太郎を案内する。どうやら徳三と相席のようだ。

「大先生は、ビールでしたよね」

理香子は麟太郎の返事も聞かずにカウンターに引き返し、冷たいビールとオシボリ、それに金平牛蒡《きんぴらごぼう》のお通しを運んできた。そして「すぐに、ママがきますから」といい、コップにビールをついで、カウンターに戻っていった。客の入りはまあまあだ。

理香子の言葉通り、それからすぐにデュエットは終りを迎え、夏希ママは徳三と一緒に奥の席にやってきた。

「大先生、お元気そうで何よりですね」

笑いながらいう夏希に、

「おいおい、お元気そうはないだろ。俺は一昨日もここにきてるぜ」

憮然《ぶぜん》とした面持ちで麟太郎はいう。

「だけど――昨日は、きてくれなかったじゃないですか。そこへいくと」

夏希は隣の徳三を、ちらっと見る。

「なるほどなあ。それで『別れても好きな人』か。最初は柄にもなくと思ったんだが、そういうことなのか」

ちょっと悔しそうにいうと、徳三が勝ち誇ったような表情で笑みを浮べた。

以前、徳三と夏希は結婚騒ぎをおこしたことがあったが――徳三の一人娘の「ごめんなさい、お父ちゃんと別れてください、お願いします」という必死の懇願に夏希が折れ、お流れになったという経緯があった。

「ということは、あの歌はママの希望だったというわけか」

何気なく口にすると、

「とんでもない。あれは親方の、たっての希望ということで。私はすんだことは、無かったも同然という主義ですから」

さらっといった。とたんに徳三の顔から笑みが消え、いかにも情けない顔に変った。

すから、早く」

「そんなことより、大先生。早く麻世さんを、ここに連れてきてくださいよ。お願いで

夏希は両手を合せた。

「麻世を銀座のホステスにする、最後の手段という、あれか」

「そうですよ。早く連れてきてくれないと、肝心要《かなめ》の私が、年を取ってしまいます。ですから」

どうやら夏希は本気のようだ。

「そういわれても、麻世のほうが気乗りのしねえ、話だからよ。なかなかよ」

「ですから、最後の手段」

きっぱりといいきる夏希に、

「その最後の手段なんだけどよ。いったい、どうやって麻世を口説くつもりなのか。やっぱり俺たちにゃ、教えてくれねえのか」

興味津々の思いで麟太郎は訊く。

「当たり前ですよ。戦《いくさ》をしている相手の大将に、手の内を曝《さら》け出す人はいませんよ。そんなことをすれば効果は半減――いや、無くなってしまうかもしれません」

やけに真面目な顔で夏希はいった。

「戦なあ……」

呟くようにいう麟太郎に、

「なら、その件、よろしくお願いしますよ、大先生」

夏希は麟太郎と徳三に手をひらひら振って、その場を離れていった。

「相変らずだな、夏希ママは」

ぼそっと麟太郎が口に出すと、

「そうだな。夏希ママは、いつでも潔い。そういうことだな。ところで、麟太郎。先日は悪かったな、西垣さんのこと」

珍しく徳三が頭を下げてきた。

「いいってことよ。何はともあれ、あの件は落着したからよ」

「そうか、落着したのか。そりゃあ、良かった。胸のつかえが下りた感じで安心したよ。それはそれとして、大先生」

真直ぐ麟太郎を見てきた。

「いってえ、西垣さんとおめえ、もしくは知ちゃんとは、どんな繋がりがあって、何がおきてるんだ」

麟太郎は目を伏せた。いくら徳三といえども、知子と西垣との事の成行きを正直に話すわけにはいかない。

「親方、こらえてくれねえか。ここは何にもいわねえで、ぐっと腹んなかにおさめてよ。

これは人の生き死にに関わることで、簡単に大っぴらにはできねえことだからよ、ここはよ」

ちょっと大袈裟なことをいい、今度は麟太郎が徳三を真直ぐ見つめて頭を下げた。

「わかった。みなまでいうな麟太郎。これは北島三郎の『兄弟仁義』の世界だな」

妙なことをいう徳三に訝しげな視線を向けると、

俺の目をみろ　何んにもいうな
男同志の　腹のうち
ひとりぐらいは　こういう馬鹿が
居なきゃ世間の　目はさめぬ……

上機嫌で歌の文句を口にした。

「そうだな、それだな。それで納得してくれれば本当に有難い、恩に着る」

「俺っちも、筋が命の江戸っ子の端くれだ。そうまでいわれりゃ、この問題には金輪際、首を突っこまねえことを約束する。見ざる、聞かざる、言わざるを押し通す。男の約束だから、心配いらねえ」

芝居がかったことをいうが、徳三がこの手の物言いをするときは本気の印だ。約束したことは必ず守るはずだ……麟太郎にしても似たような性格ではあるけれど。

「首を突っこまねえといった親方には悪いがよ。今度、西垣さんがあの空き家に帰ったときは、内緒で俺に教えてくれねえか。むろん、理由は訊かずによ」

遠慮ぎみに麟太郎はいう。

「合点承知之助——何にもいわずに、おめえのところに電話させてもらうぜ」

薄い胸を張る徳三を目の端に見ながら、西垣はもうこちらには戻ってこないのではと麟太郎は思う。影に徹しなければいけない人間が、西垣という名前で久枝の前に躍り出てしまったのだ。それを思うと、もう。いや、しかし……。

あの土下座の一件のあと麟太郎は知子に、

「どうだ、知ちゃん。西垣さんも、いいとこがあるじゃないか。だからというつもりはないが、このあたりで少しはお父さんを許してやって、一度会ってみてはどうだろうか」

こんなことを訊いてみた。

「すみません。許してやってもという気持は徐々に湧いてきてるんですが、そうかといって積極的に会おうという気持は、まだというか」

知子は煮え切らない返事をして、言葉を濁した。正直な気持だと思った。機はまだ熟していないのだ。仕方がなかった。

徳三から電話があったのは、それから三日後のことだった。

「昨日の夜、あの空き家に様子を見に行ったら灯《あか》りがともっていて、なかを覗くと西垣さんが戻っていた。何気なく状況を訊いてみると、二、三日はここにいるといっていた。だから、会うなら今夜だ」

徳三はこういってから、

「もちろん、おめえのことも、知ちゃんの名前も一切出してねえから大丈夫だ。ふらっと、様子を見に寄っただけという、いつもの態度をとったからよ」

こんなことをつけ加えた。

その夜の八時頃。

麟太郎は一人で、西垣が住む空き家に向かった。

玄関前に立ち、引戸を軽く叩くと「はい」という返事がすぐに聞こえた。引戸の向こうに人の気配を感じ、

「どちら様ですか」

という重い声が耳を打った。

「私は以前、西垣さんの盲腸の手術をした、浅草診療所の真野麟太郎というものですが、西垣さんにちょっとお話が――」

正直に名乗った。

引戸の向こうを静寂が包んだ。

これは門前払いかと思ったとき、目の前の引戸がゆっくりと開いた。

「あの折りは、お世話になりました。そして、これまでも知子が大変なお世話になり、何とお礼をいっていいのか。本来なら恥ずかしくて先生の前に出られるような身じゃありませんが、ここは恥を忍んで……」

西垣は少し言葉を切り、

「どうぞ、お上がりください。真野先生」

丁寧にいって麟太郎をなかに誘い入れ、奥の六畳間に通した。ほとんど何もない簡素な茶の間だった。

麟太郎と西垣は、小さな卓袱台《ちゃぶだい》を間にして向かいあった。二人とも正座だった。麟太郎の前には、冷たい麦茶の入った湯飲みが置かれている。

「すみません。他の部屋は、ほとんど掃除もしていませんもので」

恐縮した顔で西垣は頭を下げる。

「いえいえ。男所帯なら、どこでも同じようなものですよ。うちだって、つい最近までは似たようなもので――いや、これは余計なことでした」

麟太郎は、ひとつ空咳をして話の接穂《つぎほ》を探すがなかなか見つからない。

「網走でしたか……ご苦労様でした」

ええい、ままよと、網走の名前を出した。

「はい、八年間、向こうでお世話になりました。まったく駄目な人間です」

抑揚のない声で西垣は答える。

「私も何年か前に旭川《あさひかわ》で学会があり、その際ちょっと足を延ばして、網走まで行ったことがあります。自然の綺麗なところでした」

「ああ、そうだったんですね」

ほんの少し、西垣の口調から硬さが取れたような気がした。

「ただちょっと残念だったのが、網走駅の前に、渥美清さんの寅《とら》さんシリーズと、吉永小百合さんの『北の桜守《さくらもり》』のロケ地の案内はあったんですが、高倉健さんの『網走番外地』の名称がまったくなくて。その代り、『博物館　網走監獄』のほうには映画のシナリオや写真も満載で、妙な表現ですが溜飲《りゆういん》が下がりました――すみません、勝手なことばかりいって。私、高倉健さんの大ファンで。しかし、悲しい歴史を秘めた場所なんですね、あの刑務所は」

遠慮ぎみにいう麟太郎に、

「そちらのほうにも行かれたんですね。先生のおっしゃる通り、明治時代の網走刑務所は、人を人とも思わぬ大変なところだったようです。囚徒は北海道開拓の強制労働者としてかり出され、牛馬のように扱われて、そのために数百人が亡くなっています。まさに人間の使いすてです。私もそのころ、収監されていたら、確実に死んでいたでしょうね」

西垣は視線を落して淡々と語った。

「申しわけないです。生半可なことを口にしてしまい、嫌なことを思い出させたようで。どうも私は能天気なところがあって、自分でも時々恥じております」

麟太郎は西垣に頭《こうべ》を垂れる。

「とんでもない、そうした歴史を秘めた刑務所に入れられるというのも、すべて私の業《ごう》の深さからだと思います。情けない人間です。人間の屑です。恥ずかしいです」

西垣も麟太郎と同じように頭を垂れた。

「しかし、そんな悲しい歴史を秘めた網走刑務所も今は明るくて開放的で——さらに人道的なとでもいいますか」

その場をとりつくろうように麟太郎がいうと、

「あそこに行ってきたということは、ひょっとして先生は、食堂で監獄食を食べてきたんじゃないですか」

それに応えるように、西垣も柔らかな話題を口にした。

「食べました。驚きました。煮物やサラダ、それに小ぶりでしたが、サンマが一匹ついていました。妙なことをいうようですが、うちの食卓よりずっと立派な気がしました」

「以前に較べて、食事は随分よくなったと聞いています。すべて、みなさんの税金からなのに、申しわけない気が――そんな思いでいつも有難く頂いておりました」

ほんのちょっと、西垣の顔に笑みのようなものが浮び、周りにも少し和らいだ雰囲気が漂った。麟太郎の胸にもわずかだったが余裕のようなものが生まれた。

「そろそろ、本題のほうに移らせてもらっても」

こう切り出した、

「もちろんです。先生はそのために、ここにいらっしゃったんでしょうし、私は何をいわれても大丈夫ですので」

小さくうなずいた。

「西垣さんのおかげで、知ちゃんと元也君がめでたく結婚できるようになり、まずは、お礼をいわせていただきます。本当にありがとうございました」

麟太郎は頭を下げてから、

「ところで、西垣さんはどうやって元也君のお母さんが入っている施設を知ったんでしょうか」

最初の疑問点を訊いてみた。

「知子をずっと見守っていました。私にはそれしか術がありませんでしたから。ある時、二人の結婚が元也君のお母さんから反対されているというのを小耳にはさみ、次の日から知子の動向をさぐりました。その結果、知子と元也君がファミレスで会う現場を目にし、そのあと、その後ろの席に座って話を聞いて、次の休みにそのお母さんのいる施設に二人で行くという情報を得ました」

視線を膝に落し、西垣は伏目がちで話をした。

「それでその休みの日も二人の後をつけて、その施設の場所を知った。そういうことなんですね」

「はい。申しわけないです。一事が万事、私の情報のすべては噂話と後をつけること――この二点で私は知子の現在を知り、知子の行動範囲を知りました。表立って誰かに訊くことができない以上、この二つを駆使して動くしか方法はありませんでした。情けない話です」

「そうかもしれませんが、噂話と尾行からっていうのは、かなりの忍耐力と努力がいるんじゃないですか。考えるだけで、頭が下がる思いです」

吐息まじりに麟太郎はいう。

「忍耐力は、刑務所に入って徹底的に体で覚えましたし。知子は私のたった一人の、そして莫迦な父親のために、苦労ばかりをさせてきた不憫《ふびん》すぎるほどの子供です。向こうに入っていたときも、一時たりとも頭から離れたことはないです。集中力と反省の心

——この二つを養う場所として、刑務所ほど確かな場所はありません」

最後の言葉を西垣は、自分にいい聞かせるようにいった。

「もうひとつだけ、疑問点を伺いたいんですが。知ちゃんは北海道の親戚の家から逃げるようにして、何の当てもなく東京にやってきた子です。つまり、知ちゃんの居所は親戚の人といえども知らないはずなのに、西垣さんはそれを知っていて、診療所の近所に住むようになった。正直いって、これがまったくわかりません。いったい、どんな手を用いて西垣さんは知ちゃんの居所を」

「それは――」

西垣は一瞬絶句した。

「神の領分です、運命です」

不思議な言葉を口にした。

「私も北海道の刑務所を出て、何の当てもなく東京へやってきました。東京駅に着いたのは日曜の夕方で、駅の構内は人でごった返していました。そんななかを私はゆっくり歩いていたんですが、そのとき――」

西垣は、ぷつんと言葉を切って宙に視線を漂わせた。そして、

「一組のカップルの姿が、私の目にふいに飛びこんできたんです。それが知子と元也君の二人でした。知子とは小学五年のときに別れて以来、一度も会ってはいませんでした

が、私には、それが知子であることはすぐわかりました。私の体の真中を電気のようなものが貫きました。本当に何かが貫いたのです。私の目を覚まさせたのです。偶然というには余りにも恐ろしく、私にはそれが単なる偶然とはとても思えませんでした。神の御加護、神の奇跡……私は夢中になって、二人の後を追いました。そして、知子の居所を知りました」

話し終えた西垣は、肩で大きく息をした。

「東京駅の雑踏のなかから、別れ別れになっていた知ちゃんの姿を発見したんですか……それはまさに、奇跡ですよ。奇跡としか、いいようがないですよ」

上ずった声を麟太郎は出した。

しばらく無言の状態がつづいた。

「何はともあれ――」

麟太郎が静寂を破った。

「西垣さんはこの広い東京で知ちゃんにめぐり合い、そして、知ちゃんの結婚のために大きな働きをした。これは事実です。やはり何らかの力が働いているとしか……いるんですよ、神様はどこかに。そう考えるのが一番妥当なような気がします」

麟太郎のこの言葉に、

「そうですよね。不思議すぎますよね、奇跡ですよね」

珍しく西垣が疳高い声をあげた。

「ところで先生。私は知子がどうして、先生の診療所にお世話になることになったのか、その間の事情をまったく知りません。もしよければ、そこのところを……」

遠慮ぎみに西垣はいった。

子を思う親の顔だった。

そんな西垣を見て、麟太郎はすべてを話そうと思った。いいも悪いも、すべてのことを。それが西垣に対する礼儀のような気がした。

「実は……」

といってゆっくりと口を開いた。

東京に出てはきたが何の当てもない知子は、上野界隈を根城にする半グレグループの一員になり――そのグループのなかの山形という男が知子に手を出し、無理やり一緒に暮すようになったと、麟太郎はまず話した。

そして、そのグループから一旦は逃げ出したものの、様子を見に行ってみたのが災いして同棲していた山形に見つかって背中を刺され、その知子の手術をしたのが麟太郎の息子の潤一だったこと。その縁で知子はしばらく麟太郎の許に身を置き、高卒認定の資格を取って定時制の看護学校に通うことになり、その後、真野浅草診療所に勤めるようになった詳細を要領よく西垣に話した。

「そんなことが……」

話を聞き終えた西垣はこれだけを口にして、しばらく黙りこんだ。

「そんな辛い思いを知子は……それに、そんな知子を先生たちは温かく見守って」

言葉をつまらせながら、西垣は何度も麟太郎に頭を下げた。そして、

「あまえついでに、もうひとつだけ先生に、お訊ねしたいことがあるんですが」

沈んだ声でいった。

「私が盲腸で、先生の診療所に運ばれたとき、知子は私の顔を見ても何の反応も示しませんでした。あれはいったい。知子は私なんかの顔は、すっかり忘れ去っていたんでしょうか。それがやはり、気になりまして」

「それは……」

麟太郎は、事実を明らかにしようと思った。むろん、実の叔父から受けた、悲惨な暴行の件だけは除いて。

「あれは、記憶の改竄です」

と口にしてから、北海道での一連の出来事の結果、知子が嫌な記憶のすべてを無意識のうちに書き換えていたことを丁寧に西垣に話した。身動《みじろ》ぎもしないで聞いていた西垣は、麟太郎の話が終ったとたん、卓袱台に突っ伏した。

「みんな私が悪いんです。知子の不幸の原因は、みんな私なんです」

こういって、体を震わせて泣き出した。

子供のように、泣きじゃくった。

どうしようもなかった。黙って泣きじゃくる西垣を見ているしか、麟太郎に術はなかった。

十分ほどが過ぎた。

ようやく西垣は、ゆっくりと顔をあげた。

「すみません。みっともないところを見せてしまいました」

低い声でいって、西垣は頭を下げた。

「そんなことは、まったくないですよ。親なら誰しも西垣さんと同じようになるでしょう。自然の姿ですよ」

麟太郎は労りの言葉を口にしてから、

「そんなすぐあとに、こんなことを訊くのは酷かもしれませんが、西垣さんは知ちゃんに会いたいとは思いませんか。もちろん、正式にです」

できる限り、優しい口調でいった。

「知子に、正式にですか」

西垣は驚いたような表情を浮べ、

「そのことに関して、知子は何かいってましたか」

まず、こういった。

「知ちゃんは、今はまだちょっと無理だといってましたが――」

と、知子から聞いた通りの言葉を、注意深く西垣に伝えた。

「そうですね。まだ無理でしょうね。というより、私はこの先、知子に会うのはよそう、いや、会わないほうがいいんじゃないかと思っています」

「会わないほうがいいって――そんなこと。たった一人の娘さんですよ。むろん、今まで様々な行き違いがあったことは確かです。しかし、何があろうと、そんなことは時が解決してくれると私は思っています。今は無理でも半年後、そして一年後には。こうしてすべてが明るみに出た以上、そのすべては時が経《た》つにつれて洗い流されて、少しずつ汚れが取れていくように思います」

麟太郎は西垣を射るように見た。

「だから、逃げては駄目です。逃げれば、いつまで経っても汚れは汚れたままです。逃げずに真正面から相手と向き合えば、それこそ、そこには奇跡もおきるはずです。いや、おこせるはずです」

諭すようにいった。

「奇跡はおきるもんじゃなくて、おこすものですか」

ぽつりと西垣がいった。

「私はそう思います。東京駅での知ちゃんとの出会いも、西垣さんの強い思いが、あの奇跡を引きおこしたんです。だから、逃げては駄目です。一生懸命、強い思いを胸にして頑張るんです。そうすれば必ず」

西垣の反応はなかった。

「それに西垣さんは、ただの殺人者ではありません。あれは完全に正当防衛で、たまたまの結果なのでしょう。そういうことも踏まえて、もっと西垣さんは前向きになって」

こういって麟太郎は何度も励ましの言葉を西垣にぶつけてみたが、最後まで西垣が首を縦に振ることはなかった。

次の日、西垣に会ったことを知子に話してみたが「そうですか」といったきり、そのあとの言葉は何も出てこなかった。知子は知子で、まだ、踏ん切りはつかないようだ。

八重子にも詳細を話したが、

「まだ、時間が足りないんです。早急に事を解決しようとしても無理が生じるだけです。もっと長い目で、もっと優しく見守ってやれば大先生のいうように、いつか必ず奇跡はおこせるはずですよ」

眉を曇らせて、こんなことを口にした。

夕食が終ってから――。

麟太郎は麻世と潤一にも、西垣とのやりとりの詳細を話して聞かせた。

「やっと、胸のつかえが下りた。西垣さんが知ちゃんの居所を知ったのは、偶然の産物だったのか。まあ、稀《まれ》にそういうことはあるんだろうな」

潤一が一人で納得していた。

が、そこに麻世が嚙みついた。

「そんな偶然、あるわけないだろ。あるとしたら、やっぱり奇跡だよ。西垣さんの強い力が、知ちゃんを引きよせたんだよ」

珍しく真剣な表情で麻世はいう。

「いや、麻世ちゃん。奇跡というのは、そう簡単におきるものじゃなくて、たとえばローマ・カトリックの総本山、バチカン市国では奇跡審議会というのがあってね。そこで世界中でおきた様々な宗教的な奇跡を審議するんだけど、ほとんどが認められないというのが現状で――」

といったところで、潤一の言葉がぴたっと止まった。麻世が睨みつけるような目で、潤一を見ていた。

「麻世ちゃん。俺、何か変なことをいったのかな」

恐る恐る潤一が声をあげた。

「何をいおうと、おじさんの自由だけど。いったいおじさんは、誰に向かって話をしているんだ」

「そりゃあ、親父とか麻世ちゃんとか」

「だから、私はそういう理屈っぽい話が大嫌いだってことは、おじさんだってよく、わかってるはずなんじゃないの」

「それは、まあ」

潤一の声が沈んだものに変った。

「それにどうして、こんないい話を認めようとしないで、わけのわからない理屈を並べ立てて否定するのさ。素直に認めれば、それでみんなも気分がよくなって、すんなり話はまとまるんじゃないの。それに――」

まだ麻世の話はつづきそうだ。麟太郎はうんざりした気分で、そろそろ間に入ったほうがと口を開けかけたところで、スマホが音を立てた。

出てみると、知子からだった。

「大先生、ちょっと大変なことが」

泣き出しそうな声を、知子はあげた。

「どうした。何があった、知ちゃん」

麟太郎の大声に、それまでいいあっていた麻世と潤一がこちらを見るのがわかった。

潤一は、ほっとした顔をしていた。

「山形が刑務所から出てきました。診療所の近くで私は待伏せされて、今まで喫茶店に引っ張りこまれて」

「山形っていうのは、東京に出てきて一緒に暮していた半グレで、知ちゃんをナイフで刺して刑務所送りになった男だな」

確かめるように麟太郎はいう。

「その山形です。その山形が刑期を終えて、刑務所から出てきて、私に」

「知ちゃんに、どうしたんだ。何かいったのか、何かやらかしたのか」

怒鳴るようにいう麟太郎に、

「あの、電話では何ですから、これからそっちへ行ってもいいですか」

切羽つまった声で、知子はいった。

「もちろんいいさ。それならみんなで待ってるからよ」

麟太郎の声に「はい」という声が聞こえ、電話はぷつりと切れた。

「大先生のご心痛、お察しいたします。ここに至って、まさか元カレの山形が出てこようとは」

表情を硬くして、傍らの八重子がいった。

「そうだな。こんな展開になろうとは誰も想像をよ」

麟太郎は診察室のイスに座ったまま、太い腕をくむ。

「大体、どうしてその山形という男は知ちゃんの居所を知ったんでしょうね」

首を傾げる八重子に、

「麻世の話では、半グレたちの情報網を侮ると痛い目にあうってことだったな。つてを頼りに、あっちこっち辿《たど》って調べれば、自分たちに関わっていた人間の居所ぐらいはけっこうわかるとな」

うんざりした表情で麟太郎はいう。

「ワルはワルなりに、きっちりした情報網を持っているということですか。油断のできない連中ですね。まあ、いろんな情報は彼らの生命線ともいえるものでしょうからね」

八重子は小さな吐息をもらす。

知子が麟太郎の許に駆けこんできた翌日、午後の診療が終って、麟太郎も八重子も一息ついたときだった。

「でも大先生、山形という男は知ちゃんに対する傷害罪だけじゃなく、他に余罪もあって長期刑になってたんじゃないですか」

八重子の問いに「それがだな」と麟太郎は、昨夜、知子から聞いた話の詳細をさらに口にする。

山形は服役中、改悛《かいしゅん》の情が著しいということで刑期をかなり残して仮釈放ということになり、ひと月ほど前に刑務所を出てきたと知子はいった。そして知子の居所を探りあて、勤めの終る時間を見計らって待伏せし、近くの喫茶店に引っ張りこんだ。

「俺は、あっちでは模範囚だった。なぜだかわかるか、知子」

と、山形は訊いたというが、むろん知子にわかるはずがない。

「塀のなかに放りこまれて、俺の頭のなかにくる日もくる日も浮んでいたのが、お前の顔だった。俺はお前に真底惚れていたからな。だからこそ、あんなことをしでかしたんだが――それについては謝る。ほらこの通りだ」

知子に向かって会釈をするように頭を下げ、

「俺はここを出たら、お前ともう一度やり直したいと腹の底から願った。むろん、ちゃんとした暮しをだ。そのためには一日でも早くここを出なければと考えた。だから模範囚に徹して、誰よりも真面目な態度で刑に服した。その結果」

仮釈放を得ることができたと、山形はいった。

そして知子に復縁を迫った。

知子は終始視線を床に落して、無言だった。

山形は自分と一緒に暮してほしいと、懇願した。

嫌な時間が流れた。

「私には……」

ぽつりと知子がいった。

「好きな人がいます。その人と結婚するつもりです」

ようやくいえた。

山形の顔色が変るのがわかった。

「てめえ、知子。俺というものがありながら、よくもぬけぬけと、そんなことを。いい気になるのも、いい加減にしやがれ莫迦野郎が。俺は絶対に、てめえを離さねえからな」

がらりと口調が変り、知子の顔を睨みつけた。鬼の形相だった。

怖かった。知子はさっと立ちあがり、店の扉に向かって走った。表に飛び出した。

これが昨夜の出来事だった。

「そんなことが……」

聞き終えた八重子は低い声でいい、

「そうなると、おそらく山形はまた……それで大先生は、どうなさるおつもりですか」

麟太郎の顔を凝視した。

「どうすることもできねえ。危害を加えられたわけでも、威《おど》されたわけでもねえ。これでは、いくら何でも警察に被害届を出すわけにもいかねえ。ただ――」

困惑の表情を麟太郎は浮べる。

「この話を聞いた麻世が熱《いき》り立ってよ。そんなヤツは私が半殺しにしてやる。その男の姿を見かけたら、すぐに自分のスマホに電話しろと知ちゃんによ」

「ああ、そういうことなんですね。確かに麻世さんなら、たとえ相手が凶器を持っていたとしても、そんな男の一人ぐらいは何とでも。でも、あの性格ですから、やりすぎてしまうということも……」

八重子の語尾が震えた。

「そういうことだ。今度は逆に、麻世のほうが警察に引っ張られることになる。そんなことにでもなったらよ」

「それは駄目です。あの子もようやく、真っ当な道を歩き始めたところです。それを台無しにさせるわけにはいきません」

叫ぶように八重子はいった。

「むろん、そんな結果になることは絶対にな」

麟太郎は宙を睨みつけた。

そして数日後、さらに大変なことがおきた。

これも午後の診察が終了して、麟太郎と八重子が肩の力を抜いたときだ。知子が青い顔をして診察室に入ってきた。

「どうしたの、知ちゃん。また、山形が姿を現したの」

　柔らかな声を八重子がかけると、

「いえ、その話ではないです。実は——」

　知子は一呼吸置いてから、

「実は、元也さんのお母さんが倒れました」

　泣き出しそうな声でいった。

「倒れたって、いってえ、何の病気で倒れたっていうんだ。知ちゃんたちの話では、体は不自由でも久枝さんは元気一杯の毎日を送っているようだったが」

　久枝は二年前に交通事故にあって車イス生活を余儀なくされ、現在は元也の職場でもある介護施設に入っていた。

「お義母さんは、スキルス性の胃癌《いがん》に……」

　蚊の鳴くような声だった。

「スキルス癌っ」

　麟太郎は呻くようにいってから、

「けど、いくらスキルス癌たって、発見が早ければ何とかよ」

　声を絞り出した。

「実はもう三月ほど前から症状があって、かかりつけの医師も施設のほうも、病名は承知されていたんですが、元也さんと私には絶対に黙っていてくれとお義母さんが……」

「久枝さんが、周りに口止めしたっていうのか。それはまた」

「知らせたって治るものじゃないし、心配させるだけで何の益にもならないからって、お義母さんが。私は普段のままの生活で、普段のままの姿をあの子たちには見せて死んでいきたいからって」

叫ぶように知子はいった。

「気丈な久枝さんらしい言葉だが。病状のほうはどうなんだ。ステージの段階は、いくつなんだ」

麟太郎も大きな声をあげる。

「ステージも何も、担当医の話ではあと、二カ月もつかどうかって。三カ月ほど前、すでに腹膜播種《ふくまくはしゅ》が酷くて、今の医学では手術も無理で、あとは抗癌剤の投与とたまってくる腹水を抜くことぐらいしかできないって」

「抗癌剤と、腹水ドレナージのみか……」

独り言のように麟太郎はいい、

「無力だな、今の医学は。情けなくて、泣けてくるな」

湿った声を出した。

スキルス性癌とは通常の癌とは違って、患部の表面粘膜に発症するものではなく、そのなかに浸潤してもぐりこみ、木が根っこを張るように増殖していくものだった。このため表面には変化が出づらく、症状も顕著なものが見られなくて見つけるのが難しかった。そのうえ、スキルス性癌は進行が著しく早く、発見したときには手遅れという場合も多くて麟太郎は昨年、同じスキルス性の胃癌で、幼馴染みの水道屋の敏之《としゆき》を亡くしていた。

「元也さんがこの話を聞いたのは昨日の夕方で、すぐ私に連絡をくれて私も施設のほうに駆けつけたんですが……お義母さん、ベッドの上に横たわって」

知子はちゅんと鼻をすすった。

「ごめんね、知ちゃん。こんなことになってしまって。一時は結婚を反対していた私がこんなことをいうのは、おこがましいんだけれど、元也のことをよろしく頼みますね。お金も地位も何にもない息子だけれど、お願いしますね、知ちゃん」

そういって久枝は知子に向かって、手を合せたという。

「お義母さん、駄目です。そんなこといっちゃ。もっと元気を出して、もっともっと長生きしてくれなくちゃ」

叫んだ。

「そうだよ、お袋。もっと元気を出さなきゃ。治る病気も治らなくなるよ」

元也も叫んだ。

「今まで必死になって元気を装ってきたけれど、もう限界みたい。あとは、そのときがくるまで静かに待つことにね。ただ――」

久枝の両目が潤んだ。

「あなたたちの、結婚式が見たかった」

掠れた声でいった。

「ああっ」と元也が悲鳴をあげた。

一瞬、周りが静かになった。

「元也さん。結婚式、挙げよ。何としてでも早急に、結婚式、挙げよ」

叫んだのは知子だ。

「早急に結婚式って、そんなこと。早急に式場を押えるなんて、そんなこと」

オロオロ声を元也があげた。

「探してみなきゃ、わからない。きっと、どこかにある。どこかにあるはず。ねっ、お義母さん」

久枝の顔を見ると、嬉しそうに小さくうなずくのがわかった。とたんに、知子の鼻の奥が熱くなった。

「もし、そんな嬉しいことが実現するなら、そのときは」

久枝は知子の顔を凝視した。

「知ちゃんの、お父さんも呼んであげて。私の最後のお願いだから」

こういって久枝は、ふわっと笑ったという。

「西垣さんを、結婚式に——久枝さんはそういったのか」

話を聞き終えた麟太郎は喜びの声をあげた。

「で、知ちゃんは、どうするつもりなんだ」

たたみかけるように訊いた。

「私は、お義母さんがそう望むのなら、呼んでもいいと——でも、どっちみち、あの人とは連絡の取りようがありませんから」

あの人と知子はいった。

「そうかもしれんが、もし可能なら、俺のほうからも、ぜひ西垣さんをな。俺も連絡がつくように頑張ってみるからよ」

麟太郎の言葉に知子はこくっとうなずくが、西垣と連絡といっても頼みの綱は徳三くらいで他に術はなかった。

「それで、式場のほうはどうなの」

八重子が心配そうな声をあげた。

「昨日の夜から今日のお昼休みまで何十箇所も電話してるんですが、今のところは、どこも埋まっていて早急というのは無理だと。二箇所だけ、夜遅くてもいいのならという式場もあったんですけど、病を抱えたお義母さんのことを話すと、とたんに尻込みされて」

沈んだ声を知子はあげる。

「いちおう今月は、ジューン・ブライドになるから、式を挙げるカップルが余計に多くなってるのかもしれませんね」

慰めの言葉のようなものを八重子がいうと、

「あの、ジューン・ブライドというのは。聞いたことはあるんですけど、よくわからなくて」

怪訝そうな声を知子が出した。

「えっ、西洋では六月の神様が女性と結婚生活の守護神のジュノーであることから、この月に結婚すれば幸せになれるということで……でも今の若い人には、あまり関係なさそうですね」

博学なところを八重子は見せるが、ちょっと残念そうな口振りだ。

「あっ、そうなんですね。じゃあ、私、今月、式が挙げられるように、もっともっと頑張って探してみます。でも……」

知子は語尾を濁してから、

「私たちの結婚式って、参加人数が少ないんです。だから出席者の数を式場に伝えると、とたんに対応に熱がなくなって……お金になりませんから。私のほうの親戚は、大先生たちが知っての通りですし、元也さんのほうもお父さんが亡くなってからは頼られるのを嫌ってか、どんどん疎遠になって今ではつきあいはほとんどないといってましたし。きてくれるのは大先生たちと、私と元也さんの友達、数人だけですから」

一気にいって目を伏せた。

「結婚式なんてのは、本当に祝ってくれる人間だけでやればいいんだ。義理でくるやつが多すぎると、文句ばっかしが出てうるさくてかなわん。それにやたら金がかかって若い連中には重荷になる。本当に金がいるのは結婚したあとだ。だから、少人数の結婚式がいちばん、万々歳だ。なあ、知ちゃん」

労るようにいう麟太郎に、

「はい、私もそう思います。だから、少人数だからといって卑屈にならず、胸を張って式場を探します。何としてでも見つけます」

知子はそういって、唇を嚙みしめた。

一週間が経った夕食時。

食堂のテーブルには、八重子と知子がいた。いろんな意味での中間報告だった。夕食の献立はカレーライス。むろん、つくったのは八重子だ。

カレーを食べ終り、コーヒーがテーブルに並んだところで、潤一が口を開いた。

「どうだ、知ちゃん。義母さんの具合は。式に出られそうかな」

心配そうな口振りだ。

「腹水を抜けば、体のほうは安定しています。長時間でなければ、何とか式に出席できそうです」

ほっとしたような顔でいうが、

「でも、式場はまだ見つかりません。数えきれないほど電話もしましたし、実際に式場にも行って交渉をしてみたんですけど、やっぱり駄目でした」

小さな声でこういって肩を落した。

「やっぱり、駄目か」

くぐもった声で潤一はいい、

「親父、どこか、親父の顔の利くような式場はないのか」

ほんの少し、声を荒げた。

「すまんな。警察とヤクザには顔が利くが、そういった上等な場所は、さっぱりわからねえ。申しわけねえが、お手上げだ」

すまなそうに麟太郎は声を出す。

「そうなると、どうしたらいいんでしょうか。とにかく、どこかで式場を借りなければ悲しいことに」

これは八重子だ。本当に悲しそうだ。

しばらく沈黙がつづいた。

「いっそ——」

沈黙を破ったのは、それまで一言も喋らなかった、麻世だ。みんなの視線が一斉に麻世に向かった。

「どうした、麻世。何かいいたいことがあるのなら、はっきりいえ。今はみんな、藁《わら》にも縋《すが》る思いだからよ」

発破をかけるようにいう麟太郎をちらっと眺め、

「どこの式場も駄目なら、いっそこの診療所でやればいいんじゃないか。ここは大正ロマン風というか、古ぼけた点さえ除けば、けっこう渋くてシャレた雰囲気があると私には思えるんだけど」

遠慮がちにいった。

ざわっと室内がどよめいた。

「なるほど、そうか。結婚式は結婚式場で挙げなきゃならんという、法はない。いや、灯台下暗しだった。考えてみりゃあ、昔の結婚式はみんな自宅で挙げたもんだ。何も高い金を払って無理して式場で挙げることなどは、ないんじゃねえのかな。俺もそう思うけどよ」

古ぼけただけは余分だろうと思いつつ、麟太郎は何度もうなずく。

「大先生のいう通り、ここの待合室は重厚な腰板が張り巡らしてありますし、同じような木製の長イスも並んでいます。窓も木づくりの洋風ですし、雰囲気は、ちょっとした教会ですよ。結婚式にはぴったりですよ。私は大賛成です、知ちゃんさえよければ」

八重子が上ずった声をあげた。

「私も、ここなら充分すぎるほどです。改めて待合室を思い浮べてみますと、八重子さんがいったように年季の入った教会のような気もしてきましたし……そして私、皆さんの意見を聞きながら、看護学校を卒業するときの戴帽式《たいぼうしき》を思い出しました」

戴帽式とは看護学校の課程を学んだ学生たちが、看護師が頭に載せる看護帽を戴《いただ》く厳粛な儀式だった。

「あのときは決して重厚な雰囲気のある場所ではなかったんですけど、室内を暗くして四方八方に蠟燭《ろうそく》を立てて火を灯《とも》して……それだけでも厳かで身のひきしまる気持になりました」

当時を思い出したのか、知子は遠くを見るような表情でいった。

「そうだよ、それがいちばんなんだよ」

麻世だ。

「そうやって、みんなが知恵を出しあって、手づくりの結婚式を創りあげれば、それが本物の結婚式になるような気がするよ。お金もかからないし、今は贋物《にせもの》が多すぎるよ」

「そうだ、そうだ。麻世ちゃんのいう通りだ。それにここなら、もし久枝さんの容体が悪くなっても即、対応ができる」

すぐに潤一が賛成の声をあげ、みんなが拍手でそれに応える。

そんな様子を見ながら、麟太郎は久枝の言葉を反芻《はんすう》する。

「知ちゃんの、お父さんも呼んであげて――」

あの言葉だ。こうして結婚式をすることに決まった以上、何としてでも知子の父親の西垣にもきてもらわなければ。早速明日、徳三に会って……このとき麟太郎は、あることに関して腹を括った。


徳三とは今戸神社の境内で会うことにした。

『田園』では麻世の件で夏希にからまれる恐れがあったし、誰かに話を聞かれる危惧もあった。その点ここなら周囲は広々としているため、人が近づけばすぐにわかる。それに第一、目の前に鎮座しているのは神様なのだ。それだけでも安心できる。

約束の六時少し前。

徳三は飄々《ひょうひょう》とした足取りでやってきて、麟太郎の座っているベンチの隣に腰をおろした。

「どうした、大先生。こんなところに呼び出して珍しいことじゃねえか」

怪訝そうな目をまともに向けてきた。

「真面目な話をするなら、こういう所がいちばんだと思ってよ。だからよ」

「ということは、例の西垣さんの話か。それしか思い浮ばねえがよ」

なかなか徳三も勘がいい。

「まあ、そんなところだ。ところで、その西垣さんなんだが、たまには戻っているのか」

「戻ってねえな。すぐ裏の家だから注意はしてるんだが、まったく人の気配はねえ。もう戻ってこねえんじゃないか」

何でもない口調でいう徳三に、

「戻ってくるさ、必ず。治療費の立替え代金、親方はまだ西垣さんから返してもらってねえだろ。先日、そんな話をちらっと聞いた覚えがあるが」

決めつけるように麟太郎はいう。

「そういえば、そうだ。すっかり忘れていた」

能天気なことを徳三はいう。

「だから西垣さんは、その金を返しに一度は必ず戻ってくる。あの人は借金を踏み倒すような人じゃない。だが、いつ戻ってくるかはわからねえ。近いうちだとは思うがよ」

「要するに、またあれか。『兄弟仁義』の世界か。西垣さんが金を返しにきたら、何にもいわずに、すぐにおめえに連絡しろという」

「違う。西垣さんは金を返したら、おそらく長居はせず、すぐにどこかへ消えちまうだろうから、俺の出ていく隙なんぞねえ。それにある意味、俺は西垣さんの鬼門にあたるかもしれねえ身だから尚更《なおさら》だ」

小さな溜息を麟太郎はもらす。

「どうも、おめえのいってることは俺にゃ、よくわからねえんだけどよ」

「つまり、俺の出る隙がねえのなら、親方に西垣さんを説得してもらうしか、手立てはねえっていうことだよ」

「俺が西垣さんに、何の説得をするっていうんだ」

徳三の顔にさらに怪訝な表情が広がる。

「これから俺はあることを話す。親方はそれを金輪際、誰にも話さねえと、ここで誓ってくれるか、神様の前でよ」

「前にもいったように、俺は今まで話すなといわれたことを、誰かに話したことなんぞ、一度もねえ。それぐらいのことは、おめえにだってわかるだろ」

「わかる。わかるが、とにかく誓ってくれ。それぐらい、重大な話なんだからよ」

麟太郎が腹を括ったのは、このことだ。

すべてを徳三に話して、西垣が知子の結婚式に出るよう誠心誠意、説得してもらう。多分西垣は徳三に金を返したあと、すぐにこの町を出る。西垣は立派に役目を終えた。これ以上、この町にいる理由はなかった。

「おめえが誓えというんなら、はっきりここに誓う。俺はおめえから聞いたことを、決して誰にも話さねえ――これでいいのか」

「すまねえな。実は話というのは、西垣さんと、うちの知ちゃんに関わることだ」

と麟太郎はいい、あの実の叔父から受けた悲惨な事件だけを除いて、これまでの知子のあれこれ、西垣とのこと。さらに、めでたく結婚するまでの経緯など、すべてを正直に徳三に話した。そして、西垣が結婚式に参加するように説得してほしいと。

話を聞き終えた徳三は、しばらく無言だった。身動きもしなかった。

「酷すぎる話だな。しかし、知ちゃんと西垣さんが親子だったとはな。それにしても、知ちゃんて子は凄い子だ。凄すぎる。それに、知ちゃんと西垣さんを何とか会わせようとする、婿殿のお袋さん。このお袋さんも凄い。余命いくばくもねえっていうのによ」

徳三は独り言のように呟いて、また黙りこんだ。そして、

「麟太郎。責任重大だな。俺には耐えられないほど、重大だな。重すぎるなあ」

体が微かに震えているのがわかった。

「親方、精一杯やってくれれば、それでいいんだ。あとの結果は時の運だ。そんなにつきつめて考えこまねえで、気を楽にしてよ」

なだめるように麟太郎はいう。

「わかった。何とか気を楽にして頑張ってみるさ――ところで、肝心のその手づくりの結婚式っていうのはいつなんだ」

思い出したように訊いた。

「来週の日曜の夕方、六時からだ。だから、あと十日ほどだな」

「十日か、その間に西垣さんが顔を見せるといいんだが。そうか、わずか十日か」

「それも運だ。そうしたことも含めて、今日会うのを今戸神社にしたということもある。こうなったら、神頼みしかねえからな」

麟太郎は情けない声を出す。

「なら、あとで、きっちり賽銭《さいせん》をあげて、目一杯、頼みこもうじゃねえか。それから浅《せん》草寺《そうじ》の観音様にもよ」

「そうだ、そうだ。幼馴染みの観音様を忘れたんじゃ、罰があたるからな。それからな、徳三親方」

妙に優しい声を麟太郎は出した。

「ほんの身内ばかりの少人数の結婚式だけど、よかったら親方も出席してもらえないか」

「えっ、俺も呼んでくれるってか。そりゃあ大きに有難《ありがて》えことだが、いいのか、俺なんかが出席して」

嬉しそうな声を徳三が出した。

「親方には今度の件で、いろいろ世話になってるし、他人にゃ話せねえこともすべてぶちまけたし。やっぱり、俺っちのほうも筋だけはきちんと通さねえと、寝覚めが悪いからな」

「そうか。じゃあ、有難く出席させてもらうことにするよ。知ちゃんの晴れ姿を見によ」

「知ちゃんは、真白なウェディングドレスを着るといってたな……それから親方、いくら手づくりの式だといっても身なりだけはよ。何たって二人にとっては厳粛な式だからよ」

念を押すように麟太郎はいう。

「わかってらあな。黒服着こんで、びしっと行くさ」

徳三はどんと右手で胸を叩く。

「もうひとつ、いわせてもらえば。手づくり結婚式だから祝儀は無用。手ぶらでいいからな」

「いくら何でも、手ぶらではよ。そうだな、江戸前握りの鮨桶《すしおけ》をいくつか差入れさせてもらうってのはどうだ。それぐらいならいいだろう」

「そいつはいい。式のあとは無礼講の披露宴だから、みんな喜ぶと思う。飲んで食べて歌ってよ――」

「そいつは楽しみだ――何だか賑《にぎ》やかな式になりそうだな、麟太郎」

「なってもらわねえと困る。そして知ちゃんには、しっかり幸せになってもらわねえとな」

「そうだな。そうでねえと勘定も辻褄《つじつま》も合わねえ。知ちゃんには人並み以上に幸せになってもらわねえとよ。にしても、若いやつはいいな、麟太郎。楽しみがあってよ」

しんみりした口調で、徳三はいった。

年寄り二人の話は、いつまでもつきない。

徳三から、電話があったのは三日後の夕方だった。

ちょうど最後の患者の診察が少し前に終ったところで、麟太郎は急いでスマホを取り出して耳に押しあてた。

「西垣さんがきた。おめえのいった通り、耳を揃えて借金を返しにきた」

早口で徳三はいった。

「で、借金を返したあとは――」

「これも、おめえのいった通り、すぐに腰を上げようとしたので慌てて引き止めて、頼まれた件を西垣さんにぶつけた。婿さんのお袋さんの癌が進行して余命いくばくもないことを話し、そのために結婚式を来週の日曜日に診療所でやることになったから、ぜひ出席してほしいと。これはそのお袋さんの願いでもあり、知ちゃんもそう思っていると」

たたみかけるように、徳三は話す。

「西垣さんは黙ってうつむいて話を聞いていたが、悲しそうな顔をするだけで、結局承諾の言葉は返ってこなかった。ただ、よくわかりましたと丁寧に頭を下げて帰っていった」

「よく、わかりましたか……」

独り言のように呟く麟太郎に、

「面目ねえ。俺としては精一杯頑張ったんだが、思い通りにはいかなかった。すまねえ」

電話の向こうから、徳三が頭を下げる気配が伝わってきた。

「いいよ、いいよ、親方。西垣さんは何も拒否の言葉を口にしたわけじゃない。望みはまだある。俺はそう思っているから。当日に期待しているからよ」

そんなところへ、今度は知子がやってきた。顔色が悪かった。

徳三に断りを入れて電話を切り、「どうした」と訊くと「昨日、また山形がやってきた」と知子はいった。前と同じで、帰り道の待伏せだったとも。

喫茶店に誘われたが知子はそれを拒否し、二人は道脇によって話をしたという。

「知子の彼氏だという男のことを、ちょっと調べてみたが、何ともチンケで覇気のねえ男じゃねえか。あんな男と結婚しても、つまらねえ毎日がつづくだけで面白くも何ともねえことになる。悪いことはいわねえから、あんな男とは別れて、もう一度俺の所へこい」

山形はこんなことをいい、執拗に知子をくどいた。何度も戻ってこいといった。そして、

「介護だか何だか知らねえが、そんなつまらねえ仕事をしている、金のねえ男と一緒になっても貧乏生活が待ってるだけだ。俺のところで面白おかしく暮したほうがよほどいい」

どうやら山形は本当に元也のことを調べたようだったが、ここで知子の頭のなかの何かがキレた。体中が熱かった。

「あの人は、あんたとは違う。お金はないかもしれないけど、真面目で誠実で頼りがいのある立派な人――私はあの人と来週の日曜日、勤めている診療所で結婚式を挙げる。

だからもう、私の前に現れないで。私はあんたの持ち物じゃないんだから」

怒鳴りつけた。

山形の顔色が青ざめるのがわかった。

「てめえ――」

押し殺した声を耳に、知子はさっと背中を向けて歩き出した。追ってくるかと思ったが、それはなかった。振り返ると、仁王立ちの山形が睨みつけるような目で見ていたと知子はいった。

「大先生、私……怒りにまかせて」

泣き出しそうな声を知子は出した。

「来週の結婚式のこと、あいつに話してしまいました。ひょっとしたら、あいつ、結婚式に押しかけてくるかも」

「それは、どうかな」

と麟太郎は柔らかな声でいった。

いくら半グレでも、そんなことをすれば確実に警察に逮捕されるのは、わかっているはずだ。そうなれば仮釈放は取消しになり、刑務所に逆戻りすることになる。しかも、さらに罪が重くなって。そんな間尺に合わない橋を渡るものなのか――そう知子に伝えてやると、

「それはそうですけど。あいつは普通の神経の持主じゃないですから。何をやるか……」

震え声が返ってきた。

「いずれにしても、ここには俺もいるし、それに麻世もいる。仮に山形がここに押しかけても、好き勝手にはさせないから大丈夫だ」

口にしてから、麻世がいるから逆に心配なのだということに麟太郎は気がつく。

「もしまた、帰り道に山形がいて話しかけてきたら、そのときは大声を出して助けを呼ぶこと。ためらわずに、じたばたするのがいちばん。そうすれば山形は逮捕され、刑務所に逆戻りになるはずだから」

そういいながら、麟太郎は胸騒ぎを覚えている自分をはっきり感じていた。結婚式の日――やってくるのは西垣なのか山形なのか。いくら考えてもわかるはずがなかった。


式が進んでいる――。

式場となった待合室の通路側には講演会で使うような格調のある演台が置かれ、その向こうに厳《いか》めしい顔で立っているのは牧師代りを頼まれた麟太郎だ。

演台のこちら側には真白なウェディングドレスに身を包んだ知子が、隣には黒の燕尾《えんび》服《ふく》をやや窮屈そうに着こんだ元也が立っている。二人とも緊張気味の面持ちだ。

周りには色とりどりのキャンドルが百本近く灯され、幻想的で厳粛な雰囲気を醸し出している。普段はブラインドが下がっている大きめの洋風窓は厚いビロード地の布に覆われて重厚さを漂わせていた。

出席者は患者たちがいつも診察待ちをしている木製の長イスに腰をかけ、新郎新婦の様子を注視している。むろん、声を出す者はいない。静寂そのものの世界だ。

出席者は新郎新婦を除いて六人。

診療所側からは、麟太郎、潤一、麻世、八重子の四人と風鈴屋の徳三。新郎新婦側からは元也の母親の久枝のみ。とうとう、西垣は姿を見せなかった。

出席を予定していた知子と元也の友人たちは、他の出席者があまりに親しい人間ばかりで数も少なく――おまけに年配者がメインということもあって却《かえ》って迷惑をかけるのではという思いから招待を控えることに。

誓いの言葉も無事に終わって指環《ゆびわ》交換になった。

演台の上に置かれたケースから麟太郎は指環を取り出し、元也に渡した。元也はそれを知子の指にはめ、さらに、もうひとつのケースから出された指環を知子が受けとり元也の指に。

そのとき、薄暗かった待合室のなかにスポットライトの光が走った。知子と元也の姿をくっきりと捉えた。綺麗だった。

どよめきが走って静寂が破れた。

知子も元也も光り輝いていた。

部屋の隅に置かれたスピーカーから静かな音楽が流れ出し、周りはふいに柔らかな空気に包まれた。

「それでは、お二人。誓いのキスをどうぞ」

ちょっと照れた様子で、麟太郎が知子と元也に誓いのキスをうながす。元也が知子の唇にそっとキスをする。

とたんに出席者から拍手が湧きおこり、待合室の照明のすべてが点灯して、式は無事に終了した。

麟太郎が、車イスのまま参列している久枝のほうを見ると目が合った。久枝は泣き笑いの表情をしていた。笑いながら久枝は頭を下げた。大丈夫そうだ。ほっとした思いを胸に麟太郎も頭を下げる。

「さあ、みなさん。これからは無礼講の披露宴ですから、大いに飲んで大いに食べてください」

潤一の声だ。首からは二台のカメラが、ぶらさがっている。この日のカメラマン役は、潤一が一手に引受けていた。

麟太郎の目が何気なく、布の下がっていない、部屋の隅の窓を見た。ガラスの向こうで何かが動いた。誰かがいる。麟太郎の目にはそれが西垣の姿に見えた。

慌てて早足で玄関に向かった。外に出て問題の窓に向かうが、すでに立ち去ったらしく人の気配はなかった。

なかに戻ると潤一がやってきた。

「どうしたんだ、親父。何かあったのか」

「窓の向こうに誰かがいるのを、見てな」

神妙な顔をしていう麟太郎に、

「西垣さんですか、それとも山形」

心配そうに潤一は訊く。

「多分、西垣さんだ。山形じゃねえ」

「西垣さんなら、入ってくればいいものを」

ほっとした表情で潤一はいう。

「人にはそれぞれ事情がな――ところで潤一、お前は今日、大活躍だったな。ご苦労さんだった。礼をいう」

カメラマン役はもちろん、ブラインドの下がっている窓に布を掛けたり、キャンドルライトやスポットライトの用意をしたり。カラオケ用の機械やスピーカーをセットしたり……もっともこれは、麻世との共同作業だったので、潤一は嬉々《きき》として飛び回っていたが。

そんな話をしていると、数台のワゴンが知子や元也、それに麻世の手で運ばれてきた。若手が少ないので、たとえ新郎新婦といえども、こんなことをやらなければいけない。

ワゴンの上には、大皿に盛られた、八重子自慢のお稲荷さんに、和風の惣菜、徳三が頼んだ、江戸前握りの鮨桶もどんとのっている。それに、潤一が発注した、ピザやオードブル、洋風のオツマミの数々。ビールなどの酒類も運ばれている。

「さて、もう少ししたら、みんなに唄でも歌ってもらいますか——最初はまあ、この家の主の親父だな。確か『高砂《たかさご》』だっていってたよな。カラオケ用のマイクがあるから、声量に自信がなければそれを使えばいい。時間を見計らって指名するから」

そういって潤一は、首から下げたカメラを手にして麟太郎の前を離れていった。

その背中を見送りながら、麟太郎は知子と元也の前に行く。

「知ちゃん、とても綺麗だったよ。眩しいくらい綺麗だった」

そう褒めると、

「あれは派手なスポットライトのせいですよ。私なんかそんな……」

と謙遜するが、表情はいかにも嬉しそうだ。

「元也君も凜々《りり》しくて、とても立派だった。お姫様を守る若武者のようだった。その意気で、知ちゃんをよろしく頼みます」

元也に向かって深く頭を下げた。

「いえ、そんなことされたら、僕は」

元也は慌ててぺこりと頭を下げ、

「それに守ってもらうのは僕のほうかも。何たって知ちゃんは芯が強いから、完全に嬶《かか》ア天下《でんか》になるような気がして」

とたんに知子の肘が脇腹に命中し、元也は大袈裟にウッと唸る。傍らの車イスの久枝は、そんな様子を目を細めて見ている。

「久枝さん、体のほうはどうですか、辛くないですか」

麟太郎が優しく声をかけると、

「ありがとうございます。こんな嬉しい席を設けていただいたのに、へこたれているわけにはいきませんから」

背筋をぴんと伸ばして、ふわっと笑った。

ゆっくり体を動かすだけでも大変なはずなのに、久枝は凛とした姿勢で笑みまで浮べた……しかし、これが久枝の生き方なのだ。気丈といえば簡単なのだが、麟太郎の胸に健気《けなげ》という言葉がふいに浮んだ。その言葉のほうが似合う気がした。

「あの、先生。西垣さんはやっぱり」

掠れた声を久枝が出した。

「そうですね。式の間には姿を見せませんでしたが、ひょっとしたら」

麟太郎は窓ガラスの向こうに、西垣らしき姿を見たことを久枝に話した。

「そんなことが……せっかく知ちゃんと仲直りのできるチャンスだったのに。でもガラス越しとはいえ、ちゃんと知ちゃんの花嫁姿は見たんですよね。よかった、それだけでも、本当によかった。同じ、子を持つ親として」

久枝の両目は潤んでいた。ぽつりと言葉が出た。

「頑固すぎるんでしょうね、西垣さんという、お人は。その性格に、あの人はがんじがらめに縛られて」

「いえ、違うと思いますよ」

柔らかすぎるほどの声で麟太郎はいった。

「頑固じゃなく、健気なんです。久枝さんとまったく同じように……私はそう思います」

「あっ」という声が久枝の口からもれた。

潤んだ両目から涙があふれ、久枝はそれを隠すように視線を膝に落した。

「じゃあ、失礼します。体が辛くなったらすぐに教えてください。何とでも対処しますから」

麟太郎はゆっくりとその場を離れ、潤一と話をしている徳三のところに歩く。

「親方、悪いな。散財させたようで。あれなら、祝儀のほうが安くついたんじゃないか」

　笑いながら話しかける。

「何だよ、それ、握りのことか。いいか、大先生よ。下町男がそんなこといっちゃあいけねえ。金は天下の回りもの。すぱっと使って、あとは野となれ、山となれってな」

　徳三は煙《けむ》に巻くようなことをいってから、

「ところで、西垣さんはどうなった」

　久枝と同じようなことを訊いてきた。

「実は、さっき」と久枝に説明した内容と同じことを徳三にも話す。

「そうか、ここの外まではきたのか。しかし、なかには入らなかった。淋しいなあ、実に淋しいな。なあ麟太郎。なんで男は、こんなに淋しいんだろうな」

　すでに相当、酒が入っているようだ。

「そりゃあ、親方。男は莫迦だからさ」

「なるほど。いいえて妙。そういうことだな」

　そんな話をしていると、

「じゃあ、親方。親父の次に――」

　そういって傍らの潤一は、八重子の前に歩いていき話を始めた。

「何だ。ひょっとして唄の件か」

怪訝な面持ちで徳三を見ると、小さくうなずく。

「おめえの次に何か歌ってくれっていうので、『相撲甚句《すもうじんく》』ならって答えておいたぜ」

どうやら潤一は徳三の次に、八重子に歌ってくれと交渉しているようだ。場を盛りあげるためなのか、今夜の潤一はやけに積極的だ。

「しかし大先生よ。いい結婚式だったよな。知ちゃんがえらく綺麗で、惚れぼれしすぎて涙が滲んできたぜ。いやあ、よかった。これで知ちゃんも幸せになるだろう。いや、なってもらわねえと困る。悲しくなる」

「そうだよな、悲しくなるよな。俺たちはもう、幸せになるアテはないから、若い連中にはそうなってほしいよな」

そんな話をしていると、ふいにスピーカーから男の声が響いた。マイクを握っているのは潤一だ。

「ええ、みなさん。これから出席者に、めでたさ満載の得意のノドを聞かせていただきます。まず最初が、ここの所長による謡《うたい》で『高砂』を。次が江戸風鈴の大家である徳三親方の『相撲甚句』。なおこれには合の手の、ドスコイ、ドスコイがつきものですが、今日に限っては、〝知ちゃん、元也君。知ちゃん、元也君〟の合の手でお願いいたします」

ここで潤一は出席者に頭を下げてから、

「そして次に、婚礼などで長持を運ぶ際に歌われる『長持唄』を知ちゃんの上司である、八重子女史がご披露——さてさて、その次はといいますと我が町内のアイドル、沢木麻世さんの美声ということに。ただ麻世さんの唄のタイトルはまだ決まっていませんので、乞うご期待ということで」

一気にいってマイクを置いた。

ようやくわかった。潤一は麻世に唄を歌わせたいのだ。ちゃんとした、麻世の唄を聞きたいのだ。それともひょっとしたら、好きな女の子に対する意地悪だとも……まったくあいつは小学生かと思いつつ、麟太郎は恐る恐る麻世のほうを見る。

どきっとした。苦虫を嚙みつぶしたような顔をしている。どうやら潤一は麻世に限っては事前の相談なしでリストに載せた……相談すれば断られるのは目に見えているから。

しかしあいつは、何だってこんな無謀なことを。こんなことをすれば、余計に嫌われるということが考えられないのか——そう自問してから、あいつには考えられないという結論に達した。やっぱりあいつは恋患いだ。

そんなことを考えていると、満面に笑みをたたえた潤一がやってきて、麟太郎にマイクを渡した。

麟太郎はそつなく『高砂』を唸ってからマイクを潤一に返し、麻世の隣に移動する。

「麻世、大丈夫か」と声をかけると、麻世は首を左右に振った。顔が強張って震えているようだ。

場内には徳三の『相撲甚句』が流れ〝知ちゃん、元也君。知ちゃん、元也君〟の合の手が響きわたる。そうこうしているうちに歌い手は八重子に移り『長持唄』の朗々とした声が耳を打つ。これが終ると次は麻世だ。隣を見ると顔色が真青《まつさお》になっている。

「こうなったら、麻世。『唐獅子牡丹』はまずいだろうから『めだかの学校』でも『どんぐりころころ』でも何でもいいから明るいやつをよ。カラオケの伴奏をちょっと大きめにしてもらってよ。それで何とかよ」

励ますようにいうと「うん」という蚊の鳴くような声が返ってきた。

八重子の唄が終った。いよいよ麻世だ。

「それでは、次は沢木麻世さんということで、唄の題名は何でしょう」

潤一は浮かれた声でいうが、麻世は唇まで青くなっている。何かをいおうとしているようだが、はっきり声が出ないようだ。

そのとき、大きな音が響いた。

あれは入口のドアが開いた音だ。

そっちのほうを見ると、筋肉質の精悍《せいかん》な顔つきの男が待合室のなかを睨みつけるような目をして入ってきた。

多分、山形だ。やってきたのだ。

隣を見ると、今まで震えていた麻世がニマーッと不気味な笑みを浮べるのがわかった。顔色もすっかり元に戻っている。

「じいさん、あれが山形か」

嬉しそうに訊いた。

「俺も会ったことはねえが、多分そうだ」

「なら、行ってもいいか」

「待て、ちょっと待て」

麟太郎は慌てて麻世の袖をつかむ。

「しばらく様子を見よう。話し合いで片がつくかもしれん」

麟太郎が歩き出そうとすると、それより早く山形は動いて、知子のそばに近寄った。一緒にいた元也を突き飛ばして、知子の腕をつかんだ。知子の悲鳴があがった。

「この女はもらっていく。こいつは元々俺の持ち物だった女だ。煮て食おうと焼いて食おうと、誰にも文句はねえはずだ」

周りを鬼の形相で睨みつけた。

「待て、山形君。そんなことをすればあんたは仮釈放を取り消されて、また刑務所に逆戻りだ。そんなことは、あんただって嫌だろう。だから、その子を放して、おとなしく帰れ。そうすれば、何もなかったことにしてやる」

山形に近づいた麟太郎は、諭すようにいう。

「刑務所だと、莫迦野郎。そんなものが怖くて、こんなまねができるか」

「駄目だ、じいさん。そんなやつに何をいっても無駄だ。そんなやつは叩きのめすしか方法はない。力で押えるしかない」

振り返ると麻世が立っていた。

凄《すさ》まじい目で山形を睨みつけている。

「何だ、お前は女のくせに。えらく威勢がいいが、キャンキャン吠《ほ》えずに黙って見てろ」

呆気にとられた表情で麻世を見てから、山形は内ポケットに手を入れた。何かを抜き出した。大型のサバイバルナイフだ。ぴたりと知子の喉元に押しつけた。

「こいつを殺しちまえば、もう誰にとられることもねえ。安心して刑務所に入れるっていうわけだ」

ぐいとナイフに力を入れた。

悲鳴が響きわたった。久枝の声だ。

「もう、ひと押しすれば赤い血が出る。もうひと押しすればな」

山形がそういったとき「待ってくれ、山形さんとやら」という男の声が響いた。いつ入ってきたのか、受付の横に男が一人立っていた。西垣だ。やはり、きていたのだ。

西垣は真直ぐ山形の前に行き、

「私は知子の父親です。だが父親らしきことは何もせず、あげくの果てに悪事を働き、つい最近、刑務所から出てきたばかりの男です」

「刑務所だと。いったい何をやらかしたんだ」

興味津々の表情を山形は浮べた。

「人を殺しました。そのために懲役八年をいただいて、網走刑務所に収監されていました」

「殺人で網走刑務所だと」

山形の口調が変ったような気がした。

「そのために、私はこの子にまともに会うこともできず、こうして対面するのも今日が初めてです。結婚式だというのに出席もできず、外からここを覗いてこの子の花嫁姿を盗み見ていました。情けない男です。人間の屑です。でも、屑にも愛というものは残っています。本当の愛です。私には、この子に対して何かをしてやれる財力も力もありません。しかしこんなことなら」

西垣の左手が、ゆっくりと山形の右手に伸びた。ナイフをつかんでいる手首を握った。

山形は西垣の気迫に呑まれたのか、何の抗いもしない。

ナイフを持つ山形の手を西垣は自分の胸に向けさせた。ナイフの刃先が知子から、西垣の胸に伸びた。ぐいと自分の胸を刃先に押しつけた。白いシャツに血が滲んだ。

「おい、おっさん。何をする気だ」

山形が叫んだ。

「人を殺すということは、もう二度と人間に戻ることはできないということです。すぐ目の前にいるあなたに、そんな思いをさせることはできません。そして、もちろん、知子を殺させるわけにもいきません。私はこの子を愛しています。そして本物の愛とは、相手の幸せを願うことというのを、私は身をもって体験して知っています。だから私は自分の手で、この子の身代りになって死にます。そうすれば、知子もあなたも、助かることになります」

西垣は、さらに自分の体を刃先に押しつけた。また血が滲んだ。前よりも濃い色だった。

「お父さん」

と知子が叫んだ。

「こんなことくらいしか、私にはできないから、こんなことくらいしか」

西垣はまた、自分の体を刃先に押しつけた。

「やめろ、おっさん。やめてくれ。あんたの気持はよくわかったから、やめて……」

疳高い声を山形があげた。

右手をナイフから離した。

ぽとりと西垣の胸からナイフが抜け落ちた。

「悪かった、おっさん、本当に悪かった」

引きつった声で山形はいった。

「あなたは私に何もしなかった。これは私が勝手にやったことで、あなたには罪はない。それがすべてですから」

西垣の言葉が終らぬうちに山形は背を向けていた。逃げるようにドアに向かった。

「お父さん」

知子が西垣に抱きついた。

どれほどの時間が過ぎたのか。

西垣はゆっくりと知子の体を離して、そっとうなずいた。

「すみません、私はみなさんと一緒にいられるような人間ではないですから」

体を直立不動にして丁寧に頭を下げた。

「西垣さん……」

久枝の声だ。

西垣は久枝に向かって、また頭を下げた。

「西垣さん、傷の手当てを」

麟太郎の声に「大丈夫です」と答えて、力なく背中を向けた。呼び止めなければと思いながら、麟太郎は体が動かなかった。金縛りにかかったような不思議な現象だった。

他のみんなも同じように立《た》ち竦《すく》んでいた。

後ろを振り向くと、麻世も呆然とした表情で突っ立っていた。

解　説

西上心太

午後二時過ぎにようやく午前中の診療が終わり、看護師が医師にねぎらいの言葉をかける。

「患者さんの数だけでも大変なのに、今日はいつもより愚痴話や噂話《うわさばなし》も多うございました。ですから余計に時間もかかって、本当にご苦労様でございました」

「愚痴話や噂話を聞くのも町医者の大事な仕事のひとつだから仕方がねえが、何といっても口さがない連中だから、次から次へといろんな話がな。下町特有の気軽さというか悪気がねえのはわかっているから、助かるけどよ」

本書巻頭のこの会話だけで、このシリーズの立ち位置やありようがわかるだろう。

『下町やぶさか診療所　傷だらけのオヤジ』は、『下町やぶさか診療所』（二〇一八年）、『下町やぶさか診療所　いのちの約束』（二〇二〇年）、『下町やぶさか診療所　沖縄から来た娘』（二〇二二年）に続くシリーズ第四作である。いずれの作品も〈ｗｅｂ集英社文庫〉の配信を纏《まと》めたオリジナル文庫として刊行された。本書は二〇二二年七月～二〇二三年八月の配信に加筆・修正したものだ。

「医は仁術」を実践する、現代の〈赤ひげ〉が主人公の下町人情小説。そのレッテルは間違っていないが、この主人公は下町生まれで欠点も多い下世話なオヤジという一面もあるので、あまり気張ることなくフラットな気持ちで楽しんで欲しい。

本書がシリーズ初めての方のために、この診療所に関わる人たちを紹介しよう（なお一作目からおよそ一年経過していると思われるので、年齢などは加算している）。

まずは主人公である医師の真野麟太郎だ。浅草警察署の近くで、〈真野浅草診療所〉を開業している。麟太郎は六十五歳。十二年前に妻の妙子を脳動脈瘤《どうみゃくりゅう》破裂による蜘蛛《く も》膜下《まくか》出血で亡くした男やもめだ。大学病院に勤務している三十歳になる一人息子の潤一が、ときおり診療所を手伝う。そのため麟太郎は大《おお》先生、潤一は若先生と呼ばれている。ごっつい顔の父と違ってイケメンの潤一はご婦人の患者たちに人気があり、彼が診察を担当する日を耳ざとく聞きつけ、無理矢理身体《からだ》の不調を訴えて診療所に押しかけるのだ。自分の時より患者数が増えるのだが、それが大先生にはどうにも面白くない。

診療所に隣接する母屋の空き部屋に「居候」しているのが、沢木麻世という高校三年生の元ヤンキーだ。心身に深い傷を負った末に、診療所にやってきた顚末《てんまつ》は第一作に詳しいが、このシリーズになくてはならないキャラクターである。彼女は柳剛流という実戦剣法を教える道場の一、二を争う遣い手で、生半可な半グレ連中では相手にならない腕前の持ち主でもある。さらに先代時代から勤務している麟太郎より数歳年上のベテラン看護師の飯野八重子と、事務員兼看護師見習で二十三歳になる湯浅知子がいる。八重子と知子は通いだが、この四人は麟太郎にとってまさしく家族なのである。

ちなみに〈真野浅草診療所〉と呼ぶ患者はおそらく一人もいない。診療所の入り口あたりが少し坂になっているため、〈藪《やぶ》医者〉と重ねて皆が〈やぶさか診療所〉と口にするのだ。特に口が悪い風鈴職人の徳三は、診察のたびに麟太郎を言い負かさないと機嫌が悪く、わざと〈やぶさか先生〉と呼んでは麟太郎をかりかりさせている。

診療所の隣の昼は喫茶店、夜はスナックになる〈田園〉も重要な場所だ。麟太郎がランチを食べに足繁《あししげ》く通うのだが、それも昔銀座のクラブにいたという、美人ママの夏希に岡惚《おかぼ》れしているからに他ならない。このほか噂好きの地元ご婦人や、麟太郎の昔からの友人・知人が患者として何人も登場する。

本書の魅力の第一は、浅草という土地にある。浅草というとどのようなイメージが浮かぶだろうか。観光客を乗せる人力車が蝟集《いしゅう》する雷門前。参道である仲見世の奥にある浅草寺境内。寄席や商業施設、場外馬券売り場が並ぶ浅草公園六区。レトロな雰囲気を醸し出す遊園地の花やしき……。こんなところだろうか。

だが〈やぶさか診療所〉があるところは同じ浅草といっても少し違う。浅草寺本堂の背後には言問通りという大通りが東西を貫いている。東に進めば隅田川だ。その言問通りをはさんだ北側が俗に観音裏と呼ばれる地区で、穴場的な飲食店が多い場所として秘《ひそ》かな人気がある。むろん飲食店だけではなく仕舞屋《しもたや》（住宅）もある。昭和の中期までは象潟《きさかた》町と呼ばれたこの一帯（浅草警察署もかつては象潟署といった）が、〈やぶさか診療所〉がある地区と思われる。江戸時代、秋田の景勝地である象潟を領内に持つ、本《ほん》荘《じょう》藩六郷《ろくごう》氏の屋敷があったことから、明治維新後にこの町名が付けられたという。警察署の斜め向かいには浅草富士浅間《せんげん》神社があり、富士山の山開きである七月一日の例祭の縁日にあたる五月と六月には、植木市が開かれる。その植木市は「お富士さま」と呼ばれ、下町っ子に親しまれているイベントだ。

観光地の喧騒《けんそう》からちょっと離れてはいるが、芸者が出入りする見番《けんばん》もあり、粋な空気を感じさせる町。絶妙なロケーションの設定に思えてならない。ちなみに象潟という名称は、浅草神社（三社様）の氏子町会名としていまも残っている。

本書はこともあろうに戸板に乗せた急病人を、徳三が麟太郎の診療所に運び込むところから幕を開ける。急病人は徳三の家の裏手に住みついた西垣という中年男だった。麟太郎の見立ては虫垂穿孔《ちゅうすいせんこう》（盲腸）で、麟太郎の執刀（専攻は外科なのだ）による手術で大事に至らず、入院設備のある病院に運ばれていった。だが麟太郎は男の正体が気にかかった。どこか大事な場面で出会っていたような気がしてならなかったからだ。

一方、事務員兼看護師見習の湯浅知子が、麟太郎たちに引き合せるために彼氏を連れてくる。結婚を考えている下谷元也という介護に携わる男性だ。先輩の八重子が腕によりをかけた料理を用意すると宣言して恐縮する知子に対しての麟太郎の言葉が胸を打つ。

「八重さんは知ちゃんの母親代り。俺は知ちゃんの父親代り。みんなここの家族なんだから、余計な遠慮はなしってことでよ。みんな知ちゃんには幸せになってほしいと、心の底から思っているからよ」

　この五人の「家族」は、苦労知らずでのびのび育った潤一を除いて、みな「ワケアリ」の人生を送ってきた。麻世が貧困が原因のいじめと性暴力を受けてきた顚末は、前述したように第一作に詳しい。またバツイチの八重子が、長年ずっと心に秘めてきた思いは第二作で明らかになる。麟太郎の隠し子騒動が起きるのが第三作だ。そして本書でこれまで詳しく語られなかった知子の「ワケアリ」がクローズアップされ、結婚問題と絡んでストーリーを引っ張っていくのである。

　麟太郎はこれまで貧困、DV、ネグレクト、性暴力などの被害を受けた「家族」の問題を抱えながら、現代医学では治療できない病に罹患した患者たち――それには妻を始め、幼なじみや古くからの知人も含まれる――に向き合ってこなければならなかった。簡単に答えの出ない問題に直面し、医師としても無力感に苛《さいな》まれてきたのだ。下町特有のざっかけないやりとりの陰で、麟太郎はさまざまな難題を背負いながら、地域に密着した診療所を運営し、日夜患者と「家族」に寄り添っているのである。

その他、武道を極めようとする頑固で一徹な麻世、一回り以上年下の麻世にメロメロだが、まったくその思いが通じそうにない潤一、銀座に復活することを夢見ていてお金がいちばん好きと公言するスナック田園の夏希ママなど、絶妙に設定されたキャラクターたちが作り出す人間模様もまた、この作品の魅力なのである。

本書は、知子が抱える過去の傷と結婚問題、および謎めいた西垣という中年男の正体を縦軸に、麟太郎に懐いてやってくる近所の公園に居ついたホームレス、浮気によって性病を移されて慌てる主婦、あるいは恋の病に罹《かか》ってしまった男子高校生からの相談、人を殺したいから心臓にナイフを上手《うま》く刺せる方法を教えてくれと迫る若い女性など、さまざまな患者との対応を横軸にして展開していく。

特に人を殺したい女性に対応する麟太郎の姿勢に驚く。これと似たことを麟太郎は経験している。初めて麻世が患者として診療所を訪れた時に示した対応だ。その対応により麻世は麟太郎に心を開き、五人目の「家族」に加わって物語が動きだし、まだまだ続くであろうこのシリーズの礎になったのだ。

その経験から麟太郎は腹をくくり、効果的な刺し方を町村早紀というその女性に教え、殺したい相手とその理由を聞き出すことに成功する。麟太郎はその相手を交えた三人で話し合うという、言葉によっての解決を提案する。だが早紀はその男は人間の屑《くず》であり話し合いに応じるわけがないという。

それに対し麟太郎はきっぱりと言い放つ。

「それでも俺は全力をつくすよ。人一人、死なせるわけにはいかないし、あんたを罪人にするわけにもいかない」「仮にも医者である俺が、刃物の使い方まで教えてしまったんだ。全力でそれを阻止するのは俺の権利でもあり、義務でもある。それでもあんたが殺人を犯したら」「俺は医者をやめるつもりでいる」

さらに「それが、人間としての筋なんだ。きちんと責任をとらなければ、お天道様に申しわけが立たねえからよ。恥ずかしいからよ」と続けるのだ。


思慮深いとは決していえないかもしれないが、ここまでの覚悟を持って、どんな患者にも真摯に向き合う、やぶさか先生の真骨頂がここにある。本作で「家族」が抱えていた「ワケアリ」の事情がすべて明かされ、知子は無事に結婚できた。結婚式の場でも、本書のクライマックスにふさわしい、あっと驚く展開が待っているのでお楽しみに。

これで残された問題は、まったくかみ合わない会話を懲りずに交わし、そのたびに麻世から冷たい目で見られる潤一の一方通行の恋と、麟太郎の夏希に対する岡惚れ問題だろうか。

ともあれ、これからもやぶさか診療所には毎日患者がやってきて、病気以外の難題を持ちかけてくるに違いない。その難題が何であるのか、次の作品で明かされるまで楽しみに待つことにしよう。

（にしがみ・しんた　書評家）

本書は、「ｗｅｂ集英社文庫」二〇二二年七月〜二〇二三年八月に配信されたものを加筆・修正したオリジナル文庫です。

ＪＡＳＲＡＣ　出２４０００１５４－４０２

集英社文庫

下町《したまち》やぶさか診療所《しんりょうじょ》 傷《きず》だらけのオヤジ

2024年2月25日 第1刷
2024年3月17日 第2刷

定価はカバーに表示してあります。

著 者 池永《いけなが》 陽《よう》

発行者 樋口尚也

発行所 株式会社 集英社
東京都千代田区一ツ橋2-5-10 〒101-8050
電話 【編集部】03-3230-6095
【読者係】03-3230-6080
【販売部】03-3230-6393(書店専用)

印 刷 大日本印刷株式会社

製 本 大日本印刷株式会社

フォーマットデザイン アリヤマデザインストア　マークデザイン 居山浩二

ISBN978-4-08-744620-3 C0193